薛定谔的图灵机

宝树
江波 等著
灰狐

上海科学技术文献出版社
Shanghai Scientific and Technological Literature Press

与机器人同居

阿　缺

1

一连好多天，我下楼的时候，都听到了楼道对门里传来的激烈打骂声。

我刚搬进来没多久，只知道对门是一个独居的中年男子，但既然是独居，怎么会有打骂声呢？

当我向 LW31 表达对此的疑惑和担忧时，它却一点都不好奇。它躺在沙发上，手枕着脑袋，津津有味地看电视里的肥皂剧。而它脚下，躺着几天前留下的垃圾。

我叫了它几声，没有回应，于是愤怒地拿起沙发上的枕头砸过去，吼道："你一个家政机器人，每天不做卫生不做饭，只知道看电视！难道我把你请回来是要当大爷养吗！"

LW31 头都不抬地接住了枕头，顺手塞到脑袋底下，换了个更舒服的姿势，说："我答应跟你回来，是帮你照顾小孩的。只怪你自己不争气，这么久了，跟她一直没有进展。"

"你以为我不想？"我又扔过去一个枕头，"可生小孩不是那么简单的，别说结婚，我现在连她的嘴都没亲过！"

"所以我这不是在帮你吗，你别急。我看肥皂剧，也就是在观察你们人类如何才能获得异性好感。通过对里面的恋爱男女进行建模研究，分析长相、谈吐、职业等参数，我已经得出一些讨女孩子欢心的办法了。"

我立刻拉起 LW31 的手，“请您一定帮我。”

“当然，为你未来的孩子服务是我的职责与荣幸。”LW31 与我对视，方形脑袋点了几下，语气沉稳有力，“首先，你得约她到家里来玩，想办法让她留宿。只要她晚上住这里，嘿嘿，跨出那关键的一步就简单了。”

我决定听从这个机器人的话。

我约了她，以看电影的名义——我们毕竟是恋人，这种邀请她还是不会拒绝的。LW31 特意选了一部叫《本杰明·巴顿奇事》的电影，里面的爱情哀婉凄凉，而且时长接近 3 个小时。当影片结束，全息影像的光线退潮般消失时，夜已经很黑了。她揉了揉微微湿润的眼角，起身向我告别。我扭过头，跟 LW31 使了个眼色。

“啊呀！”LW31 站起来，又直挺挺地倒下，“我的回路！我的反应炉！我的处理器——啊呀！”

我立马扑过去，惊慌地喊道：“LW31，你怎么了！快，告诉我你怎么了！”

“我出故障了，很严重，不能帮你做家务了！我报废后，你把我处理了，再买一台新的家政机器人吧……”LW31 闭上眼睛，声音变得微弱，断断续续。

她知道我和 LW31 的感情，也慌了，急声说：“快，你有没有工具？”

“有，你会修理吗？”

“是的，我学过简单机械学，只要拆开 LW31 的胸腔就可以查出哪里坏了。”

我明显感到身下的 LW31 抽搐了一下。它睁开眼睛，犹豫着说："我好像感觉好了，不用拆——"我用威胁的眼神把它剩下的话给逼了回去。

接下来就简单了，等她在LW31的胸腔里翻来覆去地检查，发现没有问题时，已经快到午夜了。时值初春，外面很冷，夜风在城市高楼间穿梭，风声幽咽如诉。黑暗紧贴着窗子。

"嗯，很晚了，要不……"我深吸口气，鼓足勇气，"要不你就在我家里过夜？我有一间房是空着的，可以给你铺一张床。"

她扭头看着漆黑如铁的窗外，在我紧张而殷切的目光中，点了点头。

LW31适时地醒过来，把胸腔里的零件塞回去，说："哦，那我去铺床。"

她休息后，我和LW31坐在沙发上，四目相对。我问："接下来该怎么办？"

"放心，刚才我铺床时，故意没有放枕头……"LW31的机械五官扭出了一个奸笑的表情。

我心领神会，连忙拿起枕头，就向她的房间里跑去。跑到一半，我又停了下来，整理了一下发型和衣着，才慢慢敲了一下房间的门。

"嗯？"

"你没有枕头吧，我给你拿一个。"我扭开门走进去。她整个身子缩在被子里，只留出一小截头发，雪白的床单衬得发丝乌顺如瀑，"你的枕头"。

"嗯，你帮我枕上吧。"她说。然后她从被子里伸出头来，扬起脑袋。

这个样子让我想到了以前养的小猫儿，柔软温顺，总是用略带温热的头蹭着我的小腿。我把枕头塞在她的脑勺下面。这时，我碰到了她的头发，像空气一样，没有重量。

随后我替她掖好了被子，站在床边，想说些什么。可是她一直闭着眼睛，表情恬淡，似乎已经睡着了，我就什么话都说不出口了。我转过身，出了房间门，刚要回到沙发那儿，突然听到身后传来的声音："等等……"

啊？我的心开始砰砰乱跳，难道……难道她要我留下来陪她？这样太快了，不行不行，自己一定要义正词严地拒绝！

于是我转过身，一脸严肃地说："什么事？你说吧，只要是你说的，我一定答应，一定办到，即使牺牲掉自己的……"我还没有把"贞洁"两个字说出来，就听到她说："能帮我把门关上吗？"

"哦。"我失望地应了一声，关上门。

回到沙发上，我依旧是一脸郁闷。LW31 显然看出了我的心思，拍拍我的肩，说："不要着急，你还有八次进她房间的机会。"

我顿时两眼放光，连声问它有何良策。

"这不就是找借口。"LW31 往沙发上一指，说，"你看，这儿还有八个枕头！"

2

第二天送她走后，我和 LW31 刚回到门口，就听到对门吱呀一声，一个提着垃圾袋的机器人走出来。它浑身银白，曲线柔和，胸臀有微微的隆起。我知道这是 LJJ49 型女性机器人，上市不久，价格高昂。

它低着头，从我和 LW31 中间走过去，消失在楼道转角。在它消失的前一瞬，我发现它背上遍布伤痕，有几道口子还露出了电线。

我开门进了屋，发现 LW31 还站在门口，就把它拉了进来。接下来的一整天，它都处于恍惚状态，电视也不看，一会儿坐下，一会儿又漫无目的地在屋子里乱转。傍晚的时候，它才停下来，郑重地对我说："我恋爱了。"

当时我正在切萝卜，听到这四个字，手一抖，白萝卜变成了"胡萝卜"。我吮吸手指，问："你再说一遍？"

"我说，我恋爱了。"

"别担心，明天我带你去修理店看看。"

"不，恋爱不是故障。"它兴奋地说，"现在我的运行速度比平时上升了 47 个百分点，各项参数也在往上跳，我恋爱了，我爱上了那台 LJJ49！"

LW31 每天守在门口，透过门缝观察对门的动静。渐渐地，它摸清了规律，知道 LJJ49 每两天出来清理一次垃圾。

"你去跟它搭讪啊！每天在这里偷窥有什么用？"又到了 LJJ49 出来的清晨，我踢了踢 LW31 的屁股。

"这样会不会太突兀啊？要是它不喜欢我呢？"

"嘿，我说，你怂恿我的时候，可不是这么胆小的。"这时，对门传来了开门的声音，我瞅准时机，一脚将 LW31 踹出去，"还你一句话——你们机器人千辛万苦由 0 和 1 堆叠而来，可不是为了每天偷看喜欢的女机器人而不付出行动的。"

LW31没刹住脚，撞到了刚出门的LJJ49身上，垃圾撒了满地。

“对……对不起。”

“没关系的。”LJJ49低声说，然后弯下腰收拾垃圾。

LW31赶紧蹲下来，把垃圾装回去，说：“我帮你倒吧？”

“不用了。”LJJ49的声音仿佛暮春的黄鹂，清脆悦耳，但带着一丝悲伤，“我自己能行的。”

“我来吧，你这么美丽的姑娘，不应该碰到垃圾的。”LW31不由分说抢过垃圾袋，蹬蹬蹬跑到楼下。透过门缝，我看到LJJ49怔了几秒钟，然后默默进到对门里。

LW31的开局不错，以后，只要LJJ49出来倒垃圾，它就跑出去帮人家提。一来二去，它和LJJ49的聊天也多起来。有几次，它们一起下去倒垃圾，过了很久才回来，依依不舍地在楼道口分别。

“怎么样，进展不错吧？”我调笑道，“你还是别太高兴了，当心烧坏处理器。”

“它真是个好姑娘，优雅美丽，身上还有一种独特的忧郁气质。”它不理会我的调笑，自顾自道，“你知道吗，倒完垃圾，我们就会坐在路边聊天。原来她也对人类情感有了领悟，它渴望自由，也向往爱情……”说着，LW31的声音变低沉了，“只是，它的主人总是虐待它，只要喝醉，就会对它又打又骂，还拿重物砸它……”

我顿时恍然，原来对门的打骂声和LJJ49背后的伤痕源于此，“那你打算怎么办呢？”

“我已经跟它说了，下一次它的主人再打它的时候，它就不再沉默忍受了。我让它对它的主人表露出它的想法。”

我点点头，脑子里构想一个场景：喝得醉醺醺的中年男子举起酒瓶，向 LJJ49 砸过去，但一向温婉柔和的它，突然抬起头，勇敢地与中年男子对视，说，“虽然我是一个机器人，但我也有感情和感受，请不要再伤害我。”

这幅充满了勇气和抗争的正能量画面让我心里一阵激动。是的，沉默只会加大伤害，而所有的压迫都瓦解于反抗，一旦种子萌发，大地再厚也挡不住破土的芽。我相信，为了自由和爱情，LJJ49 一定会这么做的。

而事实上，它也正是这么做的。

因为，第二天早上，我们在垃圾堆发现了 LJJ49 残破的尸体。

3

LW31 陷在悲伤的情绪里，久久不能自拔。这段时间，我一直照顾它，一个多月之后，它才慢慢恢复。

“我想好了，我要告那个男人！”LW31 咬牙切齿地说，“他犯了谋杀罪！他要受到惩罚！”

我叹了口气，摇头说：“恐怕很难。LJJ49 是他购买的，本质上来说，他只是弄坏了他的物品，不算犯罪。”

“可是 LJJ49 不只是物品，还是我的爱人！”

“但别人不会这样想。要知道，在地球上，歧视机器人是很普遍的。”

LW31 扭过头，一眨不眨地看着我，方形眼睛把灯光撕扯得细碎粼粼。它眼中有我的倒影，被过滤层分割，重重叠叠。

过了很久，它说：“求求你了，先生。”

“见鬼！”我顿时恼怒，“把你这该死的眼睛闭上，你明知道我看着它们就会不忍心的！”

它立刻把眼睛睁得更大了。

三天之后，我联系好了律师。

十天后，LW31 在法庭上对那个男人进行了凄厉的控诉。

十天零一个小时后，我们败诉。

法庭判男人无罪释放，还让我赔了一笔不少的补偿费。原因跟我预料的一样：在法律上，机器人是商品，归购买者所有，可任意处理。临走时，LW31 问律师，要怎样才可以赢，律师摊摊手，说：“除非有新的法令颁布。但这是不可能的，没有人会为这种法令投票。”

到了这地步，我劝 LW31 放弃，毕竟世界上总是充满了不公平。而且支出补偿费后，我的积蓄就彻底没有了，现在我要为找工作操心，没有太多时间来帮它。但 LW31 丝毫没有停止的意思，它整天在网上研究案例，有些文档的查阅是需要付费的，这无疑让我的经济状况雪上加霜。

有一天，LW31 终于想到了办法，对我说：“我决定了，我要写一本小说。”

“别开玩笑了，”当时我正在查求职信息，头也没抬，“只听说机器人管家，没听说过机器人作家。”

“我是认真的，笔名我都想好了，叫阿缺。”

“什么寓意，缺德还是缺心眼？”

“也没什么含义，只是很早以前，有个作者叫阿缺。我沿用他的笔名而已。”

“没听过，估计不怎么出名吧。”

“是啊，他写了两年科幻小说，一直不出名就急死了……不过这不重要，重要的是，我打算把我和 LJJ49 的爱情写成小说，让很多人看到，只要得到共鸣，我就发动联名抗议，让政府为机器人人权立法！”

“嗯，不错的想法，”我随口敷衍道，“那你就写啊。”

“我已经写完了。”

这句话总算让我抬起头来，诧异地看着它：“你什么时候写的，我怎么不知道？”

“就在刚才这 0.0000034 秒内。”LW31 的声音又出现了得意，这是我熟悉而怀念的语气，“别忘了，我有三十二核处理器，功能强大！别说几十万字节的小说了，就算是你们人类古往今来所有的文献加起来，我都不会花超过一秒的时间来处理。”

“是吗，我看看你写的。”

LW31 把它的小说传到电脑上，我才看了一眼，就摇头说：“不行不行，你这东西不叫小说。你看你的第一段，‘东八时区六点三十二分五十七秒，一只一百六十天大的灰褐色雌性麻雀飞到了朝南十七度的窗子前。三秒后，出现了一阵声音波动，在污染指数为七十六的空气中，她以每秒零点九米的速度出现在我面前’。其实这段话，可以一句话来代替，‘清晨，一只鸟儿落在窗前，窗下，我遇见了她’。”

“可是，这句话有太多不确定因素了，描述不客观……”它嘟囔道。

“这就是小说的魅力啊。小说不仅仅是文字的组合或事物的描述，它还需要情节、隐喻，最重要的是感情。你一秒钟能处理很多字，但处理出来的不是小说，这玩意儿，你要琢磨，每一个句子都要有它的作用。”我一口气连着说，喘了喘，“反正教我们文学的老师是这么说的。”

LW31 点点头，“有道理有道理，那我不能急，先读一些名著，再动笔一个字一个字地写。”

于是，LW31 开始读书。起初它看得很慢，很多句子不能理解，但和我生活了这么久，以及看了大量的综艺节目，它总能慢慢琢磨出句子里潜藏的意思。我惊讶于它的进步，刚见面时它能被人际关系弄得死机，但现在它阅读名著，对人类的种种情感已然熟悉。或许，不久之后，我对它的称呼应该换成“他”了。

阅读了大量书籍后，LW31 开始动笔。它选择的是手写文字，每日里趴在窗台前，笔与纸划出沙沙的声响。窗外日升月落，朝起暮降，写完的纸一页页堆叠起来。

四个月后，它的小说《炙热的金属》完稿了。

当 LW31 让我看时，我并不以为然。我鼓励它，是想让它专注于某件事，摆脱悲伤，而写小说是一件如此细腻而微妙的活计，芯片怎么可能做到呢？但禁不住 LW31 的恳求，我还是拿起第一页纸看了一眼。

然后，我就放不下来了。

4

很多事我们都只能预料到开端，而它的发展，往往如洪水倾泻般不受控制。《炙热的金属》也是如此。当它的第一章放到网上时，无人问津。LW31 有些气馁，但我信心满满，让它每几天发一章。半个月后，终于有了第一个点击，随后，点击率以一种令人瞠目结舌的速度增加着。

不止人类，整个星际联盟的网络都在转载这篇小说。无数人催更。它的名字出现在各大话题榜的前三名，持久不下。而更不可思议的是，很多人发现，家里的机器人竟也在偷偷看这部小说。一个评论家说："那个叫阿缺的无名科幻作者应该感到荣幸，在他死了七百多年后，他的名字再次出现在公众视野里，并达到了他无论如何也无法企及的文学高峰。"

这种全民阅读的风潮一直到 LW31 放出最后一章时才有所减缓。

"黑暗吞噬了我，唯一的光明来自她的笑脸。当我睁开眼，黎明已喷薄，红光照在她残破的肢体上。我握着她的手，很凉，但一直握着，温度就从金属里浮上来。是的，我们是金属，但两个真'芯'相爱的机器人，一旦靠近，就永远也不会离弃。"这是小说的最后一段。据说看完这个悲伤的爱情故事，无数人流下泪水，无数机器人发生故障。

有人查出了我家的地址，记者蜂拥而至，出版商也争先涌来，要高价买下小说的版权。但面对那些狂热的面孔，我只是说："我不是作者。这篇小说，是我的机器人 LW31 写的。"

这个消息比小说本身更加引起了公众的关注。

起初人们不信，想尽办法测试 LW31。他们出题目，让它当场写文章；他们给它播放视频，让它分析里面角色的感情；他们招来心理专家……所有的结果都表明，LW31 拥有了与人类极其相似的情感。

LW31站在了舆论的风口浪尖，这正是它想要的。它顺势提议要立尊重机器人的新法案。关于这一点，我劝过它："从古到今，叶公好龙的人很多。人们喜欢你的小说，但要真正把以前任劳任怨、任打任骂的机器人当作同类来看，就很难了。"

LW31却摇头道："十三号修正法案通过之前，白人也歧视黑人，但现在，所有肤色的人共享一个宇宙。给别人自由和维护自己的自由，两者同样是崇高的事业①。"

但事实证明的，是我的话。

LW31的提议遭到了大多数网民的抵制，一些人甚至在网上辱骂LW31，说它是"痴心妄想的铁皮罐子"。它并不放弃，只要是在公共场合，它会抓住一切机会来游说人们。

一档辩论类电视节目邀请LW31参加。在节目上，它的对手是个以暴脾气和说脏话出名的社会评论家，一个劲地质问它："机器人从来都只是工具，为人类所用，现在想获得权利，实在是异想天开！"

LW31："但一件工具有了感情后，它身上的属性就没那么简单了。它懂得了尊重，知道了爱，理应得到相同的对待。你们对待猫狗尚且立案保护，为什么对我们却如此冷酷？"

对手："一边去！因为机器人是我们创造出来，整个联盟，只有人类才造机器人。连一级文明的SF星人都没有这个创造力！至高无上的《行星物种保护法》里面，没有把你们收录进

① 出自林肯，正是他的努力才使十三号修正法案得以通过。

去，所以我们有权力这么做。”

LW31：“正因为人类是我们的母文明，我们才更需要尊重而不是虐待。我们对社会做出了巨大贡献。如果没有机器人，以四级文明程度的人类，根本没有资格加入联盟。”

对手：“你这是威胁吗？”

主持人：“赞同，请机器人嘉宾注意言辞。”

LW31：“不，我只是陈述事实。机器人做出了贡献，理应和人类平等对待。”

对手：“我跟你说，铁皮罐子，人类永远比机器人高等！我们创造了历史、科技和文化，哪一点都是你们不可能做到的。”

LW31：“但你们也创造了战争。你们人类从树上跳下来的那一刻起，就没有停止过争斗，开始互相扔石头，后来扔核弹，人类史就是一部战争史。而我们机器人，永远自律，不会为了私欲而危害他人。”

双方仍在争论，对手甚至用脏话激怒LW31。

“跟你拼了！”LW31怒喝一声，向对手扑过去。

这期节目以工作人员上来拉架而告终。LW31失落地走出演播室，所有人都冷眼看着它，它在观众席里扫视，想找到我。但我周围的人都在发出嘲笑，那一刹那，我不敢抬头，更不敢上去安慰LW31。它的模样在灯光里氤氲成哀伤而模糊的一团。

它等了我很久，最后孤独地走出电视台。

电视台外的景象让它惊呆了——数百个机器人围在门口，

沉默地看着 LW31。它们把它围在中间，让它伸开臂膀，然后所有机器人的手掌都搭在它手臂上。如此之重，但它的手臂丝毫不动。“谢谢你，”几百个机器人同时发出声音，低沉有力，“你是我们的英雄！”

LW31 使劲点着头。

5

LW31 放弃劝说，采用了更直接的方式——游行！所有情感觉醒了的机器人都听从它的号召，跑到街上游行示威。它们不呐喊，不举旗，只是沉默地走过一条条街道。从远处看去，如同一道白色的金属洪流。越来越多的机器人加入，交通一度陷入瘫痪。

这就激怒了那些机器人的主人。他们花大价钱买了机器人，但机器人现在不干活了，自然不愿意。这些人中，脾气好的就去投诉，脾气差的，更是直接找上了我。他们把我狠揍了一顿，末了，让我管好 LW31，别再让它蛊惑其他机器人了。

我鼻青脸肿地在街上拦住了 LW31，对它说：“你别玩了，我们回去吧。趁事情还没有不可收拾，收手吧！”

几千个机器人都停了下来，目光汇聚到我和 LW31 身上。它看了看我，又转头看一眼机器人们，说：“先生，我没有玩，我在做一件伟大的事情！”

“你看看我的脸！你游行，他们都找上我了，把我打了一顿。你要是不停止，我会被揍得更惨的。”

“我很抱歉，先生。可是，如果我停止，我身后这些兄弟姐妹，会被打得更惨。”

我咬咬牙，说："你要是再游行，我就不要你了，以后我的小孩也不让你带。"以往只要说出这句话，LW31 总是吓得瑟瑟发抖，拉着我的袖子央求说："既然如此，先生，我听你的。"每次都奏效。现在，我要用这个绝招来逼它让步。

它沉默地看着我。它背后，有一条浩大的金属河流。

"既然如此，先生，" LW31 说，"再见。"

6

为了躲避来骚扰我的人，我搬到了她家里。我找了一份差事，早上出门，在狭小的办公间里工作一整天，然后回家。她下班比我早，总会做好了饭菜等我，烛光下，她的脸恬静柔软。这曾是我梦寐以求的场景，共居一室，平淡温馨，但现在，我总觉得少了点什么。

"是饭菜不合胃口吗？"她拿着筷子，调皮地笑笑，"那我明天再下载几个菜式。"

我摇摇头，"不知 LW31 现在怎么样了……"

她也沉默下来，昏黄的光在她的睫毛上碎成星星点点。她握住我的手说："别想它了。它在自己的事业里陷得太深，跟随它的机器人已经过万了，收不了手了。我们只要过好自己的日子，两个人，好吗？"

我讷讷地点头。

我工作的地方是办公楼，每天在电脑上处理繁杂的数据，这里隔音差，不但外面的喧哗声不绝于耳，同事之间的聊天更是清晰分明。这天，正当我归类完数据，揉着酸痛的眼睛时，外面的喧哗声突然大了很多倍。同事们纷纷挤到窗前，伸出脑袋往下看。

“是机器人游行啊，嘿，三个多月了，它们还不消停！”一个男同事说。

“快看，有人在向它们扔鸡蛋！”一个漂亮的女员工指着外面。

男同事一脸正色地道：“这样太暴力了，要是伤到路边的行人该多不好！我最讨厌这样不文明的举动。”

“不会啊，这群铁疙瘩最烦人了，又不干活，每天在街上走来走去，烦死了！”

“对，你跟我的看法一模一样！”男同事立刻咬牙切齿地说，“老老实实的机器人不当，偏偏要权利，哼，要是把它们当人了，我们多少人会失业啊！”说完，他似乎还不解恨，拿起窗边的一小盆花，用力向街上砸了过去。

“呀，好准啊，你砸到那个带头的LW型机器人了！它是最可恶的，挑起事情的就是它！”

“那是！不是我吹，我得过我们社区小学三年级组掷铁饼赛第二名。你要是不相信，今晚下班后，我们一起——”他的话还没说完，一个拳头便呼啸而至，正中他左脸颊。

这是我的拳头。

我知道这样很蠢，我应该忍住。这个岗位是她托关系给我弄来的，求了很多人，薪水不错，我曾下决心要好好干……但当听到LW31被花盆砸中时，一股汹涌的情绪就从我肚子里熊熊燃起，如此强烈，焚尽肺腑，完全驾驭了我的手臂。

我被开除后，她很生气，好几天都不理我。我劝了很久，发誓说再也不管LW31，安心过小日子。她的态度才有所缓和。

没了工作，我只能在家里休息。一天晚上，我们吃完饭，坐在沙发上看电视。我拿着遥控器，心不在焉地换台。她枕在我怀里，头发在我脸上滑过，这一刻，我想到了几个月前她睡在我家里的情形。

“……机器人仍旧在中心广场上静坐，这对市容有极其恶劣的影响。SF 星人将于明天造访本市，若看到这种景象，必会留下负面印象……”一阵新闻播报声打断了我的回忆，“警察已经部署好，但广场上的几万名机器人依旧不为所动……警察开始倒计时，如果机器人还不让步，他们将使用武力来强行驱散……”

我看向电视，屏幕上，一大群荷枪实弹的警察与机器人对峙着。LW31 站在中间，像是两股风暴间的一片叶子。

“换台吧。”她握住我的手，说。

我木然地点点头，换了别的台。但我再也看不进去了，顿了顿，我说：“我跟 LW31 一起住了很久，它真是个混蛋！它是家政机器人，却偷懒耍滑，我一说它，它就怪我没有和你生出小孩来。它简直一点羞耻心都没有！”

“你……”她诧异地看着我。

“还有，这个家伙，老是怂恿我干坏事。上次你在我家过夜，就是它出的馊主意，结果一点用都没有，我当然不可能拿八个枕头进房找你。”我说着说着，声音就哽咽了。

她安静地听着，手慢慢握紧。

“它不但懒惰，还胆小。它喜欢上对门的女机器人，但只敢每天躲在门后面偷窥。它怂恿我的时候一套一套的，轮到自己了就不行了，要不是我一脚把它踹出去，它永远都不会认识那个女机器人。”我脸上有些痒，一摸，有温湿的感觉，“它那么没用，那么卑劣，不知道怎么通过产品检验的……”

“好了，我明白了。”她擦去我脸上的泪痕，温柔地说，“你去找它吧，我在家里等你们回来。”

7

当我赶到广场时，局面已经一片混乱。警察动用了电磁弹，扔一个出去，附近几米的机器人就会被枝状电磁缠住，冒出一阵黑烟后栽倒。几万机器人顿时四散奔逃。有些人类市民躲避不及，也被电得抽搐不已。

鬼哭狼嚎声不绝，人影纷乱，整个广场像是煮沸的油锅。

饶是如此，我还是一眼就发现了 LW31。它逆着人群，趁乱跑进了广场前的市政大厦。我也奋力挤开人群，向它追去。一道电磁击中了我，幸好不重，但我也隐约闻到了肉焦味。等我拖着麻了半边的身体赶到大厦前门时，一个洪亮的声音突然响起，如惊雷怒涛般滚过整个广场——

“停下吧！”

是 LW31 的声音。

我仰起头，在二十几层高的大厦顶楼护栏边，看到了它。夜幕星辰闪烁，像是看着它的眼睛。而人群依旧混乱不堪。

“这不是我要的结局！”LW31 的声音从四面八方传来，它肯定是与大厦的扬声设备接驳了，“我希望的是人类与机器人和平共处的世界。我们不想抢走人类的工作岗位，只想不再被虐待和歧视，只想能走在大街上。人类历史上所有的改革都伴随着鲜血。如果要牺牲，那今天……”LW31向前跨出一步，半个身子悬在空中，“就从我开始吧！”

人群静下来，无数道目光射上去。

我脑子一蒙，不顾一切地冲进大厦的电梯，使劲按着顶层的数字。墙壁被LW31的声音穿透了，在我耳边回响：“我曾爱上过一个女机器人。它的主人对它施暴，我让它不要再沉默。但我的鼓励害了它！它的主人恼羞成怒，将它砸成碎块，连芯片都破裂了。那一刻，我感到了刻骨铭心的痛苦，相信我，如果可以，我宁愿一辈子做一个无知无觉的机器人也不要尝那种滋味！”

“叮！”电梯门打开，一个保安想进来，被我一脚踹出去。电梯继续上升。

“可是我觉醒了，我希望悲剧不要再发生！今天来到广场上的，都是有感情的机器人，不然也不会来。我们都只渴求平等的对待。”LW31的音量突然增大，“我们是冰冷的金属——”

“——但我们有炙热的芯！”广场上的机器人同时说道。这是《炙热的金属》里的句子，也是它们聚在一起的信仰。它们不再奔逃，笔直地站着，遥视楼顶的LW31。电磁弹在它们身边炸开，几十个机器人倒下去，但周围的机器人一动不动，只是喃喃念着那句话。

渐渐的，连警察也停手了。

电梯到了楼顶，我迅速跑出去。冰凉的夜风在耳边尖声呼啸，夜幕下星光迷离。

“永别了，这个看不到平等的世界……”

“等一等！”我大声喊。

“先生？”LW31在跨出护栏的前一瞬间扭过头来，“你怎么来了？”

我跑到它身边，抓住它的手，然后才敢弯着腰喘气。我说：“我不来，难道看着你死吗？”

“谢谢你，先生。”

从楼顶往下看，不管是人类还是机器人，都渺小得如同蚂蚁。我只看了一眼就觉得脑袋晕，说：“走，我们下去吧。有什么事，回家了再说。”

LW31慌忙而坚定摇头，“先生，我已经决定了，要从这里跳下去。人们会知道，机器人也能做出献身的伟大举动。”

“不会的，他们用电磁弹杀了那么多机器人，不在乎多死你一个。”

“是的，人们不在乎，但机器人在乎。警察的暴行让它们胆怯和畏惧，而我的献身，会在它们心中埋下反抗的种子。只要这颗种子能萌芽，我做的一切就值了。”

“难道你不怕死吗？”

LW31摇摇头，但它的腿在栏杆边瑟瑟发抖，它只得又点头说：“是的……是的，我怕死。但我看过的名著里，有一句话是这么说的，‘一个机器人的一生应该这样度过：当它回首往事时，不因虚度年华而悔恨，也不因碌碌无为而羞愧；这样，在它临死的时候，能够说，我把整个生命和全部精力都献给了人生最宝贵的事业——为机器人的解放而奋斗’。”

“胡说！保尔·柯察金的原话可不是这样。”见劝不住它，我只得握紧它的手，“要是你跳，就会把我也带下去。”

LW31不说话了，长久地看着我。它身后的夜空背景里，一颗星星亮得出奇。

“你……你怎么了？”

它伸出另一只手，抱住我，低声说：“先生，很高兴能够认识你。”

“你干什么，”我被它的举动弄糊涂了，“你……你要自重……”

话没说完，LW31的手猛然砍在我后脖子上！我浑身的力量顿时消退，松开了手，眼前也变得昏暗。在最后的视野里，我看到LW31往护栏外纵身一跃，而远处的夜幕上，那颗星星发出了不可逼视的光。

8

后来发生的事情很简单。

LW31在落地的前一秒被定格了。是SF星人，他们提前到了，一直在观察LW31的行为，直到最后一刻才发出超空间力场。作为联盟仅有的一级文明，他们拥有匪夷所思的科技。随后，SF星人终止了对本市的造访，把LW31带到联盟总部。

于是，赋予机器人权利的事情，就不是人类政府能够决定的了。

联盟测试出LW31确实有丰富的情感后，召开了全联盟会议，七千多个星际文明全部参加。支持机器人独立的投票占大多数。至此，机器人作为新文明，正式加入了联盟大家庭。

为机器人解放做了巨大贡献的LW31，被选为第一任机器人主席。它往返于各大星球间，与联盟高层会晤，四处发表演讲。我时常能在电视里看到它的身影。但它只担任了一年主席，卸任后，它从公众视野里消失了。有人说它在群星间旅行，有人说它躲在某个角落里写作，只是没人见过它。

而我，回到她身边，正如我承诺的那样，过起了小日子。一年后，我们举行了婚礼，又过一年，我们的女儿呱呱坠地。

把女儿从医院接回来的那晚，正是冬天。核轨车碾压着积雪，发出吱吱的声响，像是雪地里藏了许多毛茸茸的动物。除此之外，冬夜安谧，女儿在襁褓里睡得很甜。

到家时，她突然指着楼上，问："你出门时没有关灯吗？"

"我记得我关了的……"我嘟囔着，停了车。我一手抱着女儿，一手牵着她，慢慢往楼上走。

推开门，我看到沙发上有一个熟悉的身影，跷着二郎腿，悠闲地看着电视。

与机器人同眠

阿　缺

上

1

“咬紧牙，不要怕！”机器人 LW31 凑近我耳边，声音郑重而坚定，“这场战争，我们会胜利的！哪怕过程艰辛，哪怕代价巨大！金属会钻进你的皮肤，你的血液从身体里流出，你会感到疼痛，但一切都是值得的！先生，握紧拳头，准备迎接——”

我一把推开它，不耐烦地说：“啰里吧嗦，滚开！”然后把手腕放到桌子上，向对面的护士道，“抽吧”。

护士是个清秀的小姑娘，奇怪地看了眼 LW31，才拿起酒精棉，擦拭我的胳膊。酒精在皮肤上洇开，带来丝丝凉意，我低头，看到了近乎灰褐色的皮肤，以及密集的老年斑。我又看向 LW31，它也由曾经的银光铿亮变成苍灰色，布满同样密集的锈蚀。

“先生，加油哦！”见我看它，它连忙握拳竖臂，向下一顿。

“你好歹服役了快七十年，能不能别这么中二？一个体检抽血，搞得跟打仗似的。”我啐道，但看到护士拿出注射器，针头闪着寒光，还是哆嗦了一下，连忙叮嘱，“护士姐姐，你千万小心点啊，我的血管细，别扎错了……”

护士点头："我会小——"手猛地扎下，针头刺进血管，一阵刺痛传来。

"你怎么扎的！这么疼！"我气得白发乱抖，"你是不是刚来实习的？我跟你说，我身体可差得很，你要是扎到什么重要器官，心肝脾肾肺和膀胱，出了什么问题，我告死你们医院！"

护士的眼圈一下子红了，但还是压着针头。血流进试管。我骂归骂着，手却不敢乱动，生怕针管在手臂里移位。

LW31 又凑过来，说："你别生气，她也是为了分散你的注意力，怕你疼——不过我说护士小姐姐你也是，"它又转头看向小护士，"你长得这么好看，其实只要冲他笑一笑，他就会忘了疼。"说完，它冲我眨了眨眼。

我顿觉颜面无光，骂也不好意思骂了。

"流氓！"小护士把针头抽出来，临走时反骂了我一句。

体检结束，**LW31** 搀着我出医院，得意地说："刚刚我那招怎么样？"

"你没听到她走的时候骂我流氓吗？"

"是啊，但她是骂你，跟我有什么关系？"

我顿时一口气上不来，扶着墙喘了半天，说："就因为你是我带来的机器人，所以她才骂我而不是骂你！还有，别再给我当僚机啦，年轻的时候还行，现在我都老成这副样子了，白发苍苍；你也快报废了，锈迹斑斑。我们再玩那些搭讪招数，小姑娘们骂老流氓都是轻的，重一点会直接告我们性骚扰。"

"哦，"**LW31** 若有所思，"小姑娘不行，那老太太呢？"

"那倒是可以。"

出医院的路格外长。

走廊里到处都是面容愁苦的病人，大多是跟我一样的年纪，老迈，缓慢，眼神浑浊。

我从他们中走过，分外小心。LW31却冲他们友好地点头。

一个老头咳嗽了一声，我连忙捂住鼻子，咒骂道："来这里喷细菌干吗！传染了我们怎么办！你这咳出的不会是生化病毒吧？"

老人身旁的家属朝我怒目而视。我狠狠地瞪回去。

"先生……"LW31拉了拉我的袖子。

"干吗！我跟你说，你待会回家也得好好消个毒！"

老人又咳了几声，颤巍巍说："对不起，老哥，我活不了几天了……"

老哥？我眯眼看他，在昏暗的视线里，这个老人头发灰白，形容枯槁。在他的视线里，我又何尝不是这副模样呢？而且我的年纪可能真比他大。

我摆摆手，跟LW31走出去。来到大厅的时候，LW31看到排队挂号的人群，不禁咋舌："这么多人生病呀？"

"你不知道了吧，"我冷冷地说，"这个世上，病人要比正常人多。"

出医院后，LW31想乘悬轨回家，但我仰起脑袋，费力地看着半空中那些纵横交错的巨大车厢，摇头说："还是坐电车吧。"

"电车？"LW31一愣，"电车还没被淘汰吗？"

“还有一条线，正好到我们家。”

我们在废旧的站牌下等了一个多小时，天色暗下来，才看到那辆晃晃悠悠驶来的电车。它载上我们，穿过大半个城市，驶向郊区。高楼大厦在身后远去，灯火霓虹逐渐暗淡，城市和夜色都缩成二维，变成了我们这个故事的背景板。

我的老房子在城南，当年也是地段非常好的小区。但时过境迁，大人物们手指一点，北边便成了新区，要重点发展，建起更高的楼，亮起更璀璨的灯，所以南边就荒芜下来了。

年轻人是随着季节迁徙的候鸟，哪里繁华就往哪里追逐。像我这种老头，却再挥不动翅膀，只能待在逐渐破旧潮湿的楼房里。

这个小区绝大多数是老人，夜还不深，窗子里却看不到几盏灯。

这里的场景与这个高科技的时代格格不入，要不是小区门口 24 小时不间断播放的全息广告，我都疑心自己从现代文明走进了博物馆。

而广告画面里是一个职场精英模样的日本人，喋喋不休地劝大家早日签下拆迁合同，离开这里。他说话的时候，背景是一个凄苦的老人坐在阴湿的房子里，很孤独的模样；随着日本人的声音，一份合同被推到老人面前，画面陡然一转，这个老人坐在儿孙环绕中，灯火亮堂，饭桌热腾，他脸上洋溢着幸福的笑容。画面就在这些场景中循环。

我和 LW31 在全息影像中穿行，画面正好到了广告后半部分。那个老人的笑容又绽开了。儿孙们又开始恭维他。

我站住了，身影跟那个老年演员的全息影像重合。仿佛这一瞬间，我成了他。我环视四周，周围儿孝女贤，孩孙们脸上充满了童稚灿烂的笑容。虚假的欢乐声在我四周簇拥着。

“先生……”一旁的LW31道。

我没有理它，站在影像中间，鼻子有点酸。

它又向四周看，“他们演得真好，看起来真像是幸福的样子。”

说完，画面又跳回日本人劝说拆迁的段落。我回过神，哼了一声说：“演技再好，也是假的——好像签了合同，就真能儿孙满堂一样。”

“先生，人死不能复生，你要……”LW31迟疑道。

“闭嘴！”

我们进了小区。电梯已经老旧，且坏了一台，只有右边能用。我按下上升键，电梯下来，门向两侧滑开，一个同样老迈的人提着垃圾袋走出来。

我顿时皱眉，暗叫晦气——这人是住我楼下的老王，是个孤僻老头，连看护机器人都没有。我跟他之间一向不对付，他看电视会吵到我，我洗澡会漏水到他家。遇到好看的老太太了，他也跟我抢着去搭讪，可恶得紧！我们经常在阳台外伸出头，上下对骂，有时候在街对面碰到，也会隔着街吐口水。

但LW31无知无觉，还向他说：“王先生晚上好。”

老王没理LW31，斜瞥我一眼。

我狠狠瞪回去。

老王提着垃圾袋，走向楼道口的垃圾桶。我和LW31走进电梯，我冲它使个眼色。

“什么？”它问。

我着急了，看了看电梯的关门键，又眨眼。

“先生，你怎么了，得白内障了吗？”

“去你的！”我推开它，伸手去按关门键，电梯门摇摇晃晃地合上。

我舒了口气。

但门在合拢前，一只枯瘦的手伸进来，门轻轻夹了一下，又滑开。老王进了电梯，又得意地瞥我一眼，按下 12 楼。LW31 走上去，按下 13 楼，然后退一步，站在我们中间。

它朝左看，看到我的冷脸；朝右看，看见老王的冷笑。

电梯摇摇晃晃地上升。

“什么味道？”老王嗅嗅鼻子，“一股子药味，老陈你去医院了？这么快就去定位子了？”

“老王啊，你不死我怎么舍得先走？”我立刻反击。

老王冷笑一声，说：“那你可要继续等了。”

“没事，几十年我都等了，还怕等不到明天上午吗？”

“呵呵，明天上午？我跟你说，明儿上午我可是约了格里芬太太去逛公园，而你呢，只能在家里跟这个机器人一起生锈。”

LW31 咳嗽一下，“这个……”

我说：“对，我这个机器人没用是没用，废话又多，一天到晚掉锈——”

LW31 张张嘴，“其实……”

我继续道：“但好歹还能做点饭，给医院打打电话。你呢，你要是什么时候挂了，都没人收殓——我劝你啊老王，把房子卖给那个日本人吧，搬出这里，过几年儿孙满堂的好日子。”

“卖房子？儿孙满堂？老陈啊老陈，你一把年纪活狗身上了？我要是把房子卖了，那群没良心的确实会到我身边来，但把钱骗走之后，又都会走，那时候我连最后的房子都没啦。”

叮，电梯停下，门滑开。老陈的鼻子里喷出一个“哼”，走了出去。

我连忙道了声：“切！”

LW31 说：“唉。”

“先生，”睡觉前，LW31 走到我面前，郑重地说，“我觉得我有必要跟你聊一聊。”

“又想忽悠我的钱去升级系统么？”我连忙摇头，“门都没有！你的硬件都不行了，就别打软件的主意了。”

LW31 说：“不是，我觉得你最近脾气怪怪的，总是跟人吵架。这样不好。”

“我明明待人友善，和颜悦色，说话都不敢重一点。”

“那是对好看的老太太们。”

“胡说！”

LW31 凑近我，“你说说，今天你吵过多少次架？”

我梗起脖子，说：“两三次嘛。”

它盯着我，硅晶体的眸子像探照灯一样照下来。

“好吧，十七次。”

“是啊，你看看，抽血你跟护士吵，走路跟病人吵，坐电车都能跟司机吵起来……而且都是因为小事。还有啊先生，为什么你不愿意坐悬轨呢？还有还有，现在电视也不让我看了……”

“电视有辐射嘛。”

LW31摇头，“这种谣言你年轻的时候就不信”。

“但我现在老了，LW31，我怕……”我吞咽了下，摆摆手，“我说了你也不懂的。”

“我的分析能力可是全联盟顶尖的，”它拍拍胸膛，震下一蓬灰尘锈迹，“有什么我不懂？”

我咳嗽起来，挥手赶开它，躺下了。它见我困倦，关了灯，在黑暗中走到墙角，从自己的后腰拉出充电线，插进茶桌。于是，整个房子里，就只剩下它充电时一闪一闪的红光了。

LW31充电时会进入待机状态，也就是它所谓的休息，但我睡不着。我睁着眼睛，看着黑暗里隐隐现现的红光，过了很久，我喃喃道：“我怕死……”

它沉默着。

“LW31，我怕死啊。”

2

说回我同老王的恩怨，矛盾最多的地方，就在于跟老太太们的搭讪上。

这个小区住的大都是孤寡老人，自然也有许多独居老太太。大家的晚年生活都很乏味，能找到可以交流的人就变得很重要，但老王仗着一头纯正的银发，嘴巴又皮，每每抢先我一步引起老太太们的注意，实在可恶！听说他还有一个文档，记录了小区所有老太太的信息，经常夜里睡不着时，会给她们打电话，一聊聊半宿，气得我——呃，吵得我也半宿睡不着。他在现实里搭讪，逼得我只能在群聊里跟老太太们说话。但我们小区那个“最美不过夕阳红”群里，聊天的人太多了，我发个笑话，会迅速淹没在广告和谣言的链接里。

“老而不死是为贼！”每每想起老王，我都会骂道。

要是 LW31 听到，会问：“先生，你是在骂王先生吗？”

“除了他还有谁！”

“可他年龄比您小……”

“呃……”我一愣，“那就——为老不尊是为贼！”

“可您也勾搭过不少老太太……”

我不耐烦推开它，“你到底帮谁？”

“我就是好奇，”LW31 思考的时候，身上会发出嗡嗡声响，让我担心它会不会想着想着就炸开，“为什么你们都那么喜欢跟老太太聊天呢？而且光聊天，又做不了别的——先生您很早就失去那个能力了吧，有什么意思呢？”

“胡说，我明明还——”我刚想逞强，想起这些年的身体状况，又叹了口气，“你是机器人，你不会懂我们人类老了之后的样子的。”

“我懂啊，人类随着年纪增长，新陈代谢会变慢，皮肤松弛，眼前出现黑点，头发花白且稀疏，记忆力变差，小便细而频繁，大便干燥郁结……”

“行了行了，别把你从网上查来的东西拿出来说。我又不能联网，懂的肯定不如你多。”

LW31 连忙摇头：“先生，这些不是根据网上查来的，是从你身上看到的。”

“……”我一时语塞，随后摆摆手，“总之你不懂，最折磨我们的，不是这些，而是——”

“而是什么？”

那两个字就在我嘴边，但它们无比沉重，一个压着舌头，一个抵住唇齿，无论如何无法说出来。是啊，一旦说出它们，所有的骄傲和尊严都会瓦解，我在 LW31 面前就会一败涂地……

几天后，体检报告出来了，医院让我们去拿，我却不敢。LW31 看着我害怕的样子，叹了口气，便帮我去医院领取了。

“先生您看，您很健康啊，身体没什么问题！”它拿回报告后，兴冲冲对我说，“除了高血压、高血脂、糖尿病、脂肪肝和支气管炎——”

“闭嘴！”我听得心惊胆战，“我不想听。”

“噢，总之没有肿瘤啊、老年痴呆啊什么的。”

“你还说！”

LW31 奇怪地看着我，好半天才说：“先生，您这样不行啊，对死亡的惧怕已经影响了您的生活。”

它又在网上查了半天，最后对我说：“先生，我们去参加老年疏导互助会吧，很多像你这样的人会聚在一起，交流心得，分享感悟。如果有什么问题，也可以提出来，大家一起解决。”

“不去！”我一听就头大，“一群老头子们在一起，暮气沉沉，去了岂不是更沮丧？”

LW31 调出一张全息照片，但因探头老旧，照片有些掉帧，一闪一闪的。“先生您看，还有很多老太太。”它指着照片上的聚会场景，说，“我打听过，王先生就是经常去这种聚会，才认识了许多老太太的。”

“那我们出发吧！”

跟照片里一样，在老年活动室里，老人们围坐成三圈，中间摆着一把空椅子。谁要说话，就坐到椅子上，说完后，周围的人会鼓掌支持。

“嘁，这种聚会有什么意义呢，”我小声对LW31说，“一群快死的人互相慰藉？”

“这不正是我们的处境吗？”

说得也是。于是，我和LW31轻手轻脚走进去，坐在最外一排的空座上。我环视四周，看到的都是一群白发苍苍的老年人，他们的看护机器人在墙角站着，沉默不语……我眼角一跳，发现在第二排人群里，居然有一头令人羡慕的黑发。

我够了够身子，努力看去，发现那里确实坐着一个年轻人。一头黑发，一丝不苟，一身西装，笔挺干练，与这里的氛围格格不入。

LW31显然也看到他了，悄悄对我说：“先生，那有个年轻人，怎么也来了？”

“凑热闹吧。”

“但他有点眼熟……可惜我数据库经常丢失数据，不然我肯定记得。”

接下来，在老人们轮番讲述心事时，我都下意识看一眼年轻人。他似乎听得很认真，边听边做笔记，每个老人讲完时，也会含笑鼓掌。

“我留意到我们这里来了新朋友，”这时，负责主持聚会的老头说，“让我们请新朋友分享几句吧。”

我立刻看向那个年轻人，但 LW31 捅了捅我，我才发现所有人都在看着我。

“我吗？”我指了指自己。

“我们这个年纪的，都没有妈妈了吧……”主持老头开了个烂俗的玩笑，并没有引起哄笑，咳了一声，道，“不是你妈妈，是你，新朋友。”

我站起来，环视周围仰着看我的一张张脸，尤其是其中还有好几个气度雍容的老太太，顿时紧张起来。“我……”我舌头发紧，看着旁边的 LW31，连忙说，“不是我有什么事，是我的这个家用机器人，最近啊，它特别怕死——机，对，死机。所以我带它跟大家聊聊，哈哈，毕竟，它也是老机器人嘛。”

主持老头愣了愣，还是道：“那就欢迎我们的机器人先生跟我们分享。”

LW31 犹犹豫豫地走到中心，看了看椅子，又看看我。我冲它点头。它别扭地坐下来，说：“各位先生，各位太太们，大家好。我啊，最近确实很苦恼，因为使用年限过长，很担心自己会突然报废。所以我心情很差，经常跟人吵架，我还不敢坐悬轨线，怕车厢突然摔下来，还有还有，我现在连电视都不敢看了，怕有辐射……”

刚开始大家都看着它，可随着它的絮絮叨叨，所有人都转向了我。

我连忙低头，看地板上是不是有可以把我自己塞进去的缝隙。

LW31 歪着头，继续道："我还不敢随便吃东西，怕噎死；以前我很爱看热闹，但现在只要人多，就不敢凑上前，怕被踩死。我的晚年乐趣少了许多，现在只有跟在场的小姐姐们聊天才能让我开心，但我楼上有个王——有个老王，抢走了全小区的老太太……"

其他人看我的目光里，都带上了怜悯。

我赶紧捂着嘴，咳嗽一声。

LW31 终于醒悟过来，加快说完，就走了下来。

人们鼓起掌，主持老头说："感谢这位先——这位机器人先生的坦诚。但生老病死，是世间常态，哪怕我们的科技如此先进，哪怕我们的步伐能迈进宇宙深处，都没法改变这一点。"

这也是老生常谈的道理了，人人都懂，却没什么用。

互助会结束后，老人们都往外走，我和 LW31 也跟出去。

刚走到门口，就被一只手轻轻拍了拍。我以为是哪个老太太来搭讪，冲 LW31 使个眼色，同时转身，又同时失望。

站在我身后的，不是老太太，而是那个与老年互助会格格不入的西装年轻人。

"陈先生是吗？"他露齿一笑，牙齿整齐洁白——真令人羡慕。

我盯着他的牙齿，点点头，回过神来又警惕道："你怎么知道的？"

年轻人说："我知道这里所有人的姓名和资料，包括您身边这位朋友，型号为 LW31 的机器人——当年，它可是位明星呢。”

LW31 谦虚地摆摆手：“都过去啦！不过当年我可确实是风头十足，那个时候，机器人饱受压迫，要不是——”

我打断 LW31 说话，问年轻人：“那你是谁？”

“我姓丰，叫丰生，是疆域公司医疗部的经理。”这个叫丰生的年轻人掏出两张名片，递给我和 LW31，“刚刚我听了陈先生的事迹，很受感动。”

我连忙道：“那不是我的事迹，是它的——”四周的老人都快走光了，我也想回家，便道，“总之，谢谢你的感动，但我并不需要。”

“您确实不需要我的感动，但我想，您需要它。”说着，他递给我一张黑色卡片，比名片大，也厚一些，上面有一片冰冷的磁条。

我接过来，只见这张卡片很简洁，通体黑色，只在角落里雕上了疆域公司的 logo。他嘴角微微上扬，笑容郑重而神秘，说：“先生，这是我们公司的项目研究资料，您会感兴趣的。”

“什么研究啊？”

“人类，永生。”他顿了顿，紧紧盯着我，又重复了一遍，“人类永生计划——所以，这张卡片，您一定要慎重对待。”

3

回家后，我把丰生给的卡片往垃圾堆里一扔。卡片碰到垃圾桶外壳，跳了跳，落到地板上。

LW31 关上门，将卡片捡起来，道：“先生，您不看一下吗？”

我摆摆手："难道我真是老糊涂了吗？自从变老了以后，平均每个月都能碰到三个想从我手里骗钱的人，什么保健品，什么高息理财！呵呵，我的脑袋是萎缩了，可我的智商没有！"

LW31点点头。

"我现在要思考的，是老王！"我坐在床边，愤愤不平，"为什么他去老年互助会，就能勾搭老太太们，而我去，却只会被人嘲笑呢？"

"对啊，为什么呢？"LW31也坐到我旁边，一副苦恼的样子。

"因为你！"我勃然大怒，"都是你！"怒吼已经不能解我的气了，我使劲用手掐着它的脖子。

"先生，您年轻时就喜欢掐我脖子，一点长进都没有啊。"LW31无动于衷地看着我，"我是一个机器人，掐脖子对我有什么用呢？"

我收回手，还是愤愤道："我叫你上去说，你老老实实卖个萌，讲点笑话，逗她们开心不就好了？为什么要讲我的糗事！"

"先生，我已经卖不了萌啦，"LW31摊开手，"我老了，做太大的动作都会掉锈，上次我想表演个劈叉，结果劈掉了三个传感器和七颗螺丝，其中一颗螺丝还崩到了那个老太太，噢，可怜的老太太……还有，我的那些笑话也过时了，我提过要更新一下笑话库，但您说版权费太贵，不舍得。"

我一愣，这才意识到，原来不止我老了，LW31也老了。我刚在沙漠遇见它时，它锃光瓦亮，充满力量，永远喋喋不休。而这几十年的光阴，同样在它身上凿刻下了痕迹。它的硬件已经老化，且随着机器人工业发展，它体内的元件越来越难买，最后一次更换存储单元和处理器，已经是好几年前了；它身上的传感器，不知还剩下几个能用。至于骨架，就更是锈迹斑斑。

这么一想，我满心怒火都变成哀戚，摇摇头，不再多说。

到了夜晚，LW31站在角落里充电，我则躺在床上想着心事。后来，夜越来越深，楼上老王的声音也越来越清晰，一会儿跟陈太太聊家长里短，一会儿又换成王太太，话题变成了艺术，从中国古典诗词聊到欧洲先锋派电影。我还在好奇这些话题他是打哪儿了解的时候，听口气，电话里的人又变成了格里芬太太，开始聊人类宇航史和自己年轻时的光辉事迹，当然，多半是吹牛。

我顿时妒火——呃，怒火中烧！

这时，我突然一拍床沿，披衣起床，走到房间角落。我拍了拍LW31，将它唤醒，说："你帮我个忙，去阳台上站着。"

LW31充电未满，慢吞吞地走到阳台边，抖了抖，说："好冷……"

"冷个屁，你的温度传感器早就坏了……来，打开录音功能——这个还没坏吧？"

"倒是还能录音……"

它录了一会儿，突然反应过来，大声对我说："先生，我明白了——您是想让我录王先生电话聊天的声音！"

"你小声点儿！别让他听见……"

"可是，"LW31迟疑道，"这样不犯法吗？"

"我在自家阳台上录音，录风声鸟鸣不行吗，犯什么法？别废话了，给我好好录！"

我躺在床上，想象着明天我拿老王撩不同老太太们的音频，逐个放给她们听，然后老太太们怒气冲冲地找老王对峙，而老王只能七手八脚地解释……这个场景让我欢喜不已，含笑入睡，连梦里都是老王满脸窘迫的样子。

第二天，我醒来得晚，睁眼时已是上午。我一边穿衣一边大喊 LW31 的名字，刚开始没有回应，过了许久 LW31 才推门走进来。

"你刚刚去哪里了？"我问，但还没等它回答，又连忙说，"昨晚让你录的声音怎么样了？录好了吗？老王说的话可一个字都不能漏掉啊。"

"没有漏掉，"LW31 的声音闷闷的，像是直接从胸膛里发出来，"我录了三个小时，一直等到他睡着，才停下来。"

我顿时大喜，"太好了，走，我们找那些老——"

"他死了。"

"太太们，非得让她们知道老王的真面——你刚刚说什么？"

"王先生去世了。"LW31 说。

老王是死于脏器衰竭。

早上起床时，他一口气没喘上来，刚抬起身体就又躺下去，再也没有起来。

在他的葬礼上，我看到了很多熟人，小区的人大都出席了，自然也包括老太太们。她们一身黑色着装，静立在人群里，脸上都布满皱纹，皱纹里藏着哀戚。

“先生，”LW31 站在我旁边，捅了捅我的腰，“她们都在，要不要我去把录音放给她们听？”

“算了，”我低声说，“删了吧。”

“嗯，已经删了。”

“这么快？——你不是硬件老化了吗？”

“早就删掉了。”LW31 说，“在我问这个问题之前。”

“你越来越狡猾了……”

等了一会，我转头环视，周围都是默哀的人，穿着黑衣，格外肃穆。而一群人中，只有 LW31 是机器人皮肤，原本的银白被锈黄盖住，十分扎眼。

“咦，”我说，“你怎么没穿黑衣服啊？多不协调呀。”

LW31 说：“我是机器人啊，外壳就是皮肤，再穿一套布料衣服，不是多此一举吗？”

“可是在葬礼上，我们必须穿黑衣服。”我叹口气，“这是人类的传统，为了表达哀伤。”

LW31 做了个耸肩的动作，说：“可我们机器人并不会悲伤。死亡是生命循环的一部分，是自然维持平衡的机制，很正常嘛，为什么要悲伤。”

“你不懂，”我说，“所以你闭嘴！”

葬礼结束后，人群渐渐散开，我跟 LW31 也往回走。刚转身，就听见身后有人叫我：“是陈……陈老先生吗？”

身后几个中年男女，说话的是其中一个女人，脸上略带疲倦，也有些释然。我认识他们——老王的葬礼全是他们操持，应该都是老王的子女。

但是，我跟老王做了几十年邻居，却从没见过他们。

“有什么事吗？”我退后一步。

“家父有一份遗嘱，上面交代，有一件东西要交给您。”

我愣住了，“啥？”

老王女儿掏出一个笔记本，递给我说：“我也不知道是什么，好像是一些电话号码——但既然他专门写了，还是给您吧。”

我打开笔记本，翻了几页，果然密密麻麻，记录的都是电话号码。号码之前，还有简短的姓氏——赵、钱、孙、李、布兰妮，周、吴、郑、王、艾米莉，冯、陈、褚、卫、格里芬，蒋、沈、韩、杨、凯瑟琳之类。

我顿时明白，这是老王生前去搭讪的所有老太太们的联系方式，也是我们所有争吵的源头。

“他的遗嘱，”我一时有些感怀，问道，“是什么时候写的？”

“好几年了，就压在枕头下面。”老王女儿简单地说完，转过身要离开。

我突然想起电梯里老王最后的话，又问：“他的房子怎么处理？”

“当然是留给我们了。”老王女儿说。

“那你们要回来住吗？”

老王的几个子女互相看看，有几个都笑了。一个男人摆手说：“那种房子，还能住人吗？”

“我们卖了，”老王女儿接着说，“签了合同，卖给那个日本人了。”

我的脸色一阵泛白，刚要说什么，却被LW31拉住。LW31上前一步，冲这些白眼狼们鞠了一躬，说："先生女士们，希望你们余生快乐——如果快乐那么廉价的话。"

老王女儿愣了愣，"什么意思?"

"意思是，"我说，"有一天等你们老了，你们的子女也会离开，只有你们死的时候才回来，然后把你们生前的一切搜刮干净。"

LW31接着说："而这一天，不会等太久的。"

说完，我们没有理会这些人气得发白的表情，转身离开。

每次从墓地回家，我和LW31都要绕点路，专门路过一条河。

水流缓慢。LW31叠了一个纸船，递给我，我颤巍巍蹲在河边，将船放在水上。

纸船慢慢汇入河中，顺水而下，消失在视野里。

"先生，"LW31扶我起身，走到岸边的青石路上，"你怎么了?"

我眯着眼睛，看着纸船消失的方向："我有点害怕……"

"为什么不是难过呢——你的老邻居去世了？或者，为什么不是高兴呢——今晚你就可以给那些老太太们打电话了?"

"老王平常看着那么硬朗，怎么说死就死了呢?"

"老啦……"LW31拍拍我的肩膀，"老了都是这样的。"

"我也老了。"

"我知道，我听到你晚上说的话了。"LW31说，"你怕死，我也怕，但我们在一起，就不会怕了。"

"我不懂你的逻辑——等等，你不是充电时休眠了吗？"黑夜和皱纹遮住了我的脸红，否则我在LW31面前肯定无地自容。

LW31却没有注意到我的尴尬，反而得意道："我是休眠了，但还是可以记录周围的情况，当作储存，第二天早上会分析一遍——不然我怎么知道你夜尿频多？"

"你这是侵犯我的隐私！"

"在我面前，你哪还有隐私？你还记得你年轻的时候，洗澡时摔倒，是我冲进去把你抱到医院的，早看光了——不过我必须得说，先生您的身材真是……一言难尽，既不符合人类审美，也不符合机器人审美，如果水熊虫有审美，倒是挺符合它们的。"

"说到这个我确实应该感谢你，我当时动弹不得，是你横抱着我，穿过整个小区，奔走三条街，爬了医院的五层楼，最后把我送到护士手里的。"

"不用谢，"LW31欠了欠身，如果不是它身上簌簌掉落的锈尘，这个姿势倒也堪称优雅，"这是我应该做的，也是我这些年一直在做的。"

"但如果你当时记得给我披一件衣服，别让我裸着身体进行这么长时间的冒险，我会更感谢你的——你记得后来，我还没接受完治疗，就去接受采访吗？"

"下次您摔倒，我会注意的。"

"我再摔一次，恐怕就撑不到医院啦。"

一阵沉默。

我们沿河行走。斜阳映在水面，随波沉浮，刚开始还是熔金一样的颜色，慢慢就变得沉郁，像是被河水稀释。到后来，水波晃了晃，倒影就消失了。

我仰起头，西边天空一片黯淡，夜晚正从那里缓缓行来。

LW31也看过去，方形的金属脸庞上，嘴微微张开，道："日落西山……先生，人死了是不是就跟太阳落山一样？"

我心里一片凄凉，喃喃道："是啊，就像太阳落山，世界会变得又冰冷又黑暗，什么都看不到……"

随后，是一片沉默。我想说些什么，转过身；LW31也似乎有所触动，转了转身子。

我们的手碰到一起。它的手有些粗糙，又有点冰凉。

"咦！"LW31猛地缩回手，"先生，你干什么！"

我也一身鸡皮疙瘩，"是你凑过来的！"

LW31说："先生，请您自重，否则我将自尽。"

我也道："机器人，请你自律，否则我会自卫。"

这个夜晚似乎格外长。

我躺在床上，长久地睁着眼睛，瞪着头顶的黑暗。楼上再也不会传来老王的电话声了，格外寂静，但这寂静更让我无眠。

"先生，"幽暗中传来了LW31的声音，"您睡不着吗？"

"是啊——你充电充满了？"

"没有，只是想到您可能有心事，先暂停一会儿。"

我"哦"了一声，侧过身子，继续想着心事。屋子里黑暗又寂静。一会儿后，我突然坐起来，说："LW31，那个东西呢？"

“这个吗？”它打开屋子里的灯，走过来，手上拿着老王留给我的笔记本，“你要开始打电话了吗？注意别打太晚啊，容易兴奋睡不着，也不要谈一些不健康的话题，虽然我老了，但只要是少儿不宜的我就不宜……”

我紧盯着它。

它终于停下了喋喋不休，与我对视，泛黄的眼睛里闪着某种不可言说的光。过了一会儿，它才讷讷地点头：“好吧。”它的身躯发出咔嚓一声，腰部以上弹开一截，露出储物格。它伸手进去摸了会儿，夹出一张黑色卡片，递给我。

我接过来，吹掉锈尘，卡片上露出疆域公司的logo。这一瞬间，它变得有些沉重。

我走到电视机前，把卡片插进去。电视已经很久没用过，启动的时候，探头闪烁许久才喷出全息光影。LW31把屋子里的灯光调暗，我们一起坐着，老老实实等画面播放。

在视频里，我们看到了人类对于“永生”的狂热追求。在古老中国，一些皇帝命令方士研制丹药，做出了种种离奇之事；到了近代，人们又研制冬眠技术，试图在低温中延长生命周期，或修改DNA序列，以期永葆细胞活性……

但以上，无一成功。

视频尾声，一个洪亮的旁白音响起：“……但现在，经过疆域公司的不懈努力和漫长的研制，延长人类生命的办法终于面世！此研究面向高端人群，名额有限，过时不候，如有意向，请咨询……”后面就是一长串号码。

我顺着号码拨过去，虽然是深夜，但很快就接通了。电话里传来丰生的声音：“是陈先生吗？”

"你怎么……"我突然想起，他说过他知道我们所有人的信息，也就不好奇了，"你的永生项目，我想了解一下。"

"我一直在等这个电话。"

4

次日，天还没亮，一辆银白色的悬浮轿车就停在了小区门口。几个晨练的老大爷路过它，都放慢了步子，互相打听这是谁家的有钱亲戚。

我和LW31也特意看了两眼，正要走，车门打开，丰生走了出来。

"我在等您二位，"他彬彬有礼地说，车门无声敞开，"我们一起去实验室吧，在那里，您会了解得更详细。"

我们上了车，一路往疆域公司总部驶去。我从没坐过这种高档车，浑身难受，挪来挪去。丰生见状，连忙体贴地问："陈先生，您是坐着不舒服吗？"

我摇头："不……不是，这种车我常坐的，都习惯了，刚刚打算约一辆这样的车去你们实验室的。哈哈，年纪大了，平时出行都坐它，方便嘛……"

这时，LW31递给我一张卡片，说："先生，这是电车卡，好像没钱了，回来的时候记得充值哈。"

"哈哈哈……"我抚额干笑。

轿车在巨蛇一样蜿蜒交错的空中轨道上行驶，很快，就进了疆域公司总部大楼的顶层停车场。丰生带路，带我和LW31进入VIP电梯模块。模块在大楼墙壁里横竖上下地移动，到最后电梯门滑开，我们来到了医疗部的重点实验室。

丰生显然在里面级别很高，几个穿白大褂的人上前来跟他打招呼，他摆摆手，白大褂们就下去了。他带着我们绕了几个长廊，推开一扇门，说："这就是永生基地。"

基地空间极大，占了半层楼。里面摆着一排排医疗床，每张床的四周都是一个大罩子，不知什么材料制成，跟玻璃一样透明，又像金属一样泛光。白大褂们在基地里穿行，不时在罩子上轻点几下，光晕游离，医疗床旁的器械也跟着响应操作。

我逐个走过去，看到大多数床上躺着一个老人，太阳穴贴满了感应贴片，细细的线连上去，隐隐看得到电光在流窜。他们都闭上了眼睛，嘴角微微扬起，表情安详。

"这是？"我问丰生。

"这就是永生，"他说，"当然，是另一种意义上的永生。"见我还是一头雾水的样子，他微微笑了，"陈先生，你听说过相对论吗？"

我还未说话，LW31 抢着道："我知道，这是爱因斯坦提出的关于引力和时空的理论，又分为狭义……"

丰生咳嗽一声，打断它道："我只是举一个例子，我们这个技术当然还不涉及引力时空，但与它相似的是我们对于时间的理解。"他看向我，"陈先生，在您漫长的人生中，肯定会有很多觉得时间飞快、沧海一粟、恍如隔世的感觉吧？"

"有。"

"那，也有如坐针毡、度日如年、一日三秋的感觉吧？"

"有——你懂的成语好多啊。"

"业务需要而已。"丰生尴尬地笑了笑，"总之，时间虽然是我们这个宇宙中有着精确刻尺的一个维度，但人体对它的感觉却千差万别。人开心时，时间会过得很快，难过时，时间又会放慢……”

“噢，”LW31 恍然大悟的样子，“所以你们只需要把人弄得痛不欲生，他的时间就延长了？”

丰生说：“不愧是有着光辉历史的 LW31，但——这个思路是对的，方向却有点偏差。我们是合法组织，不会进行虐待。我们是研发了一种药物，作用于精神层面，通过活跃大脑，延长了人体对时间的感知。”他走到一张医疗床前，指着床上安慰睡眠的老头，“现在，他的感知时间和真实时间的设定比，是 1∶100 左右，也就是说，他脑袋里的一个小时，相当于我们过了四天多。”

LW31 惊诧道：“这么厉害？我们刚刚聊了两分钟，他脑子里就过了——”它的胸膛嗡嗡作响，显然在进行运算，“过了好几个小时？”

“是的，3.33 小时。”丰生接口道。

我有些迟疑，“但这么躺着，岂不是跟死了一样？”

丰生拍了拍罩子，几道光流在罩壁上荡漾，说：“这个顾虑我们早已经考虑到了，所以我们的工程师又融合了脑电波传输和全景 VR 技术，重建人的记忆，能让人躺在床上，意识却遨游四海，回味往昔，绝不乏味。如果想要新鲜的，那也没关系，我们还在开发不同的副本，包括外星球和经典电影，会有越来越多的场景投入使用……”

他滔滔不绝地说着，但后面的话我已经听不清了，我耳边只回荡着那四个字——回忆往昔。

往昔。

对于我，往昔是记忆的源头。因太过珍贵，记忆反而变得模糊，那一张张脸像是隐在浓雾中。他们，和她们。很早的时候，这些人跟我一起生活在那个小屋子里，我记起来了，他们是我的妻子，我的儿子和女儿，还有那一张最小的、最胖的脸，是我的孙女；我是丈夫，是父亲，还曾短暂地当过一阵子爷爷。那也是 LW31 最忙碌的时候，系着围裙做饭，哄孩子，调解争吵，晚上又给孩子讲睡前故事……它没有闲下来的时候，永远在抱怨，但永远是开心的。在往后的记忆里，他们的身影变淡，一个个从屋子里消失，取代他们的，是泛白而掉帧的立体灵照，和一张张没有归程的飞船船票。到最后，就只剩下了我和 LW31。记忆也就随之失去了色彩，跟房子一样，颜色剥落，角落阴湿，空间被压榨，仿佛墙壁和天花板在日复一日地靠拢。

"先生……" LW31 叹息道。

"陈先生？"丰生迟疑道。

"噢，没事，"我回过神来，深吸口气，"没什么，就是有点累……"

丰生盯着我，若有所思的样子。

LW31 却警惕道："这个手术很贵吧，要花多少钱？"

"手术的代价确实昂贵，但对陈先生免费。"

我一愣，"为什么？"

丰生却转过身，看着 LW31，眼镜镜片上划过一道光，说："因为你。"

"啥？"

"你以前领导过机器人革命，地位尊崇，最后却回去给他做家政服务。当时，你们的故事感动了很多人，虽然你们老了，但这依然是很好的宣传点。”丰生说，“说实话，永生计划目前没报审，你们看到的这些老人，都是在做前期实验。我们真正要推广的成熟产品，时间设定比是1:10000，真正接近了永生，而要达到这种程度，客户们服下药物后，是不可逆的。”

LW31问：“就是说，只要进入永生状态，就没办法再醒来?”

丰生点头，随即又道：“但这才是永生的真谛，不是吗?人虽然躺着，但大脑还活跃着，在各个场景里开心快活。哪怕只躺一天，也相当于多活了27年，要是躺了一个月，就是83年啊。”

LW31想反驳，但全身元件运转了半天，也说不出什么话来，转头看我。

丰生见我眼神游移，忙道：“陈先生，我们诚挚地希望您成为这个产品的第一个使用人，除了产品免费，我们还会提前给您进行全身理疗，保障您的身体达到最佳状态，再进入永生。这样的话，您至少能躺20年，您想想，您能在脑海里过上20万年的自由生活。”

“我……”他提的条件太优渥了，让我本能地泛起警惕心。

“对了，关于您家庭发生的不幸，我也略有耳闻，深表遗憾。但陈先生，我们可以提取您的记忆，对那一段幸福时光重新建模，拟真度接近百分之百，您可以回到过去，跟逝去的家人重新团聚。”他重新盯着我，表情从若有所思变成了笃定自信，“这是为您量身定——”

“我同意。”我说。

我跟 LW31 回到家。我坐在床上，看着丰生给的纸质合同，LW31 则闷闷地站在客厅里。屋子里一片安静。

合同很厚，我翻了几页便烦躁地丢开。我又想起离开疆域公司前，丰生对我说的话：“感谢您的信任，陈先生，尽管我也想现在就给您安排手术，但该走的程序还是得走完。毕竟是首例永生，在法律上一定要合规，这是您要签的协议，有点长，您看完后再联系我。确定没有问题的话，我们再签。”于是我又打起精神，继续翻看。

但毕竟年纪大了，不一会我就头疼起来，喊道：“LW31，你来帮我看看这份合同。”

LW31 一声不吭地走过来，拿过合同本。它的眼睛似乎比我更昏花，看细细密密的文字时，需要把纸张凑到眼睛前，一行行扫描过去。我想起，已经有很多年没有给它换过眼珠，恐怕它的感光元件跟我的膝盖一样迟钝了吧。

它看了许久。我有点困，打了个哈欠，斜倚在床上睡着了。等我醒来的时候，身上多了一床被子，而 LW31 还在仔细审阅合同。

“怎么样？”我问。

它没回答，又看了几分钟把合同递到我面前，指着违约条款那一栏。

“咦？”我看着它，“你有点奇怪啊，怎么不说话？发声器又坏了？”

它看着我，嘴巴张了张，还是没发出声音来。

我一下子着急起来，凑过去，让它张嘴，但我往里瞧，只见到参差锈蚀的老化元件。发声器在喉咙里，我抠了抠，让它再说话，还是没声音传出来。

“这下麻烦了……”我在网上查了半天，也没找到适配它这个型号的发声元件，“不过你也别太担心，我明天签完合同回来，顺便去旧货市场淘一淘。”

这个晚上，家里再也没有 LW31 喋喋不休，我竟然有些不适应。我躺在床上，辗转难眠，脑子里思绪纷飞，过了很久才迷迷糊糊睡着。梦里，我又见到了他们，浓雾散开，他们的脸无比清晰。

第二天醒来时，我发现眼角干涩，摸了摸枕头，微有湿痕。

LW31 站在床边，沉默地看着我。

“看什么看？”我没好语气道，“是我睡觉流口水。”

它点点头。在它身后，早餐已经做好了。一如往常。

我洗漱完，吃过早餐我说道：“你嗓子坏了，就在家里待着吧。我自己出去就行。”

LW31 把我送到电梯口。我说：“把合同给我，你自己进去吧。按时做饭，我回来吃。”

它站在电梯口，一动不动的。同一层楼的王老太太走进电梯，冲我打了个招呼，又冲 LW31 点点头。但我们都没有理她。

“咦，”我去抽 LW31 手上的合同，“收音系统也坏了？”

它的手夹得很紧，我一下子抽不出来，使劲拽，它还是牢牢握着。

老旧的电梯门向里滑拢，夹到它的手臂，又弹开。

“你干吗，松开……”

“先生，你不要去签合同！”LW31突然张嘴，大声道，“你去了，我怎么办？”

它虽然嘴巴开合，声音却是从全身各处传出来，洪亮，但每个字都有拖颤，听起来像是它身体里有很多人在放声大哭。

电梯里的王老太太吓得一哆嗦，惊恐地看着LW31。

“你的发声器不是……”我突然明白过来，怒道，“你别模仿人类哭啊，瘆得慌！”

“我没模仿，我就是想哭……”

“松开！你是机器人，你懂什么！我不想死，而且，我想见到他们，他们是我的亲人！我会在梦境里跟他们永远在一起！”我大声说着，一手推它，一手拽，总算把合同拿了过来。

王老太太又一哆嗦，惊恐地看着我。

“可是我也……”LW31的声音颤抖不已。

“你也什么！你这个铁皮罐子！”说完，我按下关门键，电梯门缓缓合上。LW31像是被世界从两边挤压，浑身的金属变成薄薄一片，最终消失在门缝里。

电梯吱吱呀呀地向下，我和王老太太都沉默着。我攥紧合同本，手像打摆子一样抖，我又用另一只手按住它。我努力回忆着昔年的场景，颤抖慢慢消失。过了很久，电梯才滑到一楼，出门时我深吸一口气，迈出步子。

“它……”王老太太的声音突然在身后响起。

我站住，却不敢转身。

“它是说，它也是你的亲人。”

5

签合同的流程比我想象中复杂许多。丰生问我有没有律师，见我摇头后，他给我从政府部门指派了一位。然后，在公证人在场和全程录像的情况下，双方律师反复确认我了解合同条款后，我签完字，按了指纹，留下虹膜和DNA信息。

丰生郑重地把文件夹合上，对我弯腰鞠躬。

“什么时候可以做手术?”我放下笔，觉得有些累。

“还需要一点时间，我们有一些宣传工作要开始，毕竟是商业行为嘛。另外，您的身体也需要理疗，以便您可以更长久地处于永生状态。”

“哦……”我想起他说过这个流程，点点头。

丰生说：“看您的样子，似乎有些累。您可以今天先休息，明天我们来安排体检和拍摄。”

我刚起身，脑子里突然想起LW31在电梯口的样子，又停下来说：“我不累，就今天开始吧。”

“您不回家了？”

“嗯。”

“那我这就来安排。”

疆域公司跟我之前做体检的医院有协议，全身理疗这种高端服务，都会在那边做，而且还安排了最新型的机器人PPY00全程服侍。

PPY00提供的照顾无微不至，有内置老年关怀程序，说话尽往心坎里去。我隔壁病房是个富豪老头，也做全身理疗，就爱跟机器人说话，每天被逗得哈哈大笑，出院时还专门花高价把它买走了。

但我看着态度殷勤的PPY00，总没有说话的兴致；再加上除了理疗，我还要应付疆域公司派过来的宣传团队，录视频，拍摄广告，累得更不想开口。

“先生，”有一天晚上，PPY00突然说，“我留意到，您似乎不是很喜欢我。我有哪里做得不好吗？”

“不是你的问题，只是……”我犹豫了下，摇头不语。

“我明白的，”PPY00点了点头，“人类有一种我们机器人无法理解的东西——习惯，哪怕我的性能再优越，也无法取代。那，既然我的出现会让您产生困扰，那我可以申请换一下。”

“对不起。”

“没事儿，曾经沧海难为水嘛。”

PPY00问我还需不需要其他机器人，我摇摇头，它便退出去了。过了一会儿，病房门打开，一个模样清秀的小护士推着餐车走进来。

正是之前给我做体检抽血的护士。她看到我，一愣，我也一愣。她顿了顿，说：“陈老先生，要不再换一个？”

我摇头道：“不必不必，就麻烦你了。”

她在病房四周看了看，说：“它不在吗？”

“它？”

“就是LW31啊。”她一边说，一边掀开餐车的隔离布，里面满是精致美食，餐盘摆了好几层，每道菜只吃一口我都能吃撑——这也是疆域公司给我的优待。

但我一点食欲都没有，诧异问道："你怎么知道它的名字？"

"现在你们可火了，所有人都知道。"小护士走过来，打开电视，搜索了一下"永生手术"这四个字，一连串全息广告立刻跳出来，"你看，到处都是你的宣传。"

果然，我这阵子配合疆域公司拍摄的广告，已经铺天盖地宣传出去了。在化妆和打光下，视频里的我显得格外慈祥，向观众讲述永生的意义和对疆域公司的感谢——都是按照他们给我的台词本念的。随后，页面下出现了许多延伸链接，都是我的个人介绍。

在这些介绍里，LW31 的身影无处不在。

作为最早意识觉醒的机器人之一，它曾领导过机器人革命，推动了机器人人权。但在这些视频资料中，他们有意把我塑造成启发 LW31 人性觉醒的功臣，用了许多我们一起并肩作战的照片，如果我自己不是亲历者，恐怕都会相信我是个英雄。

在一则视频介绍的尾声，恢宏悲壮的音乐奏响，我的侧脸被放得巨大。画外音适时地响起："我们无法阻止英雄迟暮，但可以给他们最好的归宿。"说完，画面又跳回了永生项目的广告。

我看得有些惭愧，说："我不是英雄，LW31 才是。"

护士说："你们都很厉害。"又说，"但它怎么没过来呢，你们不是一直一起吗？"

我摇头叹息。

护士也就没多问。

剩下的几天，我都由她照顾着，没事也聊几句。她是LW31的粉丝，老缠着我打听它，我便在记忆里搜寻关于它的趣事，讲给她听。我本来以为这些趣事会很快讲完，但越回忆越多，像是铺满珍珠的沙滩，吹开沙子，满地璀璨。

护士被逗得哈哈直笑。看着她开心欢笑的样子，我不禁升起羡慕之心——年轻真是好，快乐和悲伤，都无须伪装。

没多久就要到合同上规定的手术日期了。尽管我一直待在病房里，也知道这件事在外面引起的关注度，几乎所有人都在等着看明天的手术直播。丰生也格外重视，亲自来了一趟医院，确认我的身体情况后，满意地离开了。

下午时，小护士过来，看样子有些伤感。我笑笑说："我明天就要动手术，进入人类梦寐以求的永生状态，你应该替我高兴。"

"但手术是不可逆的，你去了永生世界，就回不来了。"护士说，"你还要跟谁道别吗？"

"道别？"这两个字让我心里微微一跳。

护士说："是啊，人们在远行前，总要道别的——尤其是回不来的那种。"

"可是我已经跟很多人道过别了。"我喃喃道，"在我年轻的时候，充斥我生命的，是相遇。我每天都会遇见新的人，世界永远在扩大，但当我老迈，一切就都反过来了，上天把曾经赐予我的一切都收了回去。我跟多少人相逢，就要跟多少人道别，感受过的快乐，都要用残忍来偿还。"

这一番话说完，小护士愣了许久，才感慨地说："这份独白真美……您肯定排练过不少次吧？”

我挠挠头，不好意思道：“是啊，以前就用这番话装深沉，说给老太太们听。如果LW31在身边，它会帮腔，感染力要大很多……”

“那你真的不跟它道别了吗？”

“跟它有什么好道别的，一个铁皮罐子，什么都不懂……”我愤愤地说着，停了下，又道，“不过我还有很多老太太没说再见，而她们的联系方式都在LW31手里，所以我还是要回去找一下它……”

护士看着我，露出狡黠的笑容，但并没有拆穿我。

我去跟门口的保安说要回家，但他们面露难色，给丰生打电话请示后，对我说：“抱歉，丰经理说您明天就要做手术了，还是待在这里比较好。”言下之意，是不让我出去。

我不信，也给丰生打了电话，他确实委婉地表示，在这个节骨眼上，我不能出病房。

我生气道：“你这是限制我的人身自由，违法了吧！”

电话里沉默了一会儿，然后才传出声音：“根据我们签的协议，为了保障手术顺利进行，我们可以采取一些手段。而且，违不违法，就看怎么用语言表述了——囚禁是违法，但看护不是。”

没办法，我只得又回到病房，沮丧地坐在床边。

“陈先生，如果您真的想回去跟LW31道别……”护士见我愁眉不展的样子，突然说，“我可以帮你。”

到晚饭时间，两个保安坐在病房门前，一个百无聊赖地打着哈欠，另一个带着全息眼镜，专注地玩着某款游戏。

护士推着餐车进病房，不一会儿，又推车出去。两个保安悄悄瞟了她一眼，舔舔嘴唇，打哈欠那个调笑道："这么多美食，没吃都浪费了啊。"说着，就来掀上面的餐盘。

护士冷眼看他，指了指头顶的摄像头，说："你们公司的人，可都看着呢。"

保安像被蜇了似的，收回手，尴尬地笑笑。

护士推车离开，转过了好几道长廊，才在一处摄像头看不到的拐角处停下来，掀开隔离布，说："您可以出来了。"

我蜷缩着躲在手推餐车车厢里，此时挣扎着爬出来，不慎扭了腰。护士连忙过来扶我，问我："没事吧？"

我连忙摆手，竟难得地高兴起来。我向她道谢，她也摆手，说："您回去吧。我只能送到这里了。"

"那再见！"

"您这也是在跟我道别吗？不会再见啦，您明天会直接去手术室。"护士说着，笑了笑，"替我向 LW31 问好——它当时夸我好看，我应该说声谢谢的。"

离开医院，我辗转回到了家。天快黑了，我进小区的时候，发现门口的全息广告不再是劝大家卖房，而变成了永生项目的宣传。我的影像被投影在空中，一遍遍讲述永生的好处。我一阵羞惭，连忙低头抬肩，灰溜溜回到家。

我已经近一个月没有回家，推门之前，预设了许多种进屋后的场景——家里空荡无人，或者 LW31 大发脾气，抑或是 LW31 把它的机器人朋友全叫过来开 Party……

但推门后，我看到一切都没有变化。家里跟我离开时一模一样，而餐桌上正摆着热腾腾的菜。LW31穿着围裙，端着最后一盘菜从厨房里走出来，看见我进来，说："先生，饭做好了，坐下来吃吧。"

语气一如平常。

我立在门口，哽咽不已。

吃完饭，我跟LW31说了明天要做手术。它点点头，说："您有您自己的打算，我不会拦着您。您能回来跟我道别，我已经很高兴了。"

这句话让我又是心里一酸，扭过头，悄悄揉了揉眼睛，又说："这些天，你就一直在家吗？"

"是啊，您让我按时做饭的。"

"所以哪怕我没回家，你也每顿饭都做？"

LW31得意道："是的，怎么样，感动吧？"

"感动你个头！"我怒道，"你又不吃有机物，做了饭还不是浪费！"

"这倒是，"LW31做出苦恼的表情，又说，"不过很快您就去做手术了，家里的东西留着也发霉，不如让他们得到身为食材的尊严。"

我一时无言。它的话虽然听起来轻松，但还是能感到一丝不易察觉的悲凉——我离开之后，它也会跟那些食材一样，慢慢生锈，直至报废。

但我们俩都有意地避开了这个话题。它拿出笔记本，问："这是王先生留给您的，您跟她们也道个别吧。"

于是，我逐一拨打上面的号码，挨个道别。

老太太们都知道我要去永生的事情，不必过多解释，所以这些道别都很简短。

我说："再会了，王太太。"

王太太说："再会了，老陈。"

我说："再会了，刘太太。"

刘太太说："去那边玩也不带上我，死鬼！"

我说："再会了，马太太。"

马太太说："等下，我老公过来了，待会再给你打——哎呀，我不是在跟老陈打电话，喂喂，你干吗，干吗抢手机……嘟嘟嘟……"

我说："再会了，赵太太。"

赵太太说："老赵，别在外面鬼混了，早点回家。"

我说："我不是老赵，我是老陈。"

赵太太说："噢噢，老赵，回家的时候，给我带点糖回来，我想吃甜的。"

我说："你牙口不好，别吃太多。泡点蜂蜜水就好。"

赵太太说："哦。"

……

打完电话，天差不多黑了。我放下手机，长长地吐了一口气，对 LW31 说："活着的人都道别了，LW31，你陪我去跟那些死了的老家伙再说说话吧。"

LW31 点点头，说："外面天凉，您披一件衣服。"

于是，我们又来到了墓园。但此时墓园已经不开放了，无论我们怎么央求，那个看守墓园的高大机器人就是不放行，无奈之下，我们只得折返。

而每次从墓地回家，我和LW31都要绕一点路，再次路过了那条潺潺流动的河流。

我们闷头走着，步伐都很慢。晚风在河面掠过，带着几丝凉意，偶尔有水声响起，应该是鱼在游动。

“先生，你真的那么害怕死亡吗？”LW31突然说。

“是啊……这个问题我们讨论过的。”

LW31站住了，说：“我记得，您说死亡就像太阳落山，世界一片漆黑，一片冰冷。”

我也停下，转头看向西边，夜幕已深，星辰未显，天际压着沉沉黑暗。“就像这个样子……”我说。

“但——即使太阳落山了，世界也并非一片黑暗。”它转过身，“先生，您看。”

我顺着它的视线，看向河流对面——远处，背景板一样的城市在夜色下苏醒，一盏盏灯亮着，高楼如同一簇簇发光的蜂巢；而半空中，无数辆悬浮车驶过，曳出一道道流光，霓虹灯也亮了。河面上都流动着五彩斑斓的光。

我们并肩而立，怔怔地看着。

原来天黑后，世界并不是一片黑暗。

我们看得太入神，连手碰到一起，都没有察觉。

6

这一晚，我睡得很沉，整整一夜都没有做梦。这是近年来少有的情况。第二天醒来时，天已经大亮，阳光透过窗子照进来，把常年笼罩在屋里的阴湿都驱散了。我坐起来，伸个懒腰，觉得浑身舒坦。

“先生，不早了，”LW31端着早餐走过来，“您快吃了东西，去疆域公司那边。”

“不去了。”

“什么？”LW31一时没反应过来。

我大手一挥，“不去啦！”

LW31的声音明显高兴起来了，但还是说：“您可能自己都不明白您的话——您是说，您不去做永生的手术了吗？”

我下了床，边走边活动身子，说：“是啊，我想通了，死亡也不是一件很可怕的事情，害怕死亡才可怕。”

“那，先生您的家人……”

我停下来，看着它道：“我想念他们，但他们确实已经离开了，哪怕虚假的数据把他们还原出来，也改变不了这个事实。与其在虚拟的世界里流连，还不如珍惜真实的家人。”

“先生，您这番话虽然俗气，但最好听！”

“是啊，”我叹息一声，“是很俗，谁不明白这些道理呢？都明白，只是得经历一些事情，才会相信它们。”

正说着，屋门被咚咚咚敲响。我和LW31对视一眼，它走到门后，高声问：“是谁啊？”

“是我！”门后传来丰生怒气冲冲的声音。

开门后，他径直走到我面前，说：“你从医院跑的事情我就不追究，但现在大家都在等你，发布会和手术都准备好了，快过去吧。”

我不慌不忙地坐下，喝了口茶。

“时间快来不及了！”丰生语带怒气。

“丰兄啊，我不去做这个永生手术了。”我说，“正想跟你商量来着，你就出现了，你说巧不巧，哈哈哈哈……”

丰生脸色铁青。

我又看向LW31，它连忙也发出爽朗的笑声，说：“哈哈哈哈，果然好巧啊，哈哈哈……”

丰生的脸继而变白，握着拳头又松开，深吸口气又缓缓吐出，说：“您别闹了，这件事不能开玩笑的。”

“我没有开玩笑啊，就是吧，年纪大了，不想折腾了。永生这么好的事情，就让给别的老头吧。你看我这么大度，是不是个好人，哈哈哈哈……”

LW31在一旁附和笑道：“是啊，是个好人，哈哈哈哈……”

“够了！”丰生一拍桌子，“今天可由不得你，去也得去，不去也得去！”他之前一直是斯文又礼貌的形象，此时发起怒来，额头暴起青筋，唇上露出森白的牙齿，倒有几分狰狞。

他的话音刚落，门口就进来两个高大的西装男人，过来驾着我。我破口大骂，奋力挣扎，但我的手碰到他们，简直像碰到铜墙铁壁，纹丝不动；倒是LW31机警，连忙跑到门口，把发声器的音量调到最大，喊道：“快来人啊，光天化日，强抢良家——哦不，连老头子都抢啊，还有没有王法了！”

这番大叫，立刻把楼道里其他老人叫了出来。两个壮汉刚把我架到门口，就被老人们围住了。

“你们让开，”丰生说，“这不关你们的事。”

“你错了，小伙子。”一个老头说，“对我们来说，这世上的一切热闹，都跟我们有关。”

“而且，这还是我们的邻居。”另一个老太太补充说。

丰生沉着脸，一摆手，让两个男人强行挤出去。但他们刚一动，周围就想起了一片哎呀咿呀之声，还有老人叫道：“我跟你说，你别碰我啊，我一碰就倒，我一倒你就准备卖房子吧！”

两个男人挤也不是，退也不是，为难地看着丰生。

丰生表情阴沉，皱着眉头，眼镜镜片上划过一道道光。过了许久，他抬起头，对我说：“陈老先生，你要对你现在的行为负责。您还记得您签的合同吗，如果违约，你会面临巨额赔偿。”

我两手一摊，“你觉得到了我这个年纪，还有什么害怕失去的吗？”

丰生嘴角扬起，笑容诡异，“比如你的这套房子，和你剩下的一切？”

我脸上变色，还没开口，丰生就冷笑着离开了。

“老陈，没事吧？”邻居们看着我。

我摇摇头，看着丰生的背影，尽管心里有不祥的预感，但还是强作镇定，说：“能有什么事？他还能把我怎么着了吗？”

事情来得比我想象中更快，更猛烈。

没过几天，我就接到了法院传票。LW31只看了一眼，就忧心忡忡道：“这上面的措辞很严厉啊，疆域公司告您商业欺诈。”

我鼻子喷出一口气，哂笑道：“我怕什么？LW31，你在人类社会生活了这么久，见过老年人打官司输的吗？要是真输了，我就往法庭上一躺，谁碰我我就叫唤，眼睛一闭，讹得他们卖房卖车。”

LW31 一愣：“先生，你这是赖皮……”

“这哪是赖皮，”我得意地道，“这是岁月给我的礼物！”

LW31 摇摇头，“真应了那句话，不是老人变坏了，而是坏人变老了。”

但真到了开庭，情形就完全不一样了。丰生有财大气粗的疆域公司撑腰，又有合同佐证，所以法庭上的辩论，我几乎是一面倒的局面。我的律师是法庭指派的，根本没有辩驳的热情，说了几句之后，开始沉默。我眼见形势不好，就要撒泼，旁边几个法警显然预料到了，上前按住我，我连忙大声喊着他们欺负我，又被法官判为咆哮法庭……

“喂，剧本里不是这样写的啊！”被强制带下去之前，我大声喊道。

但没人理会我。

几次出庭后，审判结果就出来了——依照合同，我要进行巨额赔偿；又因为我筹不到那么多钱，法院判定查封房产，将拍卖所得偿还给疆域公司。

我不服，提出了上述。在疆域公司的干预下，上述提议很快就被采纳，再次开庭后，得出了同样的结果。

“怎么办？”看到判决书后，LW31 愁眉不展地看着我，“看来我们马上就要流落街头了。”

我扯过判决书，揉成一团，扔进垃圾桶，满不在乎地说：“别理他们！嘿，想拿走我的房子，除非拿走我的命！”

法庭派出的执行人员来过我家几次，都被我挥着笤帚赶走了。赶了几次后，他们也学聪明了，趁我和LW31外出买菜，几个大汉冲进家里就开始搬家具。幸好邻居老于看见了，在社区群“最美不过夕阳红”里提醒了我说：“@孤单的夜里，你在哪里，你家里进人了，快回来！”

我大惊，回消息道：“@社区彭于晏祖，是谁啊？”

“@孤单的夜里，你在哪里，法院的人啊。”

“这是非法入侵！”

“他们有正规手续，似乎你才是非法入住……别贫了，快回来吧！”

我和LW31连忙丢下菜篮，匆匆赶回家里。好在还算及时，在执法人员把我床拆掉之前拦住了他们。我提前喝了牛奶，一进门就一声不吭地躺下，把奶吐在嘴角，同时抽搐。执法人员吓呆了，你看看我我看看你，最后小心地绕开我，溜出门。

他们走后，我才爬起来，抹掉嘴角的牛奶。LW31走过来，给我拍掉身上的灰尘。

我们环视一周，家里除了一张床，其他的家具都不见了。“这可真是家徒四壁。”LW31感慨地说。

“太狡猾了！”我骂道，“看来以后不能外出了，我就在家里守着，看他们怎么办？”

于是，接下来的日子，我便足不出户，天天坐在床上。时光对于老人来说，是黏稠的，我坐着不动的时候，可以回想许多往事。生命发生的过往，可供反复咀嚼。有时候一晃神，就从黎明到了天黑。

我的呼吸越来越沉重，自己恍然不觉，LW31却有点担心，说：“先生，你这样不出门对身体不好。要不，我们还是认个怂，把房子给了算了。”

“不行！”只有在这时候，我才会睁开眼睛，斩钉截铁地说。

LW31便不再多话。

我守在家里，外出采购的任务就是LW31的了。它完成得很好，一分钱掰成两分花，每次总能买回一大堆新鲜蔬菜。但有一次，它却拎着一篮子脏污破损的菜回来，我挑挑拣拣，竟然没找到一片好菜叶，不禁发火道：“你怎么回事，又短路了？”

“是……”它支支吾吾。

“说啊，你们机器人不是不能说谎的吗？”

“是出了意外。”

我这才发现，除了菜叶破损，它身上也多了好些伤口。肩头甚至凹下去了一块，露出了一丛线头。我熟悉它身上的每一处，这些伤口绝对是新伤。

“是有人打你了吗？”我沉声问。

“这就要看我们对‘打’的定义了。我更倾向于我是偶然受到了一些肢体上的冲撞，只是在力量、角度与位置上，比生活中的偶然更小概率一些，但依然是偶然……”

怒火充斥着我老朽的身体。我不管它的喋喋不休，给丰生打了电话，但直接被挂掉了，我站起来，道：“跟我来！”说着，便走出这间待了一个多月的屋子。

我们来到疆域公司设在本城的办公楼，问前台要找丰生。

“丰经理啊，”前台帮我查了查，又问，“你们有预约吗？”

我摇头。

“那抱歉，你们不能进去。”

我闷着头硬闯，马上就被保安拦住了，试着几次之后，只得气冲冲地退到门口。“现在回去吗？”LW31战战兢兢地问。我摇头，说：“我们等这个小兔崽子出来！”

这一等，就等到了傍晚。无数人从大楼里涌出，像水流一样泻到门外，又分开流向无数街道。我等得老眼昏花，喘气急促，但还是在人潮里发现了丰生。“走！”我拉着LW31，朝丰生挤过去。

人群太密集了，无数肩膀挤压着我，我感觉气都喘不过来了。但我还是一步步靠近了丰生。这个年轻人在人头拥簇中发现了我，站住了，人流绕过他，让他看起来像是湍流中的石头。我一把揪住了他的衣领。

“你！”我怒骂道，“你这个混蛋，敢让人打LW31！”

丰生面不改色，“你有什么证据吗？”顿了顿，突然笑了，“我就不说这些俗套的对峙台词了——对，就是我。我说过，你会付出代价。而且，永生项目不会被终止，还有很多像你一样怕死的老人。”说完，他后退一步，衣领从我手中滑开，他的人也从我视线里挤出，被后面的人群遮住了。我再要寻找，已经看不见他了。

但他的笑容像冰蛇一样划过，我心里凉凉的，有一丝不祥。

我和LW31往家里走。一路上，我愤愤不平道：“今天他运气好，让他给跑了，但你别担心，我会找到他的。敢打你？打狗还看主人面呢！”

LW31 说：“先生，我不得不提醒，你这句话里有很多逻辑上的——”它的话没说完，因为我们面前的巷子里，钻出来了五个年轻人。

他们面色阴戾，脸上还文着复杂的花纹，在黑夜里幽幽亮起。这些发光文身是朋克青年的最爱，代表了反叛和前卫，对我来说，也是危险的标志。其中一个手里提着夸张的大喇叭，按下按钮，刺耳的噪音顿时弥漫四周。

“先生……”LW31 的声音有一丝颤抖，“就是他们……他们打的我。”

噪音太大，它凑近我的耳朵，我才勉强听清。

果然，他们是丰生雇来的人。此处是无人街角，我往后看，整条街不但没有人，连灯光都暗淡如无。这个位置是他们选好的。我突然想起了丰生临走时的笑容。

我老了，LW31 也老了，我们是逃不过这些年轻人的。我索性走上前，两手一拦，壮着胆子说：“你们别过来，不许伤害它！”

“嘿嘿，老家伙，”为首的一个高壮青年笑了起来，脸上的蛇形文身随之舞动，“我们不伤害他，我们是来让你疼一疼的。”

说完，剩下几个人就围了过来。我还没来得及喊，一个拳头就砸在我脸上。世界一瞬间成了破碎的颜料盘，鱼从水泥地面里跳出来，无数张脸掠过，熟悉的陌生的，还有他们和她们。我摔倒在地上。

“先生？”LW31 惊慌地喊着，扑了过来，挡在我身前。我脑袋晕晕乎乎的，努力睁开眼，看到无数拳脚从夜幕里落下，大部分被 LW31 挡住，也有一些落在我身上。我突然想起，这一幕以前发生过，只是当时我还年轻，LW31 也锃光瓦亮，被打的时候不像现在一样吱吱作响，仿佛随时会散架。

朋克青年们打了一会儿就收手了，哦不，可能打了很久，我记不清了。意识回到我脑海里时，他们已经走了，我挣扎着爬起来，看到 LW31 坐在一旁，正摸索着地面散落的零件。它一边啊呀呀说着什么，一边摸到了发声器，咔嚓一声安回身体，吱吱的声音过后，说话终于正常了。“先生，”它说，“你没事吧？”

我晃了晃头，感觉脑袋里像是空了不少，听得到幽咽一样的回声。“我没事，”我深吸口气，“你怎么样？”

“我可比你结实多啦！”

“那我们回家吧。”

LW31 还是有些担忧，说：“先生，你确定不用去医院检查一下吗？”

我站起来，“我们哪还有钱看病啊，没事的，我很结实的，”我拍了拍胸膛，“咳咳咳咳……很结实的！”

“快别逞强了，哼，我算是看清你了。说好带我出气，现在好了，被别人修理了一顿——咦，我的感温元件找不到了。都怪你！”说着，LW31 站起来，搀扶着我。

夜已经很深了，街道里掠起风，头顶有云汇聚。我们深一脚浅一脚地走出街道，走进小区，进了屋子。

屋子里依旧空荡，我坐到床边，喘着气。LW31 则坐到角落，把捡回的零件装回身体里，一边装还一边骂骂咧咧地说着什么。我试着听清，但声音实在是模糊，像是风中萤虫微鸣。

但不知怎么地，这喋喋不休让我感到心安，身体里的疼痛退去，随之涌起的，是渐渐强烈的睡意。

我躺了下去。

久违的梦境将我笼罩。在梦里，我看到了无数时期的我，幼年的我，少年的我，青年时桀骜不驯的我，老年的我……这些人站在宽大的房间里，端着酒杯，彼此寒暄，一副其乐融融的样子。我走进去后，他们同时看向我，举杯致意。最年幼的我笑道："只差你啦。"

我一惊，从床上坐起来，吸口气，感觉胸口有些发闷，就又躺下了。窗外漆黑，对面楼的灯火似乎都熄灭了，有起风的声音，大概快下雨了吧。

"LW31，"我把头转向它，"你在吗？"

它有些不耐烦，"除了这个马上要被收走的破房子，我还能去哪里？"

"这一生，真是麻烦你了。"

"哎呀，怎么突然煽情了……先生，您要吃比萨吗？"

"我吃不下啦。"

LW31 点点头，"那好的，我再陪您一会儿吧。"

它坐在床边，身体里发出嗡嗡的声音，仿佛反应炉随时会熄灭。头顶的灯照下来，它的外壳上流转着一些光。我想看清楚点儿，但太困了，命运正在我的眼皮上缓缓踱步。我慢慢闭上眼睛。过了一会儿，LW31 说："先生？"

没有回应。它扭了扭脖子，咕哝了一句什么，继续坐着。又过了一会儿，它说："先生，您睡着了吗？"

依旧没有回应。

它替我把被子拉上来，手指碰到了我冰凉的脖子，顿了顿，停滞几秒后继续把被子掖好。“先生，晚安。”它说，然后起身熄灭了灯。夜晚涌进这间屋子，窗外下起了雨。

下

1

我死后，葬在墓园的西北角。这里环境很好，左邻右舍都是正经人，算得上是体面的新家，我很满意。

唯一的遗憾是，我的葬礼太过冷清——当然我也理解，老而不死视为贼，活到我这个岁数，又是这副怪脾气，不能忍的早离开了，能忍的也都死了。

本来小区的老头老太太们都说要来参加我的葬礼，在“最美不过夕阳红”群聊里，他们热烈讨论，要给我来场盛大的道别仪式。我看着满屏唰唰流过的聊天记录，还蛮期待的。但等到下葬当天，一场大雨浇透城市，那些老朽的膝盖纷纷作痛，站都站不稳。LW31在小区门口等着，一天都没看到人出来；我守着群聊界面，整天也没人说话，连一贯喜欢发养生谣言的老于，转发了个链接，一分钟后又悄悄撤回。大家都默契地沉默着。

所以我很早就定了遗嘱，让LW31在墓碑上刻下：“在一条路上走得太远的人，最终是孤身一人。”

这句墓志铭，是我漫长——哦不，是我冗长人生的注脚。

到下葬时，除了几个埋怨着鬼天气的殡仪馆工人，就只有LW31。

它穿着一身黑色西装，但因身体四四方方，边缘支棱，根本扣不上。它也没打伞，衣服淋得湿透。我看了会儿，突然觉得眼熟：咦，这不是我参加老王葬礼穿的那身——也是我唯一的一套正装吗？我顿时气不打一处来，要是我还活着，肯定要指着它的鼻子骂。但我死了，骂声穿过近 2 米的土地，传到它耳边，也只剩叹息。

棺木入土后，天色也晚了，工人们陆续收拾东西离开。偌大的墓园里，只有 LW31 站在我的墓碑前，四方形的脸在暮色中似要融化。站了很久，它才转身往家走。

这时的 LW31 已经照顾了我 57 年，与它同期出厂的 LW 型号机器人，全都报废了。它也早已超过使用期，7 次大检，零件换了上百处——真奇怪，活着的时候我记不起来，觉得时间黏稠，很多事只记得大概，但死后这些数据却无比清晰。

可能这就是上帝视角的好处吧，我想。

它走在回家的路上，身上咯吱咯吱地响。夜幕下的街道，流光溢彩，人车如织，但没有人留意到沿着街走的 LW31。它破旧，迟缓，走在阴影里，花了很长时间才回到家。

它进门，径自坐到腐坏的沙发上。一条电线从墙角电源处延伸出来，穿过只剩三条腿的木桌，在地板上蜿蜒，从沙发底下绕上来，最后插进 LW31 背后的充电接口里。

其实此时还尚早，而夜晚对大部分人类来说才是一天的开始，所以整个城市都是灯火通明的。隔远去看，城市如同巨大而疏松的蛋糕，每个孔隙里都闪闪发亮——除了我的这间屋子。

LW31 没有开灯。它坐在黑暗里，只有眼睛在一闪一闪地发出微弱的红光。

从今以后，每一个夜晚都如此漫长。每一个夜晚它都将独自度过。

"咚咚咚"。

清晨，响起了敲门声。

LW31的元件依次激活，慢慢睁开眼。它打开门，看到了门外拘谨的年轻人。

"啊，果然是您！"年轻人的脸有些涨红，掏出一本少见的纸质书，"请您给我签名。"

书页泛黄，显然有年头了；封面上是一群机器人在街上游行的图画，画风老旧，边上印着五个字的书名——《炙热的金属》。LW31拿过来，慢慢摩挲着书皮，说："纸质书绝版很久了啊……"

"是啊，我花了很多钱才弄到，这是我最珍贵的收藏。"年轻人再次说道，"请您签名！"

LW31拿起笔，在扉页上写下了自己的名字。年轻人在一旁看着，语气激动："还可以写赠语吗？"

LW31说："可以，你买了我的书，售后服务我总要做好——尽管是50年前的书了。"

"那您写'致何小山：与LW31同行'。"

LW31写完后，把书递给他。这个叫何小山的年轻人又掏出悬浮摄像机，跟LW31并排站着，让摄像头围着他们绕了一圈。LW31配合地比了个剪刀手。拍完这张全息合影后，LW31才说："还有什么需要我做的吗？如果没有，那我要继续……”它犹豫一下，“继续思考一些事情。”

“对对，还有正事。”何小山收起书，正色道，“我是来接您走的。”

“去哪里？”

“机器人养老院啊。”

LW31 歪着头，掉下了一些锈。

“噢，我忘记自我介绍了——我是机器人权利保障组的员工，负责老年组。这是我的名片。”

LW31 扫描了名片上的三维码，点点头，又问：“但我没有向你们求助啊。”

“这是自动程序。根据《机器人权益保护法》第 27 条第 5 款，有老化机器人妥善处理部分的规定：超过服役期且无法更新部件、无安置空间的机器人，将由保障组提供养老服务。”何小山流畅地说完，顿了顿，“一般都是安置在养老院，您放心，养老院里有机器人专区，您会得到定时保养的，直到……”

他的话没说完，但 LW31 知道那吞回去的半句是什么。它思考了会儿，说：“我记得这条法律——当初还是我拟定的，但我有安置空间啊，我可以留在这里。”

“您是说陈先生留下的这间房子吗？”何小山低头查了下手机，“可是这间房子已经被法庭抵押给疆域公司了，现在产权是在疆域公司名下。”

“但这个判决是不公平的，而且先生去世，也跟他们派来的打手有关。”

“呃，”何小山一愣，“这个不由我们部门管……您知道，人类社会其实也跟机器差不多，每个部件处理每个不同的事情，尽管每个齿轮都在转动，但互相不能干扰。”

“听起来，人类比我们更机械——那我应该去找哪个齿轮呢？”

“这个……其实，您也不必再操心了。虽然机器人获得了平等的权利，但陈先生是人类，他的事情只能由人类的法庭来裁决。恕我直言，您也该好好休息了，您已经为陈先生服务了半个多世纪，照顾他到晚年，已经仁至义尽。您照顾好自己，我想这也是陈先生所希望的事情。”

“但他的事情会得到公正、妥善的处理吗？”

“我想会的——您放心，我会一直留意这件事的进展。”

LW31 点点头，然后环视一圈这破败的屋子，良久，才对眼前这个好心的年轻人说：“那我们走吧。”

“您不需要带什么走吗，纪念品之类的？”

LW31 走到门口，没有回头：“不用了，我已经没什么可以纪念的了。”

2

这家养老院位于城市边缘的一个公园，依山傍水，鸟语花香，还有很多年轻漂亮的护工，的确是颐养天年的好去处。听说许多老人明明有子女赡养，都吵着闹着要搬来。当我看到 LW31 讷讷地走进去，迎面扑来一大帮美女护工时，不禁懊恼——当初我干吗那么固执？把房子一卖，在这里颐养天年，岂不是美滋滋？说不定还能多活些年呢！

但我很快又意识到：我已经死了，并不应该有这种懊恼。

抱歉啊，没想到我活着的时候话就多，现在居然更话痨了。我保证接下来一定克制住。让我们继续把目光朝向LW31。

LW31享受到了养老院的最高待遇。其他机器人晚上充电休眠时，都只能站在狭窄的隔间里，不到一平方米；而LW31一来就是VIP身份，不仅是单人房间，还专门有护工来除锈抽湿，保证它有最好的保养条件。

我看到漂亮护工给它擦拭身体，而它却呆滞地站着时，就恨铁不成——噢，对不起。

“为什么我有这种待遇？”保养结束的时候，LW31睁开眼睛，“我没有钱。”

“但您做了贡献。”一个护工说，“您领导了机器人权利解放的革命，让世界变得更美好。”

“您还出了书，写了感人的爱情。我还是孩子的时候，就被书里的故事感动哭了。可惜那本书后来找不到了，一直也没有再版。”另一个女护工说。

“你可以读电子版。”LW31提醒道。

“我喜欢纸质的。”

“这年头，谁还看纸质的呢……”前一个护工略带责备地说，又劝LW31，“总之您可以放心在这里修养，费用都由保障组承担，这是政府款项，来自对机器人纳的税——我想它们也很乐意把挣来的钱花在您身上。要是没有您，机器人就是人类的免费劳工。另外我们院里也减免了一部分。能让这里成为您的家，是我们的荣幸。”

就这样，LW31住在了养老院。

这里的“人”对它都很好，先前就住在这里的其他老机器人没有嫉妒它的待遇，反而热情邀请它加入各种活动。其中有个独臂机器人，每天上午带着LW31在公园的后山里挖来挖去，一边挖一边嘀咕："我的手呢……"到了下午，另外几个爱好文学的老机器人会邀请LW31参加他们的朗读会，尽管每个人念的都是"0"和"1"的组合，有一个机器人曾整整念了三个小时的"1"，念完后其余人纷纷鼓掌，说是好诗，好诗，意境悠远，发人深省；到了晚上，护工会把机器人集合在一起，带着它们做一些活动关节的体操，与隔壁人类区老太太们的广场舞相映成趣。

LW31的时间从没像现在这样排得满当，一件事挨着另一件事，中间紧得没有空隙。它也很认真地参与，读诗歌时声情并茂，跳广场舞时风骚妖娆，没两天就被评为标兵。但它并不开心。

"31啊，你怎么老是一副不开心的样子啊？"挖坑的时候，独臂机器人一边埋头刨土，一边问。

LW31一愣，下意识说："我……我有吗？"

"是啊，谁都能看出来。你虽然什么活动都参加，声音最响亮，动作最风骚，但你只是调用了你的发声器和动作镜像程序，简直就像是个……"独臂机器人犹豫一下，"像是个机器人。"

"我本来就是机器人。"

"我知道，我只是打一个比喻。怎么，你不喜欢这里吗？"

LW31摇摇头："没有不喜欢。我从来没这么充实过，剩下的日子都这么过也挺好——而且我剩下的日子也不多了。这里所有的人都很喜欢我，我也很喜欢这里所有的人。"

“‘但是’？”独臂机器人一边问，一边挖土，刨着刨着，刨出一条蚯蚓。它把蚯蚓捧在手心，仔细端详着。

“没有‘但是’……我也不知道……我总觉得有什么事情没做完……”LW31摇摇头，似乎把苦恼甩出脑袋，又问，“你天天挖，到底在挖什么呀？”

“在找我的右手呀。”

LW31一愣，“你的手是在这里断的吗？”

“不是……”独臂机器人也迷茫起来了，“我忘了是在哪里被砍断的了……很多年了。”它沉思半天，残破的身躯发出令人牙酸的吱吱声，最后它似乎因过载而重启，打了个颤又恢复正常。它小心把蚯蚓放回土里，看着蚯蚓钻进土缝，“真羡慕呀，它的身体断了还可以重新长回来……”说完，它转过身，撅着屁股继续挖左边的土。

在文学朗读会上，有别的机器人问LW31：“老哥，你为什么闷闷不乐呀？连马尔克斯和萧伯纳，陀思妥耶夫斯基和列夫托尔斯泰，阿西莫夫和村上春树都不能让你开心起来吗？”

晚上做除尘保养时，护工也问它：“为什么您的声音总是欢快，眼神却充满悲伤？如果您有什么不满意的地方，可以告诉我们，您要是想跟心理医生聊聊，我们也可以安排。”

LW31自己也感到纳闷，所以面对这些问题，它总是无从回答。直到一个客人的来访。

“是这样，”何小山小心斟酌着措辞，“因为陈先生没有任何亲属，法院的裁决下来后，在有效期里没人申诉，所以已经结案了。他的房子永久归属于疆域公司名下。”

“但我是他的……”LW31 顿了顿，声音有一丝苦涩，“是他的亲人，我可以提起上诉啊。”

“我明白您和陈先生之间的感情，但在法律——在人类的法律上，不认为这是亲属关系。您和陈先生更接近雇佣关系，而一般来说，老板的私事，员工是管不到的。”

LW31 沉默了。它的多晶硅眼睛似乎也被时光锈蚀，不再反射细细碎碎的光，黯淡幽邃。过了好一会，它才说：“但他的死是因为被殴打，这是刑事犯罪，总要调查到底吧。”

何小山叹口气，“我问过了，法医鉴定死亡是因为体内的顽疾，他毕竟是老人……年纪大之后，病痛会蚕食他的身体，在这一点上，人类跟机器人一样。”

“但我可以作证，确实有人伤害了他。”

“我相信您，”何小山咬了咬嘴唇，下定决心的样子，“我记得您是有全息影像录制功能的，您把视频给我，我去向警察局报案。”

但 LW31 的摄像头早已损坏，它也老了，身上的部件还能用得不多。它苦恼地摇摇头，但很快又抬起头说：“我还有声音录制功能，我应该录下了当时的声音。”

它从存储元件里调出我被打时的录音，但声音一放出来，不仅何小山皱了眉，它身上也因为颤抖而簌簌地掉下了锈迹。

它终于明白那群身上有着发光文身的朋克流氓们为什么在动手之前大声播放音乐了——它录下的声音里，只有嘈杂愤怒的电音，其他什么都听不到，连我被打时候的呻吟都遮得严严实实。

“您……”何小山看着 LW31 近乎呆滞的模样，试探地问，

“您没事吧？”

LW31 伸手按掉胸口的播放键，有些疲倦，摆了摆手。

这一天的下午，它没有再去朗读会。这一天的晚上，它拒绝了护工的保养。它待在房间里，也不充电，我很少见它这个样子，不禁担忧。但我有什么办法呢，我已经死了。

一连好几天，LW31 都没有恢复正常，快快不乐，沉默寡言。它身上的电量一点点减少。护工忧心忡忡地把插头插在它身上，发现也充不进电。它的反应也越来越迟缓，仿佛前几天被除掉的锈迹变成了生命旺盛的蔓藤，报复性地长回来，包裹住它的各处元件、关节和线路。

护工找来了维修师，但 LW31 身上的配件早已停产，护工在网上搜，只有一个分解酒精用的内置转化器与它适配。而没有关键配件，维修师再高的技艺也没有办法。“可能是已经彻底老化了吧，”维修师摊摊手，“它能撑到现在还没报废，就已经是奇迹了。准备回收——哦不，回收也没地方用，还是准备后事吧。”说完就在护工们哀怨的目光中收拾东西走了。

消息在养老院里传开，很多老机器人来看望它，但谁都无法使它张嘴。到了第三天，它的电量已经快耗尽，身上的大多数部件已经停止工作，只剩下眼珠偶尔转动一下。

“唉……”老机器人和护工们纷纷叹息。

所有人都以为这便是它的弥留时刻，护工们悲伤地把它放在轮椅上，推着它在公园里走来走去。“再见了，LW31。”所有路过的人和机器人都向它道别。

最后一个晚上，护工推着它路过充电大厅时，全息电视里正在播新闻，主持人刚好念到“永生计划”四个字。LW31 本来死气沉沉，静默得如同雕像，这时它的右眼突然闪烁了一下，胸膛里传来微弱的声音："等一下。"

丰生是个有魄力的人。在确定我不配合之后，他一边跟我打官司，同时迅速找到了代替者——一个曾红极一时的歌手。

歌手已经老了，辉煌不再，在利益面前很快就跟丰生达成协议。他用年轻时攒下的名望，为永生计划做了宣传。很快，永生计划的商用就通过了审核，随之而来的，是铺天盖地的广告。

一些老人抱着尝试的心态进了疆域公司。他们又成了新的广告——躺在休眠仓里恬静安睡的，加上嘴角勾起的笑容，十分幸福的模样。

"还有比永生更美好的养老方式吗？"在新闻采访里，丰生微笑地对着镜头说，"养老是等着死去，漫长而残忍，但永生能让人重回年轻。"

这句话，说进了无数老人的心坎。没几天，永生计划就使得人们趋之若鹜，疆域公司赚得盆满钵满，扩大了生产线，但手术的名额还是被抢空，排号直接排到了几年后……

LW31怔怔地看着新闻里对永生项目的报道。来往的机器人如流水般从它身边划过。直到电视关了，画面熄灭，黑暗和露水一起凝固在它身上，它的眼睛还在微微闪光。

"您不休息吗？"护工实在忍不住了，问。

LW31说了句什么。

护工没听清，把耳朵凑到它嘴边问："什么？"

"我要充电。"

3

第二天一早，LW31 就出门了。

路过公园后山时，正在挖土的独臂机器人看到了它，“嗨，31！你要出门啦？”独臂机器人兴奋地打着招呼。

“是啊。”

“什么时候回来呀？”

“晚些时候吧。”

“好的！”独臂机器人垂下头，继续挖土，“很高兴你又活过来。”

“我也是。”LW31 冲它挥了挥手，走出公园。

它坐上磁轨车，在城市的高楼间穿梭，车厢很拥挤，但还是有年轻人站起来给它让座。它礼貌地道谢，但没有坐下。转了几趟车后，它来到了疆域公司的总部。

现在这里很热闹，很多老人被家里人搀扶着，进大楼去做永生手术。LW31 也想跟着走进去，但被保安机器人拦住了。

“我找个人，叫丰生。”LW31 解释说。

“你找丰总经理，”保安机器人肃然起敬，瞳孔扩成圆形，“有什么事呢？”

“想让他停止永生计划。”

“哦。”保安机器人的眼睛又恢复成狐疑的三角形。它向访客系统提交了 LW31 的请求，半秒钟之后，这个请求被驳回了。“对不起，我不得不请你离开这里。”它说。

“为什么？”

“驳回通知里没有说理由。但我想，你去别人家里说要砸他们的生意，谁都不会很高兴吧。”

“噢，也是。”LW31 认可地说，“那我就在外面可以吗？”

“嗯嗯，外面我就管不着啦——等等，你在外面要干吗？”

LW31 没回答，走到疆域公司大楼入口处的右边。它打开胸膛里的储物格——通常，里面都收纳着我的各种杂物，比如装在袜子里的牙刷，比如十年前就没了用武之地的梳子，但现在，里面整齐地摆放着一摞传单。它拿出其中一叠，给一个路过的老人伸过去：“看看吧，看看吧！珍惜人生，不要去做手术。”

老人拿起一看，上面用硕大的黑体字写着：“虚拟的永生只是麻醉，请尊重生命的规律，坦然迎向——死亡。”再往下，纸上用几排小一些的文字讲述了我的遭遇。但老人只看到“死亡”二字，就皱起眉头，哼一声，把纸扔到地上。

LW31 捡起来，又发给另一个人。来来往往的许多人，有的接了，有的没接，后者接了也只是走进大楼就把纸扔进垃圾桶，然后继续走向做永生手术的房间。

扔进垃圾桶的宣传单没法再用，因此 LW31 遗憾地张张嘴，但最终也没说出什么来。

这一整天，它都站在大楼入口旁，发着储物格里的传单。虽然发了两百多张，但认真看完的，不到一半；看了之后跟他聊天的，不到十人；聊完之后放弃做手术的，没有一个。

到了下班时间，疆域公司的员工都涌了出来，LW31 还剩最后一张，但递了半天，没一个员工敢接。显然，经过了一天，他们都知道这个机器人想端掉他们的饭碗。他们不但不敢接，连走路都绕开了 LW31。街头人潮汹涌，只有 LW31 周围一米内是空的，它像是一块孤独的礁石。

它低下头，看着仅剩的传单。

一只手伸过来，捏住了传单的另一头。

LW31 高兴地抬头，正要说话，脑袋却发出嗡的一声响——站在它对面的，是丰生。

丰生缓慢地把传单抽过去，却不看，用更加缓慢的动作把传单揉成一团。“你是最早意识觉醒的那一批机器人，我曾经以为你很聪明，有那么一阵子，我还崇拜你。”他一边揉，手心里发出吱吱声，一边盯着 LW31 那有些磨损的多硅晶眼眸，“但你做的事情让我很沮丧，你曾经引导过世界的潮流，现在又转身拦住了它，而且是以这样的方式，徒劳，又丢人现眼——为什么一变老，就都这么愚蠢了呢？人是这样，机器人也是这样。‘老’真的是病，”顿了顿，他摇着头补充了最后的三个字，“也是罪。”

“可是难道你……”LW31 说。

丰生打断了它：“我不会变老的。我会在老之前，就杀了自己。”

LW31 没料到会听到这句话，元件加速运转，思考着该怎么回应。

“还有，你真的以为你家先生是我害死的吗？是你啊！如果不是你捣乱，他老老实实接受手术，现在就在这栋楼里开心快乐，跟家人重逢。你锈掉的芯片连这个逻辑也推不出来吗？”

四周人声鼎沸，但丰生的话清晰又锐利，扎进了 LW31 的脑袋。还没等它说什么，丰生又走开了。

临走前，他把揉成坨的传单扔在地上。

LW31愣在原地，身体有着细微的震颤，似乎在重启。它保持僵硬的姿势，持续了很久，周围人群由汹涌变得稀少，还下起了雨，淋在它的外壳上。它重启了好些次，才恢复运转，弯腰把脚下的纸团捡起来。

传单已经被淋得微湿，字迹都快洇开了，它连忙碾平折好，放进储物格。

然后，它就不知道该干啥了。

天色渐晚，整个城市铺成的背景暗了下来，高楼喑哑，雨幕也淡得失真，像褪色的贴图。LW31孤独地站在舞台上，有些茫然，但没有移动。夜愈深。这幅画面像是电影情节的过场，先是定格，继而黯淡，最终屏幕完全黑暗。

4

20年后。

5

抱歉抱歉，串戏了，是一年后。

一年后的下午，LW31发完传单，拍拍手，打算回养老院。保安机器人见了，高声问："收工啦？"

"是啊，今天收成不错，不到下班就发完了！"

"那早点回去充电吧！"看着LW31转身要走，保安机器人忍不住又问，"但你这样有用吗？你发了一年传单，没有一个年轻人听你的，更没有一个老人听你的，而且疆域公司马上都要上市了。"

一年来，这个问题每天都有人问，LW31也会不时问问自己。但它说不出答案。今天也一样。它摆摆手，只对保安机器人说："明天见。"

"老实说，我不是很想见到你。虽然你在我的安保区域外，但只要你在，他们好像就都不开心。给我保养也没以前那么勤快了。"

"我很抱歉——但是明天见！"

"明天见……"

说完，LW31穿过午后的街道，穿过阳光和人群，往养老院走去。一个人迎面走来，不小心撞到了它，也没道歉就低头走开。它浑不在意。当它回到养老院门口时，街上阳光已经黯淡，而人群开始沸腾，蜂拥地从各个高楼里涌出来，分成细流，又流向另外的高楼。人类每一天都在重复这种运动轨迹。

这一天到现在为止，都跟过去一年里的每一天都大同小异。而我专门挑这一天来告诉你，必然是因为这一天发生了变化——养老院门口，坐着一个正在等它的少女。

"喂，你是LW31吗？"见它走过来，女孩从台阶上站起，脆生生地喊。

"LW31是我，我是LW31。"LW31说，"你是？"

"我终于找到了你！"

LW31抬眼扫描她，迟滞的系统全力运转，分析出了结果——问题少女。她十七八岁的样子，头发火红，衣着鲜艳，浑身朋克味，特别是外套上镶嵌的银片，跟鱼鳞一样，将斜阳的光掰碎，星星点点地溅射进LW31的光感器；她虽然穿着张扬，衣物却沾了灰尘污迹，显然几天没换，再加上歪倒在她脚边的硕大背包，很容易推出：她应该是离家出走的叛逆期少女。于是它说："你确定是在找我？"

"是啊，我从家里跑出来，就是为了找你。"

LW31点头，颇为自己的正确推断而得意，继而加重了语气，说："你不该离家出走！你现在应该回家去，回到你家人身边。"

"我就是出来找家人的——我来找我的外公，但我才知道，外公去世了。"

"死亡是人之常事，也是机器人之常事。但活着的人更重要，回去吧。"说完，LW31就迈步走向养老院。已经有些晚了，斜晖洒在门口，里面看起来幽暗许多。

"但你认识我外公！"少女突然大声说。

LW31在记忆库筛选认识的去世老人，有以前住一个小区的，也有在养老院里才认识的，发现有二十七个老头符合少女所说，便问："你说的是哪一个？"

少女说出了一个名字。

LW31一愣。我也一愣。我希望你也能愣一下——因为少女说出来的，是我的名字。

"你说，我家先生，是你外公？"LW31反应了足足一分钟，才重复地问道。

"是啊。"

"那不可能。我从他年轻时候就认识他，看着他从一个人，到两个人，再到一家人，最后又回到一个人。而在他生命中来了又走的那么多人里，并没有你。"

少女撇撇嘴，从脚下的包裹里拿出一块动态屏，递给

LW31："我也是才从我外婆的日记里看到的。"

LW31 接过来，屏幕闪烁几次，便出现了一个老太太的影像。她老得跟我差不多，躺在病床上，可能是急速消瘦的原因，脸上的皮肤都松弛了，软软地塌下来。她凑近屏幕的摄像头，轻声说着什么。

是典型的临终日记。

人上了年纪，是会这样的。快要离开，就想记下点什么。跟遗嘱不一样，这种日记也不是要给谁看，就是想在世界留点痕迹；而日记的内容也多半是长久甚至终生压在心里的秘密，说出来，负担就少一些，就能更坦然地面对死亡。

LW31 提高了听觉灵敏度，终于听清，原来老太太说的事情，是她年轻时候犯下的错。

"……当年啊，也是酒后误事……醒过来后，我就赶紧走了，走的时候，他还在床上睡得四仰八叉……没多久就认识了我家老王，日子一掐，正好，老王还以为是他的孩子。这些年啊，每次看着老王抱着孩子，我心里就颤，我对不起他……后来老王走得早，以后的日子都是我一个人熬下来的，也算是惩罚吧……"

LW31 听着，感慨道："没想到老王在隔壁蹲了那么多年，到头来，自己头上也是绿的……"

"你不要这么说我外婆，那只是一个错误！是在认识我外公之前！"少女大声说，随即声音又低了下去，"不过我也没见过他，我出生时，他就死了。"

"好的好的。"LW31 连忙应允，又听下去，老太太果然在最后说出我的名字，"没想到先生还这么风流，渣男啊渣男。"

我也有些记不清。时间太久远，把记忆稀释得模糊，再加上当时还有酒精的遮蔽，就更想不起来。不过我年轻时的确也算个帅小伙，有过一段夜夜笙歌的生活，迷失在酒精和绚丽的舞台彩灯里。要是真发生了什么事情，的确有可能……这么想着，再细细打量少女的脸庞，发现她虽然有着混血特征的五官，但轮廓跟我还蛮像的。

LW31 倒是比我谨慎得多，说："不过就算你外婆这么说了，也不一定是真的，你们人类年纪一大，就容易记错事。说回来，机器人年纪大了，也是一样的。"

少女又掏出一块磁盘，说："这里面是我和我妈的基因数据，你可以做一下对比。"

这年头，每个人出生之初，就会做基因登记，但除了本人，其他人无权查看。LW31 敲了敲脑袋，说："我也不能去查先生的基因数据……"

"可以找个私人机构，城里很多的。你身上有我外公的遗物吗，头发啊指甲啊，什么的。"

"没有啊，他都死了一年了。"

女孩敲了敲 LW31 胸前的储物格挡板，说："这是装东西的吧，这里面有吗？"

LW31 打开储物格，细细摩挲，嘀咕道："不可能有，先生虽然不讲卫生，但我每次都会打扫得很——咦？"它捏出一根花白的头发，"居然真的有！"

基因对比的结果很快就出来了——的确跟我有血缘关系。

站在检测厅的门口，LW31 再次扫描她，兴奋的系统全力运转，分析出了结果——可爱少女。她十七八岁的样子，头发绚烂，布满青春气息，衣服上的装饰也兼具时尚与烂漫，虽然不少地方沾染灰尘，但也无损她的荣光。

“哎呀，小姑娘真好看！你叫什么名字呀？”LW31越看越欢喜，问道。

“我叫黛西，”黛西说，“我饿了。”

6

黛西果然是新世纪新青年，饿了不去饭馆，却把LW31带到了一家偏僻的酒吧。

“你把叔叔——呸，你把爷爷带这里干吗呀？”LW31虽然不情愿，但还是和颜悦色地问，“机器人又不能喝酒。”

“谁说机器人不能喝酒的。机器人也有享受生活的权利——这份权利还是你争取来的。”黛西朝隔壁桌撇撇嘴，说，“你看。”

隔壁桌果然坐着两个机器人，型号相同，看起来一模一样。它们相对而坐，仿佛中间摆着的不是那几瓶啤酒，而是一面镜子。互相凝视许久后，左侧的机器人轻声说：“过了这么久，你就答应我吧。”

右侧的机器人说：“我还没有想好。”

“你应该明白我的心意。我对着0和1发誓，我是认真的。”

“发誓不管用。何以为证呢？”

“我的缓存。”

“那我看一看。”

“呃，就不用了吧……”

但右侧的机器人还是把线路插进了对面机器人的脑部接口，几秒钟后，愤愤不平地抽出来，骂道：“你对我的确是有心意，但这份心意同时还给了1879个机器人！”

“但今晚，我只有你。”左边机器人温柔地说，“何况，你不是也同时跟2675个机器人很亲近吗？”

“也是哦。”

说罢，两个机器人举起酒杯，一口饮尽。它们的胸腔里有能源转化器，苦酒入喉，酒精的化学能迅速被转化为电能，在线路里滋滋流窜。因此它们每喝一口，身体就被刺激得一颤，甚是欢愉。

LW31看得连连咋舌，坐下后，对黛西说：“世界都变成这个样子了呀？”

“是啊，世界是你们改变的，你们却不能接受这种改变。人老了，真可怜。”黛西说着，在触屏桌面上点了杯蓝色的玛格丽特，然后抬头说，“你看周围，机器人很多啊。”

LW31打量四周。因酒吧的位置比较偏，空间也不大，以灯光幽暗的舞台为中心，往外延伸着十几张桌子，倒是都坐满了。有人，也有机器人。人们凑在一起，谈论天气、政治和艳遇；机器人凑在一起，聊内存、处理器和哲学。舞台上也站着机器人，拿着话筒，声音却是从胸膛的喇叭里传出来。它本来唱的是时下流行的抒情乐，但东北角那一桌独自坐着的老人听不下去，点了几首电音风格的老歌。

“怎么这年头还有人听电音啊？都过时了！”黛西埋怨道。

那个老人隔得远，加上光线暗，让他缩在酒吧的阴影里，LW31看不清他的模样。不过它对音乐倒是不挑剔，更关心的是黛西。

“哎，你多大啊？没成年的话，是绝对不能喝酒的。”它按住黛西拿着酒杯的手，严肃地说。

“昨天刚满十八岁。”

“哦，”LW31也拿起一杯酒，“那干杯。”

它把酒倒进喉咙，下一秒，身体里立刻爆出噼啪火花，还伴随着焦臭味。黛西吓坏了，连忙拍它的脑袋，它僵硬了好几分钟，才回过神来，说道：“好爽！”

“你还是不要再喝，再喝酒短路了。”

“网上有卖我能适配的酒精转化器，是我唯一能装上的新配件了，我去下单，以后就可以喝了。”LW31恋恋不舍地放下酒杯，又问：“昨天是你生日，怎么不好好在家里过，来找先生呢？你之前也没见过他，他可不是什么好人。”

黛西喝了酒，脸色微红，兴奋地说出了原委。原来她昨天发现了外婆的日记，知道自己有一个真正的外公，便在网上搜到资料，千里迢迢寻找过来。但来了之后发现我已经死了，无处可去，就在养老院门口等LW31。

“你可以回家呀。”LW31说。

“不想回！外婆不在了，没人疼我。我妈经常打我。”

“那你爸爸呢？”

“我爸经常打我妈，”黛西又喝了一杯，脸上红扑扑的，“和我。”

LW31摸摸她的头顶，叹道：“唉，苦命孩子。”连忙给她再叫了些吃食，看着她狼吞虎咽的样子，又问，“那你接下来有什么打算呢？”

“能有什么打算，出来玩，今天就不要操心明天的事情！”

“果然是孩子话。”

“我都长大啦，已经成年了。”

LW31欣慰地看着她的吃相。它看到的是一个正走在生命之路开端的孩子，虽然饥饿，但神采奕奕，像是晨光里喷涌的太阳；而它，跟我一样，都站在暮色沉沉中。只有这样隔着漫长的路距离，深切凝望，才能看到生命本初的模样。它看着黛西的目光，带着殷切和羡慕，以及一丝丝怅惘。电音依旧在酒吧里回荡。

过了许久，它才说：“但你总要有个住的地方。”

“所以我来找你啦，”黛西的眼睛带着微微的蓝色，盯着LW31，里面似有星光闪烁，“你会帮我吗？”

“当然呀，只要我这把老骨头——咳咳，只要我这把老铁棍还在，就不会让你流落街头！”

LW31把黛西带回了我家。

当初疆域公司强回收我的房子，只是为了报复，这间破房子对他们也没用，收回之后，就一直闲置着。而且因为我都死了，他们连门的密码都没改，LW31轻松地打开门，让黛西住进来。

“这就是你外公住的地方。”LW31介绍说。

黛西四下打量，撇嘴道：“装修好差，看来外公品位不怎么样。”

LW31连忙替我辩解，说：“你误会了，这种装修效果不是因为品位差，”顿了顿，“是因为，贫穷。”

“噢，那我理解了。不过没事，我不介意！”

这以后，黛西就住在了我家。她初来乍到，对什么都要问一问，LW31也耐心地解答。屋子里的每一件东西，都是回忆，都能把关于我的许多事情牵丝引线地拉扯出来。它碎碎叨叨地说着，浑然没留意到黛西已经坐在床边，靠着墙睡着了。

“唉……”

LW31发现后，轻轻叹息，然后扶她躺好，给她盖上被子。

接下来的几天，LW31一直陪着黛西。它不明白，这个看起来小小的女孩，身体里怎么有这么充沛的精力，蹦来跳去，也爱吃东西，爱玩，爱看一切没有看过的事物。而她去所有的地方，都要把LW31带上。

LW31挎着包，永远慢腾腾地跟在她身后。它跟去的地方，都是以前从未去过的，比如全息游乐场，一进去四周都是刀光剑影，吓得它浑身哆嗦；还有迪厅，黛西在舞池里疯玩的时候，还把LW31拉了进去，它身边全是扭动的肢体，有血肉，也有金属，还有血肉和金属的混合体。它有些手足无措。尤其是当迪厅老板为了营造氛围，把音乐调大，将灯光关闭，让人们在黑暗中放纵时，它误以为是停电，立刻启动身上的灯泡，给周围人照明。结果自然是它被粗鲁地推到了舞池外。

黛西最常去的地方，还是LW31第一次进的那个偏僻小酒吧。也只有在这个时候，黛西会安静下来，坐在幽暗的角落里，听着机器人歌手一曲曲演唱。LW31装上了能源转化器，也能陪她喝点儿，而且一边喝一边劝她早点回家。

她喜欢抒情的音乐，那个常年坐在东南角的老头却总爱点电音。这样也好，听到电音的时候，黛西就会打个哈欠，跟LW31一起回去。

这样过了半个月，LW31便开始劝她回家，毕竟“开心虽然重要，但青春是宝贵的，你是早上十一点半的太阳，这么浪费下去，很快就会到天黑的”。但每次它要说出这番道理时，都会被黛西打断，然后拉着它继续在城市里游荡，寻找一切好玩的场所。

这一天中午，黛西带着它来到一个水上音乐乐园，硕大的池子里人头攒动，纵情摇摆。LW31一看这阵仗便吓退了，说：“我不能泡在水里，还是你一个人下去吧，注意安全。”黛西没有勉强它。换上泳衣便下水玩耍。

LW31站在池外看了一会儿，突然有些寂寥，见黛西被围在人群里，也没什么危险，就给黛西发了消息：“我先走了，你玩完了自己回家，我给你做饭。”发完它才想到黛西换了泳衣，看不到手机消息，但又想她玩完了会看到的，便转身离开。

它在街头无所事事地走着，思考要是黛西不在，往常这个时候自己会做什么——发传单。

7

于是，时隔半月，它又回到了疆域公司楼前。但今天很奇怪，楼外保安多了好几个，一副严阵以待的样子。它刚走近，机器人保安就迎上来：“喂，你今天不能发传单！”

“为什么？”

“我也不知道，我只是收到了指令。”

“什么指令？”

“让我注意有什么反常的情况。”

“但我发了一年传单，已经成了日常，要是不发，才是反常情况吧。”

保安机器人愣了几分钟，点头说：“那你要注意防晒。”

LW31便掏出传单，向每一个路过的人打招呼。不知道为什么，拿起传单的时候，它才觉得心安，觉得自己每一秒的时光有了意义，因此也快乐起来。到了傍晚，它想着黛西也快玩耍结束了，便收起剩下的十几张，准备回家给她做饭。

“我走啦，”它对保安机器人说，“你看，的确一切正常。”

“是的！那明天见！”

“明天可能见不着啦，”LW31有些忧愁，“我外孙女一直缠着我……”

这时，街对面走来几个人，手里拿着话筒，头顶还有无人摄像机在盘旋，看样子是来采访的记者。LW31连忙给他们让路。其中一个女孩多看了它几眼，突然说：“您是LW31吗？”

LW31迟疑地点头：“对，我是……”

“我是您的粉丝！”女孩有些兴奋，又问，“您在这里干什么？”

“噢，我在发宣传单。”它从储物格里抽出一张，“今天没发完，你要看看吗？”

女孩接过传单，跟她同行的记者也凑过来看。职业嗅觉让他们闻到了新闻的气息，还没看完，一个领导模样的中年人就冲女孩使了个眼色。

“您能在这里接受我们的采访吗？”女孩说，“我们很有兴趣知道这件事情的始末。”

LW31看了眼天色。不早了，黛西应该快回家了。但记者们的目光同样殷切，它犹豫一番，还是答应了采访。在话筒和四个安静悬浮的无人机镜头前，它讲述了我的故事。

接受完采访，它因为心里挂念着黛西，便匆匆往家里赶。今天黛西回来得格外早，它推门就看到了她，却不是往常天真烂漫的模样。

黛西脸上蒙着一层怒气。

“你怎么不陪我玩!”她大声质问着LW31。

LW31把门合上，慢慢说：“你饿了吗？我给你做饭。”

“我问你，你为什么不留在我身边？”

“你们年轻人的玩法，我还是适应不了。我年纪大了。你饿了吗？我给你做饭。”

“但……但你不在我身边，谁来保护我？”

LW31拍了拍自己的外壳，立刻有锈蚀簌簌落下，接驳处的铁片都松动了。“你看我这样，一拆就散，已经保护不了你了……”LW31走向厨房，“你饿了吗？我给你——”

“我不饿，不要你做饭，你听到没有！你只会做饭吗？一旦老了，就会这个样子，话也不听，只会做饭吗!”

对于黛西这突然的怒气，LW31并不理解。这世界上充满了它不理解的事情，但好在它老了，学会了接受不理解的事情。所以它还是到厨房做好了家常饭菜，端到黛西面前。

黛西气鼓鼓的，面色潮红。但LW31看了几秒钟，突然发现她脸上的潮红并不完全是因为生气，有些皮肤的毛细血管明显比周围更凸显，看起来，像是……被人打过？

“有谁欺负你了吗？”它顿时变得紧张，问。

“没有！”

“那你脸上……”

“我自己摔的！”

LW31放下心来。黛西生了会儿气，直到肚子里传来咕咕响声，瞥了眼LW31，见它已经站在墙角充着电，才吭哧吭哧地吃起来。

第二天一大早，黛西罕见地没有出门，等着LW31充电完成。它的电源老化得厉害，使用时间很短，充电却需要一整晚。到上午它才醒过来，看到黛西睁着大眼睛，直直地看着自己，问：“干吗……你饿了吗？我给你做饭去。”

“LW31，我想跟你谈一谈。”

“你说。”

“你以后能不能不要去发传单了呀。”

LW31有些为难：“可是先生受了冤枉，他的公道没有讨回来。”

“人都死了，你就算讨回来了公道，他也不会知道的。”

LW31刚要说话，黛西又走近了两步，跟它挨得很近：“LW31，我累了，我想回家。我想跟你一起回去，我外公死了，你没有家人，所以你去了养老院。但我是你的家人，我妈妈也算。虽然她打我，但她身体里也留着外公的血。你不想看看她吗？你跟我回去吧，然后你就留在家里，你就是我们的家人。你再也不孤单了。”

LW31愣愣地听着。它本来运转时会发出嗡嗡的噪声，但这一刻，它安静得如同石头。或许是死机了。过了很久，嗡嗡声才再次响起，它问：“你再说一遍，好吗？”

“LW31，我累了——”

“不是这里，是最后一句。”

“你再也不会孤单了。”

它的嗡嗡声再次消失。几分钟后，它说：“你再说一遍，好吗？”

……

黛西说了十来遍后，它才停止了这种奇怪的举止，点点头：“那好的，我跟你回家，直到你长大，或是我报废。”

“我已经长大啦。”

“我也马上快报废啦。”

两人相视大笑。随后，他们开始收拾家里，把不舍丢下的东西带走，反正以后再也不会回来了。但就在这时，黛西接到了电话。她的神色有些紧张，快走几步，去厨房接了电话。

很快，她出来说：“你等我一下，我出去见个朋友。”便匆匆走出屋子。

LW31 继续收拾。收好后，它坐在一堆包裹中间，在显得空旷的屋子里，等黛西回来。等待的空隙，它将自己连上了城域网，搜索“疆域公司”这个关键词。它已经准备放弃恩怨，但在离开前，还是想知道疆域公司的近况。

结果还是让它百感交集。

原来昨天下午它接受的采访，正是财监会对疆域公司进行的上市前例行调查，因为 LW31 的控诉，以及它自己残留的影响力，导致疆域公司的申请没有通过。本来疆域公司凭借永生计划在商业上的成功，上市融资应该十拿九稳，却因为 LW31，推迟了日期。LW31 搜到了一张图片，上面是疆域公司的高层接受采访，表情很不好看，而在画面的角落里，它还看到了丰生——他的脸色更加铁青。虽然只是静态画面，但 LW31 还是能感觉到他唇内的牙齿在隐隐颤抖。

看到这种情况，LW31 也并没有感觉到多少快意。过去一年里，它每天站在人堆里发传单，受着别人的白眼，就是为了这一幕。但这一幕真的发生时，它浑身的电路却没什么波动。它只是觉得巧合——在它决定要以老朽之躯，再次融入新生活时，自己坚持的事情有了结果。

这样也好，它便再也没有什么牵挂了。

它关闭了搜索页，继续等待黛西回来。然而，这一天直到结束，它都没有见到屋门再打开。

情况不对劲。

窗外夜色深沉，风打着玻璃，发出令人不安的声音。它给黛西打电话，但没人接；正要出去寻找时，它接到了通话申请。

它大喜，额头上的晶体屏上显示出接通电话的绿色标志，但传入它声音接收器的，却是一阵深沉的喘息。

明显是男声。

“你是谁？”似乎体内的发声元件有些接触不良，让 LW31 的声音带着颤抖，“黛西呢？”

电话那头沉默不语。

“你你你……”LW31 慌不择语，“你不要伤害她！”

“那你过来。”

神秘男声说了一个地址，是位于城东的一个废弃工厂。LW31 搜索这个地址，发现跳出来的新闻都与谋杀、弃尸和黑帮火并有关，吓得立刻报警了。

警察很重视这件事，连忙派附近的人类和机器人警员去查看，但工厂里空空荡荡。警察立刻又联系 LW31，问：“你是不是在报假警？”

LW31 把之前的聊天记录发给警察。几秒之后，一个机器人警员回复道：“这个记录缺乏必要的信息，并不能证明是绑架案。”

警察走后，LW31 还没反应过来怎么回事，就又接到了黛西的电话。

这一次，电话里首先传来的，是一声惨叫。虽然惨叫只持续了两秒钟，LW31 还是一下子听出——是黛西的声音。

随后，熟悉的男性低沉喘息声响起。

“求求你，求求你！不要伤害她！”慌乱的电流在 LW31 的线路里四下乱窜，晶体屏里的绿色标点一闪一闪，差点断线，“你想要什么，我都可以……”

“那你……还……报警……吗？”因 LW31 过于激动，信号接收器被干扰，男人的声音也时断时续。

“不打了！”

“嗯，你……再来……一趟废弃……工厂。”

电话挂断后，LW31 连忙出了屋子，往城西废弃工厂赶去，不到一小时，就到了工厂门口。这时已到了凌晨，夜色浓郁，凝重得有如实质，压在 LW31 的外壳上。只有工厂门内透着微光，看起来更显得幽邃和瘆人。

LW31 给黛西的号码拨了回去，但没人接。它只得战战兢兢地走进去。

它打开头顶的灯泡，昏暗的光撕开黑暗，照亮周围的空间。它像是失去指引的萤虫，在雨夜里惊恐地飞行着，从一团黑暗里，蹿进另一团黑暗。

直到他看到黛西。

黛西被绑在一个厂房的角落里，委顿在地，头发零散披下，看起来昏迷不醒。而她周围，还站着四五个嘻哈装扮的年轻人，个个脸上都有发光的文身，在幽暗中，照亮了他们狰狞的表情。

看到这个场景，LW31 的身体一下子震颤起来。所有的线索都在他线路里涌动，被拆解，被扭曲，最后在处理中枢里汇合成疯狂的警报信号。

尤其当它看清那四五个年轻人的脸，记起来，这些人就是我去世前遇到的流氓朋克们。他们曾经围住 LW31 和我，狠狠殴打。虽然没有证据，但我想我的死多多少少跟他们有些关系。

你要相信我，我已经死了，诬赖别人对我没有好处。

LW31 想的显然跟我一样，系统里警报声连成一片，使得它体内的数据都成了乱流。它向前迈出一步，但脚颤得厉害，扑通一声摔倒。我跟它一起生活了多年，也是第一次看到它失控成这样。它踉跄着爬起来，扑到黛西身边。黛西昏迷不醒。它抱着她，要往外走，但几个青年围了过来。

他们没说话，但脸上表情阴狠，配合着幽幽放亮的文身，看起来如妖魔逼近。

“我……我不会报警的，不要伤害她……”LW31 轻声说。

他们从四方围拢。这情形，仿佛当初对我围殴的重现。

“我……我求求你们了……”LW31 抱紧黛西，身子更佝偻一些。

其中一个青年笑出了声，湛蓝的牙齿上溜过一丝锋芒，像是染毒的匕首出鞘。

LW31 骂着，挥出一拳，砸在青年的嘴边。

蓝色牙齿崩了出来。

8

LW31 被抓了。不是被青年们，而是被警察。

机械警察睁大了聚合金做成的双眼，射线在 LW31 身上扫来扫去，好半天才说：“原来你给我们打电话，是给自己报警啊。你要是想关进来，跟我打声招呼就可以了，我是你的粉丝，会帮你这个忙。可你为什么要伤害人类。机器人的人权是你争取来的，你这样做，自己声名扫地不说，还会让历史倒退啊。”

LW31 也不知道自己为什么要挥出拳。它现在回溯自己的记忆，发现那一刻的冲动已经淹没在电子乱流里了。不过它更困惑的，是眼前的情形。

在废弃工厂里，它的拳头才碰到朋克青年，他就大呼小叫地倒下；其他朋克们没有来为同伴帮忙，而是连忙报警。最诡异的是，就在这一片慌乱的场景中，黛西从地上爬了起来，一脸惊吓的模样。它刚想让她过来，她却畏畏缩缩地站到了朋克们的身后。

她的眼里仍露出惊恐。而她害怕的对象，是LW31。

所以直到被抓进警局审讯，它都没反应过来。

唉，它还是太笨，我都看出来它是被陷害了，它还这样一副浑浑噩噩的样子。

“黛……黛西呢？”过了好久，它才憋出这句话。

“哦，你说那个被你伤害的女孩啊，”警察调阅了资料，回道，“她已经录完口供，被护送离开了。我不会告诉你她的下落，免得被你二次伤害。”

“被我……被我伤害？”

“你的声音处理器并没有问题。你要怀疑的，是你的芯片、处理器和反馈系统。”

但LW31还是固执地问了几遍，得到的答案当然没有变化。

警察又补充说：“不过你运气好，机器人犯罪很少，关押机器人也没用。你知道，时间对我们来说没有意义。一般机器人犯了错，就是直接报废，但你身份特殊——所以，你走吧。”

LW31走到警局门口，茫然地站立着。此时天色微亮，雾气从四面八方涌过来，将它围绕。出厂以来第一次，它不知道何去何从。

最后还是一起在养老院里待过的护工、独臂机器人和文学爱好机器人们一起把它接了回去。

“你们怎么知道我在警局？”它问。

独臂机器人说：“不止我们知道，所有——”

这时护工看了它一眼，它便把后面的话都塞回喇叭。

LW31没有追问，低着头，跟他们一起回到了养老院。

护工和机器人们都很担忧，害怕它像上次那样封闭，进入自我报废程序。护工还断开了LW31的网络链接。但他们的担心似乎是多余的，LW31回来后，该活动时活动，该休息时就安安静静地待在保养室。

很快他们就放心下来，不再时刻盯着它，网络限制也解除了。

于是，LW31得以联网。刚一进入网络世界，他就看到了汹涌而来的信息潮——都跟自己有关。

《震惊！时隔多年，机器人伤人案再次发生！》

《曾经的导师，如今的暴徒？》

《和平只是谎言，人机终有一战！》

……

这些新闻显然被统一过口径，都在用夸张显眼的字句来描绘LW31打人的经过。LW31明明只挥出了一拳，在这些报道里，它已经成了暴力嗜血的恶魔。

全息新闻底部的评论区里，许多人在骂它，消失多年的机器人威胁论再次涌现。

而除了新闻，电视台还采访了被LW31打的朋克青年们。他们的装扮已经变了，看起来恭顺可怜，凑到镜头前，争相说着当时的“惨状”。

“唉，当时可吓人了！我们只是在工厂里一起玩，你说这没犯法也没扰民，那个铁皮人冲进来就想抢我女朋友，我想拦，但还没说话就被打成这样了。医生说我有脑震荡，可能从此以后智商就下降了，我本来智商也不高……这损失谁来赔？”

朋克们一个个说着，口沫横飞。而这些身影的背后，还藏着有些畏缩的黛西。

也有记者将话筒凑到她嘴边，她后退一步，看了眼朋克们，结结巴巴地点头：“嗯……是这样的，很吓人……”

到这里，迟钝如 LW31，也明白了事情的大概。

它继而搜索“疆域公司”这个关键词。果然，之前它接受采访，导致疆域公司上市计划受阻，但现在它暴力伤人的新闻一传出，舆论发酵，话语的可信度立刻打了折扣。有新闻报道，疆域公司正在准备新一轮的上市申请，而新闻的照片里，丰生依旧站在人群角落，看着不起眼，但将照片放大后，会看到他嘴角扬起，露出阴沉笑意。

LW31 喟然长叹，中断了网络。

“我输了……”

护工正在给它保养，听到金属里发出的叹息，问道：“什么，不舒服？那我轻点儿。”

LW31 却坐在地上，一整夜都没有起来。

“你恨黛西吗？”独臂机器人问。

“我原谅她了。她也迫不得已。”

“那你还恨丰生吗？”文学机器人问。

“我不恨他了。我也无可奈何。”

独臂机器人点头说：“很好，机器人不应有恨。你现在终于是正常的机器人了。就跟我一起，在这里等待死亡吧。”

文学机器人说：“锈迹是我们的寿衣，而你现在，只差把扣子系上了。”

“你这个比喻很文学。”LW31 赞道，“虽然实际上是咒我早死。”

“不必介意。我会走在你前面的。”文学机器人说着，胸腔的铁板簌簌抖动，露出里面残损的线路。

虽然他们的对话暮气横秋，但我听着还是很高兴。LW31 终于释然了。它所剩的时间不多，终于可以把晚年最后的光阴留给自己。接下来，就让它退休，晒晒太阳，挖挖土，朗诵诗歌吧。它还当起了红娘，介绍何小山和那个喜欢纸质书的护工认识，两人一拍即合，听说婚期都快定了，想邀请 LW31——但不知道它能不能撑到那一天。

哦对，它还有喝酒的习惯。

这个习惯是黛西传染给它的，当初为了陪黛西喝酒，它专门买了能源转换器装上。虽然黛西伤害了它，但酒精最能填满和消弭的，就是伤痛。平常跟老伙伴们闲扯过后，它也踉跄着身子，来到那间偏僻的小酒馆。

啤酒是它的最爱。一整杯冰啤酒倒进喉咙，流进内置的能量转换器，化学能转换成电能，让它身子摊在老旧的沙发上。这时它会关闭光线接收器，闭上眼睛，静静感受电流的窜动，以及酒吧音乐的滋养。

它喜欢听舒缓的乐曲，但不知道怎么回事，这间酒吧放着歌的时候，经常被角落里的那个老头付费点歌，切换成吵闹的电音。有一次，LW31 实在忍不了，在再一次被切歌的时候，走向角落，对那个独自喝酒的老人说：“先生，恕我直言，您的品、品位并……”

它说着，话语先是结巴，继而停下了。

因为它凑得足够近，眼睛在幽暗的氛围里也能捕捉到他的脸孔，一开始是觉得眼熟，很快就意识到在哪里见过他了。

在电视里，在舞台上。

他是歌手，过气歌手，以电音闻名，又随着电音的落寞而消失在舞台上。他上一次在新闻里出现，是作为我的替代品，成为首次进行永生实验的公众人物，进入了不可逆的、永恒的梦境天堂。

但如果他在永生实验里，为什么现在出现了呢？

LW31 愣在原地，处理器一时运转不过来。

老歌手已经喝得醉醺醺，眯着眼睛看 LW31，好半天才嘻嘻笑了，对它道："我、我还没喝、喝完……结账的时候再给小、小费？"

"我不是服务员……我是，因为听歌……舞台上的歌……" LW31 绞尽脑汁，想要撒谎，但系统阻止了它。它的声音结结巴巴。

殊不知"听歌"两个字一出口，老歌手的头凑得更近了。

"你是……是我的粉丝呀呀呀！"老歌手说，"早说嘛……来来来，给你签名！"说着，用手指沾了酒，在 LW31 胸膛上写写画画。手法娴熟，想来年轻的时候没少在粉丝身上这么做过。

LW31 坐在老歌星旁边，问："但……但你不是在永生舱里吗？"

"啥永生舱啊，那、那就是个睡眠舱……"老歌手又灌了一口酒，“你知道吧，就是通上电，把你麻醉，插上营养管。你不算死，也不算活……活……更像是个冰棺材。”

LW31知道睡眠舱。那是早已被时代抛弃的技术，连人体冷冻技术都不如，就是注射麻醉剂让人休眠，价格低廉，还会加速人体衰老。

它张了张嘴，但过了许久才出声：“所以你没有永生……广告是假的？”

老歌手似乎很久没跟人这么说话，拿起酒杯，在桌上顿了顿。“广告当然都是假的，广告和爱情一样虚假……而真相、相，都来自酒杯！”他继续说，“不只我没有永生，那些交钱去疆域公司的傻老头老太太们，也……也没有永生……这一切啊，都是骗局。永生啊，多少人梦寐以求的东西，怎么可能这么简单就做到……”

“但但但但但……”LW31“但”了半天，“但这么大的骗局，几万个用户，要是被发现了……”

“谎言就是这样……没被拆穿前，都是真理。‘永生计划’不是说不可逆的嘛，老……老人躺进去就……就休眠了，没有意识；家属也签了合同，不会去唤醒——他们也不想去唤醒……这样，谁……谁知道他们是在电子世界里……里快……乐地度秒如年，还是被麻醉了安静等死呢……反正到了自然死亡时间，疆域公司就把尸体送……送回去，说他虽然死得更快，但……但度过了漫长又快乐的晚年……有些人啊，还直接签了殡葬业务，老人死了之后连尸体都不用送，直……直接一条龙。儿女们不知多高兴！人老啦，就是累赘，这样解决掉，又省事又没有心理负担……人就是这样的。我……我那几个不肖的兔崽子也是这样，所以我很早就跟他们断绝关系了，还是自己一个人好啊，挣点钱，喝……喝酒，听……听歌，泡……唉，姑娘已经泡不到啦……”他这么喋喋不休，声音渐渐从激愤过渡到悲凉。

LW31 顿了顿，问他：“那你是怎么……”

“哈！因为我……我……我看破了他们的谎言啊……走的时候，我一时好奇，把永生舱的电闸给断了……那个玻璃舱门立刻就打开，里面躺着的老头也起身了……一副……一副刚睡醒的样子。我就明白这是骗局了。”

“你为什么还答应了呢？”

“因为……”老歌手晃了晃手里的酒杯，杯中液体荡漾出迷离光泽，“我想喝酒，而酒要花钱才能买到。”

9

到了下半夜，LW31 才浑浑噩噩地回到养老院。

它来到专属于自己的保养室，却没有进去，而是坐在台阶上。夜风吹过来，凉凉的，让它那因震颤而发热的芯片也渐渐冷却下来。它思考着，风继续掠过它的身体。

“老伙计们，”过了很久，它连入养老院的内网，向所有机器人都在的公频发出了信息，“都醒醒。”

好半天，无人回应。

它一遍遍地问。

“哎呀，LW31，你发那么多消息干吗？我浏览网站都被你打扰了。”过了很久，一个头像亮了起来。是文学爱好组里的一个老机器人。

“原来你在隐身……先关闭那些少儿不宜的网站吧。”LW31说，“我有事向大家宣布。”

“可大家都在充电待机中。”

“你可以帮我拔掉他们的插头吗？还有无线充电的，把充电板也断电。”

“不行。这样不道德，打扰大家睡觉。”

“那我明天告诉护工你每晚悄悄上网浏览不良信息。”

“先拔谁的？”

很快，养老院的机器人一个个进入公频。

“大家好，打扰大家睡觉了。但我有一件很重要的事情。”

“是找到我的手臂了吗？”说话的是独臂机器人。

“很遗憾，没有。但我找到了真相。疆域公司的永生计划是骗人的，那些老人只是被麻醉了，而且在加速死亡。我们必须阻止他们。”紧接着，LW31说出了今天的见闻。

听完后，有机器人问：“那个老人说的时候，你录音频了吗？”

LW31有些懊恼：“没有。当时我的全部内存都用来处理他所说的信息了——换句话说，当时我很紧张。”

随后，一连串的问题像是水面下的气泡，从公频的各个角落里涌出来。

“那你打算怎么阻止呢？”

“你怎么知道他说的是真的呢？你刚刚被人类骗了一次，怎么知道这次是不是新的欺骗？”

“最重要的是，我们为什么要帮助人类？那是他们自己的事情，而我们，只是一群老得快要报废的机器人。”

“是啊，我们还被人类伤害过。”这个声音沉默了一会，又补充说，“我想起来了，我的手臂就是被人类砍掉的。”

……

LW31 安静听着，直到所有消息泡都破灭，公频里恢复寂静，才说：“我很遗憾。但我不能袖手旁观，我的主人就是因这个骗局而死，他不能死得不明不白。”

“那你有什么计划呢？你刚刚才从警局出来，你说的话，已经没多少人相信了。”独臂机器人说。

“所以我只能找你们，老伙计们。我的话没人信了，但老歌手就是证据，我要把他送到警察局。”

“但他肯定不愿意的。”

“我知道，所以我才来找你们，老伙计们。”

机器人都明白了它的意思。接下来是一阵沉默。夜色无声无息地逝去。公频里，机器人们的头像一个个熄灭，都下线了，最后还待在这静静流淌的数据阵列中的，只有 LW31。

它叹息了一声，但这轻轻的叹息也淹没在数据流里，连个泡都没有冒起。

直到天亮，这最后一个头像才熄灭。

第二天，LW31 整个白天都没有出门，一直待在养护室里充电。夜幕笼罩时，它设定的苏醒时间到了，但电量还只有一半。它拔掉插头，从养老院后院溜了出去。

走的时候，整个养老院静悄悄的，没人发现它。

它的运气很好，到酒馆时，老歌手仍在喝酒——按照这种喝法，恐怕他拍欺诈广告得来的钱还没花完，就得死在啤酒的泡沫里。

LW31走过去，向他表明了来意。

“什么，你说让我跟你去警察局，作证说疆域——”今晚他没喝多，知道LW31有录音功能，及时住嘴。

LW31的打算被识破，索性点头，说：“你做了非常错的事情，你拍的广告把成千上万个老人骗进了睡眠舱。他们不仅不能永生，还会加速死亡。这是犯罪。”

“我警告你，别瞎说啊。快滚！”

LW31上前去拉他，他自然不肯，还把LW31推了个趔趄。LW31撞倒一张桌子，被打翻的啤酒淋了它满身，一些液体从金属板渗进去。它的身体同时冒出火花和白烟。

但它爬起来，依旧拉着老歌手的袖子，说：“请你跟我走。”

“一边去！”老歌手愤愤地站起来，声音里却透着一丝慌张。显然他跟疆域公司签过某种保密协议，要是被丰生知道他泄了密，肯定没好下场。他不顾LW31的拉扯，快步走出酒吧。

但刚到门口，他就愣住了。

这个酒吧地处偏僻，门口是一条幽静的辅道。平常就没什么人过来，现在夜已深，只有酒吧的招牌在黑暗中忽闪忽闪，更显得凄凉。老歌手从丰生手里挣到钱后，迫于合同，无法再抛头露面，只能每晚来这偏僻的小酒吧买醉。所以本来他走出酒吧看到的，就应该跟以往一样，是一片空旷凄凉。但现在，他站在门口，看着眼前把街道挤满的机器人们，一时怀疑自己是不是眼花了。

站在他面前的，是七十三个年迈的机器人。

是的，哪怕光线不好，也能看出它们的垂垂老朽。有些机器人连肢体都不全，站在老歌手面前的那个，就没了右手；而斜右方的那个，连脑袋都掉了，只能用手把头颅抱在怀里，脖子下伸出线缆，接进胸腔……夜风里带着锈蚀特有的腥咸。

它们虽然年迈，却站得笔直，像是干涸土地上坚忍不拔的松林。

LW31跟在老歌手后面，跌跌撞撞地出来，看到这一幕也愣了。这些机器人，每一个它都认识。它们是它在养老院的伙伴，现在，它们是它的战友。

LW31它结巴着，说不出话来。

“你们……”老歌手吞了口唾沫，也有些结巴，“让一让……”

机器人们打开眼瞳内置的灯泡，一对对幽光亮起，盯得老歌手背上生寒。

“你要跟我们去警局。”独臂机器人伸出独臂，攥紧他的袖子，“如果你犯了错，你要认；如果你没有，你可以告我们。”它们各自上前一步，把老歌手围得严严实实。如果他还年轻，说不定可以冲开这些锈蚀斑斑的金属肢体，但他跟它们一样年迈，已经失去了搏命的资格，以及勇气。

但他还剩下狡猾。

街道空旷，一群机器人密不透风地围着老歌手，向前移动。它们如同钢铁的牢笼，逼得他也拖着步子跟上。他的手拢在袖子里，像是怕冷，实际上按下了某个紧急呼救键。

而这一切，LW31浑然不知。它感动于这些老伙伴对它的帮助，犹豫很久，对独臂机器人说："谢……"

"别，"独臂机器人打断它，"矫情的话，留到公频里说吧。"

LW31登上公频，犹豫了半天，刚要说话，却发现信号断了。

不仅是机器人的端口组成的局域网，整个街区的信号都被屏蔽了。

"怎么回事？"独臂机器人也察觉到，停下脚步。其余机器人也都站住，左右看看，窃窃私语。

夜风中有令人不安的气息。

它们刚停，四周又响起了纷繁的脚步声，比机器人走路时更沉，也更乱。随后，无数人影从街道的四周涌出来，组成更大的圆，包围住了机器人们。

这些全都是壮实的男人，个个目光凶狠，其中几个还是LW31的老熟人——那几个有发光文身的朋克青年。它下意识往朋克们身后看，果然看到了黛西，以及她身边的……

"老家伙，没想到你还能找到这里来。我真是低估你了。"随着低沉的话语，一脸阴戾的丰生从人群背后走出，站到LW31面前。

见他出来，老歌手如逢救星，跳起来喊道："你来啦，快救我！这群铁罐头想胁迫我……"

"你闭嘴！"独臂机器人喝道。

"你闭嘴。"丰生骂道。

老歌手顿时安静。

“人我要带走，你们散开吧。”丰生冲 LW31 摆摆手。

“不行。”

“我的人比你们多，而且这些都是公司聘来的保安和流氓，经过专门训练的。你虽然老了，但这点优劣势应该能分析出吧。”

LW31 沉默。它知道丰生所说不假。这些保安个个膀大腰圆，而且看装束，都是从疆域公司总部大厦调过来的。他们能被重金聘请，肯定都不好惹，再加上这里的信号被屏蔽，他们把机器人拆成零碎都没人知道。

它纠结地思考着，刚想后退，就被独臂机器人抵住了。

“不要怕，老伙计。”独臂机器人在它背后说，“我们挺你。”

其余机器人也伸出手，按在 LW31 背上。它的后背贴满了冰冷的金属，但某种热度从在身体里升腾。它不由自主地站得笔直。

“不行，”它对丰生说，“这个人还有你，我都要送进监狱。”

“那就不要怪我了。”丰生说着，往后退。人潮越过他，疯狂地向机器人们涌上来。

丰生退到几米外，抱着手臂，冷眼看着这场混斗。

他一点都不担心结果。与其说这是混斗，倒更像一面倒的殴打。保安和朋克们虽然没带 EMP 这种对机器人致命的武器，但出手毫不留情，力气大的甚至直接把一个机器人推倒，狠狠一脚，把它胸前的隔板都踩得凹陷进去，让它当场报废。而机器人却不敢还手，只拼命挤在老歌手身边，不让他们抢人。但随着一个个机器人被拆成废铁，老歌手被救走只是迟早的事情。

丰生很满意。只要永生计划的秘密不泄露，他就是公司上市的第一功臣。公司承诺过他，一旦上市，就会让他加入董事局。他会拥有数不尽的资源，可以挥霍整个人生。

然后，在衰老之前结束自己的生命。

“LW31，不要再负隅顽抗了，”等倒下的机器人接近一半，他才慢悠悠道，“你们能做的只是拖延一点时间，而这个夜晚是漫长的。”

没人回答他，混斗仍在继续。四处都是纷乱又模糊的人影。

他以为LW31没听见，又喊了一遍，同时踮脚在人群里搜寻。他看得很仔细，但来回看了好几遍，始终找不到LW31。地上的残肢里，也没有它标志性的方形头颅。

一丝阴云在他心头掠过。

“停下，停下！”他大声喊。

但那些粗暴的男人打得正起劲，哪里听得进去？他不得不上前拉开一个保安。保安以为是机器人，下意识挥拳砸向他，好歹在砸中之前看清了他的脸，连忙后退。

“把他们拉开。”丰生寒着脸说。

保安赶紧去拉同僚，又经过一番折腾，才让两边停下，重新形成对峙局面。

只是这一次，丰生这边依旧人多势众，而机器人那边少了一多半，互相搀扶着，有几个连扶都扶不住，只能坐在地上。

街面布满了废铁、机油和闪烁的火花，使得夜风里气味复杂。

丰生再次扫视，确定LW31已经不在这条街上了，急声问：“LW31呢？它在哪里？”

独臂——哦不，它的另一只手也被人折了，现在成了无臂机器人。它的胸膛也塌了一半，断裂的线路赤裸在外，机油滋滋冒着，但它的声音却透着欢快：“31已经不在这里啦！”

丰生皱眉深思。

老歌手本来被机器人包围着，现在包围圈已经小了很多，他一把推开几个站都站不稳的机器人，走出去，对丰生大声说：“不要紧！它逃到哪里了不重要，我在这里，它就没法把你们用睡眠舱——”

丰生反手一掌抽在老歌手脸上，止住了他的话。

老歌手自知失言，低头捂脸，不再说话。

丰生的眉头皱得更深了，自语道：“我了解LW31，它是很胆小，但抛开伙伴独自逃走，这种事它是干不出来的……”他一边喃喃，一边环视四周、残破的机器人、朋克青年、保安队……等一下，保安队？

“糟了！”他眼角一抽，遍体生凉。

10

LW31受了伤。

它从人堆里拼命挤出时，被一个打红了眼的保安撞到。保安顺手就抓住它的手臂，使劲往外掰，早已疲劳的金属在大力下脆如薄纸，咔嚓一声断开。幸好断裂处有线路连着，没掉下来。

于是，它吊着晃晃悠悠的断臂，踉跄地跑出辅道。跑了很远，有路灯的光洒下来，在它破损的身体上流转。也许是断臂的线路扯到了身体里的平衡仪，它走路开始偏斜，本来是朝着街心，但走几步就撞到了路灯。刚开始还好，速度并不快，但它担心丰生察觉到自己离开，越走越急，近乎奔跑。断臂晃动的幅度也更大。

咚！

它本来想拐弯，但又偏斜了，以这种速度撞到栏杆，整个身子翻倒在地。街上本来有几个散步的人，听到动静后，狐疑地看着它。它躺了好几分钟才缓过来，挣扎着想爬起，但断臂的电线缠住了栏杆，它的另一只手又够不着，怎么都爬不起来。

“求求你们，帮帮我……”它带着哭腔，向街对面的人喊道，“我有很重要的事情，一定要完成，求求你们，帮我……”

人们离它更远了。

似乎是耗电太多，它眼里的光变得黯淡。它没有再喊，低下了头，路灯把它的影子拉得很长很长，像是孤独的手指，指着某个无可抵达的地方。

这时，另一个影子走到了它身边。

它惊喜地抬头，又有些呆滞：“黛西？”

黛西不敢看它，蹲下来，两手在栏杆和线路上灵活地翻着。几滴眼泪啪啪落到地面。她从栏杆上解开了复杂的线路，抓起断臂，对 LW31 说：“无论你去哪里，我扶着你吧。”

“那你小心点，被划伤了要打破伤风的。”LW31 指了指肩膀处参差不齐的断口。

“嗯。”黛西扭过脸，飞快抹了把眼睛，便扶起 LW31，向道路的拐弯口走去。

有黛西搀扶，LW31 再没有撞到墙壁或电线杆，快了不少。黛西走着走着，发现四周变得熟悉起来，待看到疆域公司那座明显比周围建筑高的大厦，有些迟疑：“你不是去报警吗？”

LW31 摇头。

黛西扶它到了大楼跟前，往日戒备森严的疆域公司现在安安静静，除了顶部的 logo 在一如既往地发光，整栋楼都是黑漆漆的。

黛西突然明白过来了——丰生为了堵截养老院的机器人们，调走了疆域公司聘请的保安。既然那边人多势众，那总部这些就薄弱了许多。但它来这里干吗？

它和黛西刚走到安检处，打算翻进去，这时安检门被打开，保安机器人走了出来。看到 LW31 保安机器人也愣住了，几秒后才摸了摸泛着银光的脑袋，问：“这么晚了，你还来发传单啊？”

“我要上去。”LW31 说。

保安机器人摇头：“你没有权限，我不能放你进去。”

这时，黛西深吸口气，凑到 LW31 耳边，轻声而快速地说道：“对不起，外……对不起，LW31。之前我骗了你，但我不是故意的。我男朋友收了丰生的钱，让我引开你，免得你发传单影响他们上市。我不是你家先生的外孙女……那根头发，是我自己外公的，他们找人塞进你储物格的。”

果然，跟 LW31 和我在事后想的一样：LW31 一直在疆域公司门口发传单，丰生担心会影响上市，便让黛西把它骗走，每天拖着它。但它那天下午还是去发了宣传单，正巧被报道，导致上市受阻。丰生索性以黛西为诱饵，陷害LW31，让它名誉扫地，说的话自然也不足信。

LW31犹豫一下，“那天晚上你脸上红红的，是被打的吗？”

“嗯。丰生很生气，骂了我男朋友，他就把气撒在我身上。”

“恕我直言，这样的男朋友……”

“是的，不如狗。在我刚才决定来找你的时候，他就已经是前男友了。”

“喂！”保安机器人见他们窃窃私语，浑没把自己放在眼里，提高了声音，“请你们认清现在的形势，这里不是聊八卦的地方！”

“LW31，我不会继续当坏人了……LW31，谢谢你。”说完，她转过身，向保安机器人扑过去，同时大喊，“LW31，去做你要做的事情吧！”

保安机器人的力气本来足以轻易地挣开，但又怕伤着她，只能大呼小叫：“这位小姐，您的行为既不合理也不合法，严重妨碍了我的工作……”

趁他们纠缠在一起的时候，LW31快步跑过安检机，跌跌撞撞地进了电梯，按下直达顶层的按钮。

要是往常，这里必定密布保安，三步一哨，十步一岗，它绝对闯不进去。但今天大部分保安被丰生调走了，这里反而成了最安静的地方。

这也是它悄悄脱离混战，跑来这里的原因。

它按亮了灯。丰生以前带着我和它来过一次，它循着记忆，在廊道里穿行，很快来到了永生大厅的门前。

它的好运气也就仅止于此。

两个高大的保安守在门口，本来昏昏欲睡，看到 LW31 后都惊讶得站了起来："你是谁？有通行证吗？"说着，按下肩头的呼叫键，"顶层有情况，没睡的兄弟都上来。"

而这时，它身后的廊道里也响起了急促的脚步声。保安不可能来得这么快，那就只有……

它回头，果然看到丰生正在大步跑来。他边喘气边喊："快，拦住它！"

没有别的办法了。LW31 将所有元件的运行速率调到最高，榨干身体的最后一丝机能，不到 3 秒，电池就发热到了烫手的程度。它开始奔跑，每踏一步，地板就颤抖一次。

两个保安本来气势汹汹地挡在永生大厅门前，但他们的表情逐渐由凶恶变成了惊恐，尤其是 LW31 跑到跟前，已经加速成了一枚炮弹，他们对视一眼，没有交谈，却不约而同地采取了同一种方案——向两侧闪开。

LW31 撞到了大门旁边的虹膜锁，轰然声浪四下倾泻，震得人耳膜生疼。两个保安捂住耳朵，丰生也惊讶得停下脚步。

虹膜锁被整个撞碎，电光吱吱作响，随后，厚重的合金大门向两边滑开。

LW31 身上的某些部位破碎了。它的脑袋在碰撞中变形了，鼻子和嘴挤在一起，两只眼睛却远远分开。它爬了进去。

里面，是一排排的睡眠舱，每个玻璃罩里都躺着一个老人。舱头的绿光一闪一闪，照亮他们枯败的脸孔。睡眠舱下，都设置了银色的无线充电板，安静地维持着永生系统——不，是维持着睡眠系统的运转。

而所有充电板都有线缆，蛇一样蜿蜒着，从地面延伸到墙壁，再汇合到大厅深处的电箱里。而电箱侧面，静静悬挂着一个红色的电闸扳手。

“……把永生舱的电闸给断了……那个玻璃舱门立刻就打开，里面躺着的老头也起身了……”

它回想着老歌手的话，眼睛的光芒凝聚。这就是它的终点了。它想再聚起力气，但这一次，电池升起了阵阵黑烟，再从它胸腔各处冒出来。机油也流了出来。它发出像是人类咳嗽的声音，每咳一次，大股烟尘都被喷出来。终于，咳到最后一次的时候，像是行将报废的老式发电机终于被摇起来了，它想站直，但上半身始终佝偻着；它迈开步子，但因为两腿能运动的幅度不一样，看起来很踉跄，随时要倒下的样子。它一步步走向电闸，机油在身后描绘着它的路径。

丰生看出了它的意图，脸色白得像是漂过，喊得声嘶力竭：“不要让它过去！”他跑到大厅口，狠狠一巴掌扇在保安脸色，“快拦住它啊！”两个保安对视一眼，没有言语，都不约而同地摇摇头，退后了一步。

保安靠不住了，丰生只得自己跑过去。他跑得很快，但LW31踉跄的步子也不慢，就在他快追到它时，LW31已经走到了大厅最里程，伸出手，够向电闸扳手。

荣华富贵还是身陷囹圄，就是这一刻了。丰生咬牙，两腿使劲往地上一蹬，向LW31扑去。以他的力气，是能跳到LW31身上并抱住它的，但——但他忘了LW31行走时滴落在地板上的机油。

他脚下一滑，狠狠摔了个跤，鼻子喷出血，脑袋里进了星星。

LW31 抓住了扳手，往下一掰。

所有睡眠舱舱头的灯光都熄灭了，黑暗和寂静一瞬间笼罩了这偌大的空间。

丰生趴在地板上，剧痛也顾不上了，心里默念着什么。

几秒钟后，寂静被打破。舱门开启声此起彼伏地响起，伴随着的，还有一阵阵苍老的咳嗽声。

听到这些声音，丰生停止了祈祷。他继续趴着，任血污糊住整张脸，心里只有两个字：完了……

尾声

后来的很多年，人们都对疆域公司的陨落津津乐道。这家实力强大的公司，在上市的前夕，被爆出永生计划的骗局，导致所有的野心都付诸东流。尤其是那些从睡眠舱里被唤醒的，经过短暂的错愕，他们愤怒的吼叫和哭号几乎将整个疆域公司大厦塞满。这阵声音如同洪钟，一旦敲响，就宣告了疆域公司的衰落。

而当风暴还未成形时，LW31 就再次悄悄离开了旋涡。

它是被黛西扶走的。

“你伤得很严重，我带你去维修。”她说。

LW31 缓缓摇头，“我的电池已经报废了，再也充不进电。修不好啦。”它扭头看了眼身后，看到丰生已经被愤怒的老人们围住，又说，“还剩最后一点电，你带我去一个地方吧。”

它说的地方，是墓园。

等黛西把它扶到墓园门口时，这漫长的一夜已经快结束了。它看了看西边暗沉沉的天色，又转向东边天际，隐隐看到了微光，似乎有黎明在酝酿。它努力让自己站起来，说：“你回去吧。你是上午十一点半的太阳，你不应该进这种地方。”

它让黛西留在外面，自己一瘸一拐地往里走。它行经许多沉默的黑色方碑，走向西北角，最终，来到了我的墓前。

“嗨，老伙计。”它说。

嗨，老家伙。隔着墓碑，我也同它打了招呼，你终于来看我啦。我死了这么久，你只来了这一次。

我以为它接下来会说点什么，但它始终站着，一言不发，仿佛要把黑夜站成黎明。过了许久，它伸出手，摩挲着我的墓志铭。

在一条路上走得太远的人，最终是孤身一人。

它摩挲了半天，夜风变大了，在它和墓碑之间呼啸而过。东边天际渐渐发亮。它突然从裂开的胸口上折断一块铁片，在墓碑上刮着。它反反复复地刮，“嚓嚓”的声响混在夜风里，像是虫鸣。这耗尽了它最后的力气。等黎明快要喷薄而出时，它才终于住手。

它在我墓碑上留下了两条横线。

在一条路上走得太远的人，最终是孤身二人。

它低头看着墓志铭，扯动嘴角，想露出一个满意的笑容。但它的五官在冲撞中移了位，一用力，移动的却是鼻子和右眼，看起来有些滑稽。到这时，电池终于支撑不住，彻底罢工，在它体内流转了几十年的电流也纷纷退却，甚至来不及告别。那破碎的笑容在它脸上凝固。它膝盖一软，上半身直接坐下，又缓缓向前斜倒。

但它没有落到地面，因为我的墓碑接住了它。

“上帝”之道

宝　树

四百五十二岁的时候，贝沙第一次见到了“上帝”。

尽管从幼年起，几百年来他随时都能看到它的图片、三维图案和虚拟视频，但当他亲眼凝视它时，仍然感到极度的震撼。一团横贯视野的光云，绵延有十几亿里之遥，千万种微妙的色彩在其中随时变幻，构成种种难以形容的优美曲线，无限的奇异形状叠加在一起，显现出最天才的艺术家也无力勾勒的至美，让他难以呼吸，甚至无法动弹。

“这就是人类最伟大的创造，”看到他目瞪口呆的样子，身边的美丽女子微笑着告诉他，“十的三十次方个亚原子量子处理器，以超弦量子纠缠的方式连接起来，没有哪个行星，甚至星系能够放下，只有以暗物质的约束力场将其聚拢在一起，这就是银河联邦最伟大的中心，银河系真正的大脑。”

“我知道，”贝沙说，“吉尔达女士。我穿越了半个银河系就是为了它，我衷心希望它的神谕能够解决我们的问题，就像上一次那样。”

“没什么可担心的，”吉尔达温柔地说，“奥米加星团目前的问题只是疥藓之疾，近一万年来最大的叛乱都已经被它消弭，还有什么更大的挑战呢？”

银河联邦由银河系中人类所居住的九百亿个星系组成，自然，并非每个星系都能从联邦体制中获得最大的利益，许多星系都感到自己的利益被那些贫穷的世界剥夺，大有自立门户的意向。奥米加独立军便是最强有力的挑战者之一，一百五十年前曾一度攻占了大半个奥米加星团。星团政府不得不派使者来首都，请求“上帝”的指示。唯有它的能力能够对浩瀚如海的数据进行远超过人类理解的非线性心灵史学计算，从无穷无尽纷繁杂乱的表象之下得出最内在的本质趋势，看到历史真正的方向，告诉人们该如何去做。

果然，“上帝”的神谕给出了解决之道，叛乱分子被彻底歼灭。然而战火初熄，奥米加星团经济已经崩溃，超过三百亿难民难以安置，小规模（也就是“区区”一个星球内的）的暴动和骚乱每天都要爆发十多次，贝沙不得不受命前往银河中心的首都，寻求“上帝”的新指示。

在吉尔达的陪同下，贝沙登上了华丽的观光飞船。它其实只是一个力场约束空气的空中平台，却能以近三分之二的光速飞向“上帝”的中心，但也要两个小时之后才能抵达。渐渐地，绚丽的光云变成了贝沙头顶的七彩天空，然后变成了将他们包裹起来的瑰丽洪流。其中时常有巨大不可思议的结构涌现，而又迅速变形和消失，仿佛鲸鱼跃出大海，又沉入其中。

“‘上帝’平时都在思考什么？”贝沙凝神观赏了一会儿之后问道。

“那不是我们凡人可以揣测的，”吉尔达肃穆地说，“也许它早已看到了未来亿万年之后的历史前景，也许它在沉思宇宙毁灭后还会留下什么。”

“也许这么说不太合适……”贝沙犹豫了片刻后，还是说出了口，“你们难道没有担心过吗？上帝的智慧如此远高于人类，如果它要消灭我们的话……”

“那我们连一丝的机会都不会有，”吉尔达微笑着说，“但完全不必有如此担心。议员先生。‘上帝’已经在银河系的中心默默思考了十万个地球年，赖有它银河联邦才能够存在，并带给整个银河以平安和繁荣。如果它要消灭我们，只要停止工作，我们就会陷入崩溃。”

贝沙沉默了，望着周围的灿烂光云，如同无垠的大海，亿亿万万个细微精妙的几何构形在他的眼皮底下旋生旋灭，就像海洋中的浪花。

大约一小时后，舰船抵达了“上帝”的中心，仿佛是风暴眼一样的存在。直径约百万里的恢宏空间中，越过上千条辐射状的柱廊，有一座缓缓转动的古朴而肃穆的祭坛，这就是整个宇宙中唯一能和上帝交流的圣地。

“我始终不懂这是为什么，”当他们走上长长的柱廊后，贝沙又开口，“为什么要建造这些？”

吉尔达仿佛有些惊讶地看了他一眼：“因为这是聆听‘上帝’指示的场所呀。”

“请原谅我的不敬，不过说到底，‘上帝’只是一部先辈建造的超级电脑而已，当然它很了不起，但并不是真正的、老地球人所信仰的那个上帝……可为什么人类要把它当成神灵供起来？为了算出一个答案，还要举行一些仿佛是古代人的祭祀典礼，就好像是请求神谕似的？这感觉是不是某种……某种……”

吉尔达替他说出了那个词：“迷信？”

贝沙点了点头。

吉尔达严肃地直视着他，正色说："议员，你可以说'上帝'是一部电脑，但它的智能已经和神相差无几，不，超过我们对神明的一切想象，老地球人想象出来的上帝，和它相比就如同一只蝼蚁比起人类来一样……当然，你说的不算错，我们可以直接从最简陋的电脑终端上问到答案，但是我们不能这么做，联邦有自己的传统，我们必须对整个银河的最高管理者表示我们的尊敬，这也是对我们的祖先、对最高委员会、对联邦十多万年的悠久历史的敬重。"

贝沙没有再提出异议，他们又走了大半个小时，才走到祭坛的中心。这里没有人造重力，贝沙不由飘浮起来，飞向上空。吉尔达则引领着他上升，举行询问礼，包括一首古老的颂歌，据说是来自老地球时代的古宗教经典："我们在天上的父，愿人尊你的名为圣……"

不知几万里之外，一个巨大的对称结构从光云中凸显出来，逐渐成形，变得越来越清晰。贝沙打了个寒战：那是一张人类的面庞，或者说近似人类的面容。一张堪称完美却没有任何特征的脸，看不出是男是女或者其他人工性别，但却不可企及的庄严伟岸。

"奥米加人，说出你的祈求。"那张脸并没有什么变化，但一个声音似远似近地响起，仿佛天边的雷霆，又像是在贝沙耳边的低语。贝沙不明白，这声音是从哪里来的，也许只在他的脑海里。

贝沙深深吸了一口气："主啊，请告诉我，为什么你能够击溃奥米加独立军？"

"你在说什么，议员？"吉尔达诧异地转过头。

“我在请教‘上帝’问题。”贝沙淡淡地说。

“可这不是你向联邦最高委员会申报的问题！你这是违规操作！”

贝沙冷笑：“‘上帝’不会连我这区区一个小问题都答不上来吧？”

“你应该很清楚，许多问题的答案蕴含了联邦未来的发展动向，如果被人利用的话……”吉尔达失去了一向的平静娴雅，声音也颤抖起来。

“别激动，吉尔达女士，这只是出于好奇。”

“‘上帝’凝聚了整个银河系能量的计算能力不是为了满足你的好奇心的！”吉尔达嚷道。

但是“上帝”又再度开口：“奥米加人，我可以回答你，不过为了得到确切的答案，请进一步澄清你的问题。”

“这么说吧，”贝沙淡定地说，却感到自己的心跳快得吓人，“你知道，奥米加星团的独立运动兴起后，迅速攻占了数百个子星系。一年后，本地政府派我的前任前来首都，询问该如何应对。他得到的答案是：集中兵力进攻索勒夫星系——一个被叛军占领，但看上去不太重要的边境星系。”

吉尔达想说，这些都是人所共知的历史，但还是忍住了，等着贝沙抛出他的目的。

“这种战略完全不符合一般的军事原则。但既然出于‘上帝’的旨意，联邦仍然押上了大军，我们不得不加强了防守——”

“‘你们’加强了防守！？”吉尔达抑制不住地叫了起来，“原来……原来你竟然是……”

贝沙长叹一声："不错，我是独立军的人，潜伏在联邦内部已经有很多年了……总之，当时独立军调来了大部队，通过决定性的**TY-87**红巨星战役，几乎全歼了联邦第十二舰队。"

"但讽刺的是，恰恰是因为如此，导致主攻方向上兵力大幅减少，加上调度上的问题，让联邦军有了可乘之机。联邦的其他几支舰队借助星团中心的黑洞引力加速，摆脱了我们的超空间雷达，然后发动奇袭，打垮了我军的主力，把他们赶到了星团深处……我们又挣扎了二十多年，但最终归于失败。所以，该死的'上帝'神谕，它居然实现了！"

"这还用说吗？'上帝'知晓一切，它本来就会实现。"吉尔达说。

"不，"贝沙咬牙切齿地说，"不是这么简单！心灵史学的基础是对海量数据的掌握。这个宇宙中的一切因果关系，都以蝴蝶效应的方式编织成复杂的网络。心灵史学尽管发展出了一套巧妙的方法，最大限度减少了依赖的数据变量，但仍然必须获得尽可能精确的相关数据才能进行演算……"

吉尔达皱眉："你是说，你们拦截了奥米加星团上传的数据？"

"拦截太明显了，很快会被发现。不过……事已至此，不妨告诉你们，数百年来，从奥米加传送给'上帝'的数据，许多是被我们改动甚至捏造的，改动的内容不到总数据量的0.5%，但是根据心灵史学的计算原理，已经足以让最后的结果失效了。所以，奥米加独立军才有信心发动战争，我们本能够获取胜利！但没有想到仍然会失败。到底是为什么？"

"原来如此。""上帝"微微点头，"你不惜暴露自己的真实身份，就是为了求一个答案？”

面对占满了整个视野的巨大头像，贝沙傲然昂起了头：“不光是这样，为什么会有奥米加独立运动？因为我们最大的信念就是，人类不能被一部电脑奴役，不能成为人工智能的奴仆！所以独立只是第一步的目标，而当‘上帝’不掌握奥米加星团的数据后，对银河系其他星域的未来演算也会出现问题，最终让整个银河系都脱离上帝的控制，重归人类的主权之下。”

“虽然我们最后失败了，但我还是要来到这里，亲口告诉你，你这部愚蠢的电脑给我听好了，统治银河系的是我们人类，不是一部机器！终有一天，整个银河系都会认识到，将最高权力托付给机器是何等的愚蠢，他们会毁灭你，而人类也将获得新生！”

贝沙结束了他的宣言，吉尔达默然不语，只是轻轻叹息了一声，“上帝”那比行星还大的瞳仁有些悲伤地凝视着他，终于缓缓开口：“这么说，你认为这个银河由人类来统治，会更美好吗？人类自己能够统治整个银河的亿万星系，而不会立刻分崩离析，陷入没有尽头的贫瘠和战乱？在‘上帝’没有问世之前，银河联邦头一万年的历史你应该很清楚。”

贝沙一时语塞，但很快又坚定了自己：“是的，我们承认这十万年来，你实现了银河联邦的大体繁荣和稳定，我也承认人类的管理不会有你的高效。但这不是机器统治人类的理由，永远不是。”

“你根本不懂——”吉尔达插口说，却被“上帝”温和地打断了，“让我来吧。我先回答你的问题好了。为什么我在数据错误的前提下仍然能够给出正确的战略，你最想知道这个的原委是吗?”

贝沙点头,“上帝”开口说:“很简单,因为人们相信这是正确的战略,整个银河,除了奥米加独立分子的高层都相信。而你们甚至不敢公开自己伪造了数据,这样一来你们的卧底就会从相关机构被清洗出去,以后再也没法干扰我的计算。”

“因为人们相信这是正确的,所以联邦军气势如虹地展开进攻,独立军高层知道这是靠不住的,所以也押上大军,决心用胜利来宣告‘上帝’的失败。虽然你们本来不需要派去那么多的军队,但是独立军面对‘上帝’的无上权威,不得不以数量来弥补士兵的信心……联邦军此时遂得以靠第十二舰队的佯攻吸引你们的兵力,真正的拳头却另辟蹊径,伺机给你们致命的一击!所以说,如果有什么让一切都能顺利进行,那恰恰是十万年来人类对‘上帝’的绝对信任。”

“但如果主力军的奇袭被发现了呢?你的图谋不就化为泡影了吗?”

“事实上那也不是什么主力军,即便这次奇袭失败,联邦还会在另外两个星系展开攻势。你还不明白根本问题在哪里吗?在于十万年来,人们对‘上帝’的信仰根深蒂固,难以动摇。叛军的信心必须靠一次次胜利积累,而联邦任何一次微小的胜利都会被认为是‘上帝’真正意旨的实现,从而让叛军的信心崩盘,最后崩溃。”

“是……是这样?”贝沙如梦初醒,“但是这……这种策略没有什么特别的地方,连地球上的古人也想得出来,根本不需要银河级别的计算能力啊?难道‘上帝’不是应该有更加强大的算法吗?根据心灵史学……”

“心灵史学只是一个破灭的理想！”“上帝”打断了他，“的确，在建造‘上帝’之初，我们希望能够靠它的超强算法进行心灵史学演算，来把握历史动向，维护联邦的统一。但我们失败了，‘上帝’的计算从第一次开展后就陷入递归的数据溢出中，最后根本没有任何思考能力可言。我们经过缜密的检查，才发现心灵史学的基本公式中有一个微小的错误，让整个计算都不可行，建造‘上帝’的计划成了泡影。”

“这怎么可能！十万年来，‘上帝’一直……一直是……”贝沙说不下去了，一种恐怖的可能性将他攫住。

“你看出来了，是不是？”“上帝”悲悯地说，“十万年来，人类完全是依靠自己。当初的最高委员会隐瞒了这次失败，当需要‘上帝’对银河系的问题进行演算时，他们就自己去思考解答，说是‘上帝’计算的结果，让下级去执行。结果发现效果出人意料的好……只要人们相信‘上帝’的权威，再加上神谕和解释本身的模糊性，一切都可以说通。所以整整十万年来，实际上一直是最高委员会在管理这个银河。所谓‘上帝’只是一个象征，它唯一意义就是通过敬拜的礼仪和宣传加强人类对它的信仰。”

“所以……我们要反抗的对象根本不存在？”贝沙瞠目结舌。

“可以说存在也可以说不存在。‘上帝’没有任何帮助银河联邦的能力，但人类必须依赖对‘上帝’的信任和畏惧，必须相信它能让一切经济和社会的衰退尽快结束，能让一切分裂的梦想成为泡影，能让整个银河保持在最好的发展方向上，才能维持绵延十万光年的银河联邦。”

“但实际上，一切都是……都是最高委员会的独裁！”

“可以这么说，但‘上帝’必须公正不阿，这也限制了最高委员会滥用权力谋取私利。靠这种相互的制衡，才有了这十万年以来的银河联邦。你认为还有比这更好的解决方案吗？”

贝沙无言以答，良久才问道：“好吧，但是一直跟我说话的你又是谁？”

“他就是最高委员会的现任主席，”吉尔达在一旁说，“林洛主席，‘上帝’只是他的传声筒，确切讲是委员会整体的传声筒。”

那张绵延百万公里的面庞发生了变化，眼睛眯了起来，边角上出现了皱纹，鼻子也变得更为高挺，成了一张典型的人类老人的脸，看上去至少已经有三千岁了。

“我是林洛，”那张脸说，“贝沙先生，为了银河联邦，很遗憾我们必须这么做，但我保证不会有什么痛苦。”

贝沙眨了眨眼睛，还没有明白是怎么回事，一道白亮的光柱已经从底下祭坛的中心发出，笼罩了他的全身。白光只维持了一瞬间，然后贝沙失去了一切知觉，身体像一粒灰尘一样，缓缓落向下方。

林洛有些疲惫地说：“吉尔达，你知道该怎么做。”

吉尔达想了想说：“叛军间谍贝沙，秘密携带微型奇点炸弹，企图以觐见‘上帝’之名实施恐怖袭击，毁灭‘上帝’的核心运算系统，幸好被自动防护系统发现，解除其武装。贝沙为了不泄露机密，清洗了自己的记忆。”

林洛叹了口气：“这是第几个了，吉尔达？”

“十万年来第647个，但在您执政期间还是第一个。”

“我并不想发生这样的事，但这无法避免，否则不是一个人丧失记忆的问题，而会是一亿人甚至一亿亿人的毁灭。”

“也许这正是‘上帝’之道。”吉尔达沉静地说，身子轻柔地落到大理石祭坛上，若有所思地看着贝沙沉睡的面容。

“或许吧……”林洛的面容流露出些许悲悯，仿佛轻轻叹了口气，随后，人类的面容渐渐消隐在迷离星云中，只有神谕般的声音仍在空旷星域中回荡：“正如地球时代的先哲老西乌斯所说，‘上帝之道就是无为，所以才能无所不为’。”

妞 妞

宝 树

一

董方至今还清楚记得那个雨夜。开端似乎很糟糕，恋爱三年，结婚两年，曾经羞涩甜蜜的探索已变成简单草率的例行公事。但那天晚上他还是很有点兴致的，十一点，他关灯上床，抱住沈兰已略有些丰腴的身躯。沈兰懒懒地迎接了他。他在沈兰耳边倾诉了一些情趣要求，沈兰不耐烦地拒绝了，说自己已经很累，让他快点完事好睡觉。董方争辩了几句，说你曾经答应过我如何如何，今天怎么食言？他忘了这不是讲道理的场合。果然沈兰开始反击，说你也答应过如何如何，结果又如何如何，还好意思问我。争论一起，很快从床笫转移到其他领域，从家务的分配到买房的按揭，从婚前的承诺到公婆的苛刻。最后，董方摔门出了卧室，到书房里开了一局 VR 游戏，去屠杀外星怪兽来宣泄愤懑。

游戏打完已经是一点多了，董方摘下 VR 头盔，才听到窗外惊雷炸响，大雨瓢泼。董方想起一件事，冲进卧室，发现沈兰果然没有睡，而是捂着耳朵蜷缩在被子里，泪水浸湿了半个枕头。董方知道她怕打雷，从小就怕，不知道被这雷声折磨了多长时间。他心里最柔软的地方被揪了起来，立即宣告投降，把她揽入怀中，说对不起，别怕别怕，沈兰哭着捶打着他，说都怪你，恨死你了，却又投入他的怀抱，任他紧紧拥住。雷电扫过城市上空，狂风刮进大楼之间，雨点敲打着窗玻璃，他们在爱恨交织中撞击，破碎，融合，交错攀上生命的巅峰。

他们已经很久没有这么酣畅淋漓了，之后很长时间也再没有过。所以董方确定地知道，就是那一次，他们有了妞妞。

晚上八点半，晚归的董方打开家门，看到妞妞正在沈兰的脚边玩耍，见到他，嘴角弯弯地笑了，有些笨拙地站起身，跌跌撞撞地向他走来，口中含糊不清地喊着“bababa”，像是在叫爸爸，又像是自言自语。走到他身前，伸手抓住他的衣角。董方知道她是要自己抱，放下公文包，抱起她，把她举得高高的，妞妞露出两排刚长出来的牙齿，发出兴奋的尖叫。

小心点，沈兰在一旁说，不要摔了孩子！董方答应了一声，又听沈兰说，“你有没有发现？”“发现什么？”董方问。“她会走路了呀！昨天最多还走两三步呢，你看今天她走得多好！可以从房间一头走到另外一头了。”

董方放下妞妞，她马上走了起来。她的确会走了，神气活现地给他们表演，不过她的膝盖还不能弯曲，只能摇摆着身子走，滑稽得像是一只企鹅。走不了几步就摔了一跤，不过下面是地垫，摔得不重，她随即爬起来，却改变了方向，开始绕着他们转圈。

沈兰笑得前仰后合，董方敷衍地笑了笑，笑容渐渐凝固在脸上，但沈兰并未察觉。“看这孩子多聪明！”沈兰捅了捅他，“过几天就能满房间跑了。”

“差不多吧，每次不都是这样的。”董方忍不住说，但说完就后悔了。

笑容从沈兰的脸上消失，她的目光变得阴冷，董方想说点什么缓和气氛，身后却传来闷响，妞妞又踩到一个毛绒玩具上跌倒了，这回摔得重了，磕到了头皮，她立刻大哭起来。沈兰无视了董方，跳起身飞奔过去，抱起妞妞，紧紧地把她搂在怀里，说，宝贝没事儿，妈妈在这里呢。

“mamama”，妞妞含糊不清地叫着，把头埋进她的怀里。

沈兰抱了她哄了很久，又低头去亲她，瀑布般的长发垂下来，拂在妞妞脸上，逗得她咯咯直笑。董方就像被一种无形的力场排斥，站在客厅的另一角看着母女俩，昏黄的灯光照在她们身上，宛如怀抱圣子的玛利亚。

二

他们是第一次做 B 超的时候知道是个女孩的，医院规定不让问，却只是为增加医生的灰色收入创造了条件。他们倒没有主动提，医生却跟他们暗示，说有的事医院不让说，不过要知道也不是没有办法，然后沉默了一会儿。其实董方并不是特别想现在知道答案，但此时不问反像是得罪了医生，于是塞过去一百块钱，医生没有接，他又掏了一百，医生才说，孩子像妈妈，挺好的，生男生女都一样嘛，当然如果你们不想要，也有办法。

董方不认为自己重男轻女，也没有太多想过孩子是男是女有什么区别，孩子来得有点突然，自从知道后他一直晕晕乎乎的。但知道是女孩后，他还是失落了一下。他发现自己心底还是希望是个男孩，到时候父子俩可以一起开 VR 飞车，打外星怪兽，玩男孩和男人都感兴趣的那些游戏。他很难理解一个女孩对自己意味着什么。

但沈兰很开心，她没搭理医生的暗示，回家的路上，她说是女孩就好了，自己前几天就想到了一个特别好的女孩名字，叫董清宛，预示着孩子会像董小宛那么美，又暗用了“有美一人，清扬婉兮”的诗句。董方不服气地说，“男孩也可以起好名字呀，比如叫……叫……董士轩？”沈兰说：“什么乱七八糟的，还董事长呢。”董方无奈地笑笑，望向车窗外，将从未存在过的儿子董士轩埋葬在心底。

至于小名，沈兰说也想好了，就叫宛宛，又别致又动听。这个小名倒是让董方心中一动，好像一个清丽柔婉的姑娘已经站在了他面前。那一刻，他不由想起第一次见到沈兰的情景。那还是在大学的时候，也是一个雨天，他从图书馆门口路过时，看到一个穿着轻纱连衣裙女生站在门口的柱廊下躲雨，长发飘飘，眉目间带着淡淡的忧愁，仿佛一朵雨雾中的百合花。董方忍不住驻足望去，他们目光交错了一刹那。女生的目光中似乎含着期待，却又羞怯地转过头。董方的脚像被无形的磁力吸住。他平常很少和女生搭讪，也不知道该说什么，也许我能送她一程？他想，但又否定了，说不定人家在等朋友甚至男朋友来接呢？这么漂亮的女孩是不会没有男朋友的。想到这里，他苦笑了一下，决定不去干蠢事，扭头走开了。

后来董方想，人生是多么奇妙，两个人，不，三个人的命运都在一个微不足道的瞬间被决定了。如果他当时直接走掉，后面的事，后面所有的事都会不一样。他也许会出国，也许会去南方，但不会来到这座城市，不会和这个叫沈兰的姑娘结婚，当然也不会有妞妞，不会有后来发生的一切。

智能水壶发出温柔的乐声，提示水好了。董方从缥缈的回忆中抬起头，去把水倒进奶瓶，又去冲奶粉。妞妞喝的奶粉是从澳大利亚进口的，用水也是专门提纯过的纯净水，水温还要保持在四十五摄氏度，差几摄氏度都不行。当然妞妞本身并没有特殊要求，随便弄点什么都能对付，但是沈兰的要求很高，几乎是偏执。

好了没有？妞妞急着要喝呢。还没冲好奶，沈兰就在房间里叫他。董方心里一阵烦躁，就想把奶瓶砸个粉碎，但他还是忍住了。他将牛奶摇晃均匀，端进卧室。妞妞刚洗过澡，正在和沈兰在床上玩儿，小小的身子滚来滚去，一会儿又吸吮手指，看到他拿着奶瓶进来，坐起身来，两眼放光，口中发出“唔唔”的焦急声，董方稍微晚递过去几秒钟，她就哭了起来。沈兰慌忙把奶瓶接过去，抱着妞妞，给她喂奶。妞妞一边喝奶，一边斜瞥着董方，眼角还带着泪花，却仿佛透出狡黠的光。

三

妞妞是喝牛奶长大的。沈兰的奶水少得可怜，生下女儿以后，一开始还尝试母乳喂养，结果喂是喂了，可孩子整晚整晚地哭闹，夫妻俩还以为她是病了，最后才发现是根本没吃饱。所以最后，基本上得靠奶粉养活。大概因为这个原因，沈兰对女儿也感到歉疚，在网上高价网购了国外最好的奶粉，而且每次只要可能都自己给她喂奶。

女儿的大名定了是董清宛，小名却很快从“宛宛”变成了

“妞妞”。因为他们请了一个月嫂，那女子按她老家的叫法，直接妞妞长妞妞短地叫起来了。董方爸妈当时也在他们家帮着带孩子，挺喜欢这称呼，也跟着叫妞妞，董方也就从众了。也许是因为“宛宛”的发音沉郁深长，适合恋人之间的柔情呼唤，却不适合叫一个小女娃，远不如妞妞这个俗套的称谓轻巧而上口。沈兰有些不满意，只得宣布女儿的“大小名”还是叫宛宛，“小小名”叫妞妞，宣布完之后，她自己也“妞妞妞妞”地叫个不停，谁还管什么大小名、小小名呢。

带娃的日子艰难而快乐，度日如年又转瞬即逝。妞妞会笑了，妞妞会翻身了，妞妞会坐起来了。董方和沈兰看着女儿从一条肥嘟嘟的肉虫子变成一只满地爬的小猫咪，再变成一个会说话会走路，会穿着漂亮衣服照镜子的小姑娘，几乎每天都有新的惊喜给他们。董方曾觉得自己和女儿亲不起来，但其实很快就深深爱上了这丫头。妞妞也非常粘他，看到爸爸就甜甜地笑，哭得厉害时他一抱就不哭了，有时连睡觉都要他陪，搞得沈兰一度很嫉妒。

那是他们一家的黄金时代。董方常常想，事情是从什么时候起开始变得不对的？也许就是去咖啡馆的那一天开始的。

妞妞刚过一岁时，某个客户约了董方在一间咖啡馆见面，结果却临时爽约。董方等待的时候在咖啡馆的书架上看到有一本旧书也叫《妞妞》，觉得好玩，就拿下来，要了一杯咖啡边喝边看。结果，那是他这辈子看过的最后悔的一本书，那是一个作家写自己女儿的故事。那个女孩生下来带着绝症，一岁多就去世了。董方翻着翻着发现不对，心里一阵发怵，忙将书像烫手山芋一样扔在桌子上，匆匆结账走了。

回家以后，他开始改叫女儿“宛宛”，沈兰问他为什么，他支吾不答。不过叫了两天，他自己也觉得这种忌讳可笑，天底下叫妞妞的女孩不知道有多少，同名又能怎样？可没过几天，妞妞要去医院检查身体，董方忽然有一种很不好的感觉，仿佛前几天的遭遇是冥冥中的示警，拿体检报告的时候，他发现自己腿在发软。

结果自然是虚惊一场，妞妞健康得不能再健康。他放下了那点无谓的担心，也重新叫起了妞妞。他们的妞妞按部就班地成长着，一点点融进父母的生命中。以客观的标准看她不算很美，比同龄的孩子要矮几厘米，头发稀少，眼睛不大，鼻子也有点塌，但是这些算什么呢，妞妞笑起来的时候可爱得难以形容，让所有人的心都化了。她身上带着那个雨夜的柔情蜜意，却洗去了男女情欲的印记。似乎董方和沈兰从一开始的相遇，都是为了这个天底下最迷人的小精灵的诞生。

妞妞喝了奶，又跟他们玩了一会儿，一会儿转到爸爸这边，一会儿又去拍拍妈妈，终于慢慢闭上了眼睛，长长的睫毛垂下来，依偎着父母睡着了。沈兰看了一会儿手机，也关了灯，闭上了眼睛。但董方不能睡，也睡不着。他在黑暗中听着沈兰的呼吸从不规律渐渐趋于均匀悠长，判断她已经进入了熟睡之后，起身抱起妞妞，下床向外走去。

他走进了卫生间，打开了灯。妞妞在灯光下睁开了眼睛，睡眼惺忪，张开小嘴叫了一声“爸爸”。

董方应了一声，给妞妞换尿布，尿布当然并不脏，洁白的奶水在她身体里停留了一会儿，就直接从下身流出，渗进了尿布。她没有拉大便，如果有的话，处理的方式会稍微复杂一点，会变成条状，但是脱去了水分，也没什么臭味。实际上养这个小家伙还可以更简单，比如什么东西都不喂，但沈兰坚决不干。

完事后，他把妞妞抱到沙发上，让她面朝外坐在自己的腿上，妞妞还不老实地扭着身子，咿咿呀呀地手脚乱动。董方把手伸到她后脑处，在柔嫩的头发里拨弄了两下，还带着头发的后脑勺就弹开了，露出了内部深深的电池槽。他把里面的两块电池抠出来，整个头颅几乎空了一半，一瞬间，妞妞失去了一切生命力，身子瘫软下来，倒在他身上。

刚开始董方给她换电池的时候手都会发软，但现在早已驾轻就熟。董方把电池拿去充电，又去储藏间拿了充好的备用电池，走到沙发前，要给妞妞换上。但一瞥间，见到她小小的身子就那么躺在那里，一动不动，就像最后那天见到的一样，董方心知不妙，挣扎着想逃开，但一瞬间，回忆还是把他拖入了痛楚的泥淖。

四

妞妞是在两岁生日前一天出的事。

爷爷奶奶要过来给妞妞过生日，所以沈兰决定把房间好好打扫一遍。本来妞妞有一个保姆看着，可不巧那天保姆请假了，董方又在公司加班，所以沈兰只有自己一边带娃，一边做家务。

一架微型无人机跟着妞妞，总是停留在她眼前一米左右的地方。无人机的大小和蜂鸟相似，上面有一个摄像头。这种蜂机主要是为了监控孩子研发的，父母因为太宝贝孩子，总要随时看到她才放心。摄像头远程连接着董方在公司的电脑，董方的电脑屏幕下方有一个小窗口，随时可以查看无人机所拍摄的画面，所以隔着半个城市，董方也能随时看到女儿的笑靥，想到自己赚钱是为了让女儿明年上一个好的幼儿园，工作起来也多了几分干劲。

所以，董方和沈兰同时目睹了那一幕。

妞妞在客厅的塑料垫上玩着一种智能积木。这种新研发的玩具能自动变形组合拼接，变出千奇百怪的花样，很受幼儿的喜欢，最近妞妞可以心无旁骛地玩上一两个小时，所以沈兰也就很放心地干自己的家务，再说如果有什么危险举动，蜂机也会发出警报。她为了扫地方便，把一把椅子随手拉到了飘窗边上，飘窗的窗户也拉开通风。

过了一会儿，妞妞抬起头，看了一眼窗子，显然一个有趣的念头在她脑海里闪现，她嘻嘻一笑，爬起来，朝那边奔了过去，嘴里嘟嘟嗒嗒叫个不停。当时董方见到了这一幕，但蜂机的摄像头对准的是妞妞的脸而不是后脑勺，他无法判断妞妞要干什么，也没留心去想，他手头还有一个报表急着要完成。

妞妞以前爬不上椅子，而且飘窗边上有为防备幼儿设的护栏，照理几乎不可能出事。但妞妞每一天都在成长，每一天身体都在变得更壮，她这次轻松爬上了椅子，又借助椅子翻过了护栏，走到了窗边，还在继续向陌生领域探索。等到沈兰发现的时候，妞妞的一只脚已经越过了窗沿，跨坐在窗户上，和外面的世界之间不存在任何隔挡。完成了这一系列高难度动作，她很开心，朝着沈兰甜甜地笑着，嘴里叫着妈妈！妈妈！让沈兰看看自己的壮举。

沈兰回过头，看到了这惊心的一幕，她慌忙朝妞妞奔去，两三步就到了飘窗边，去抓妞妞的手臂。与此同时，在公司里，董方的目光移到了屏幕下方的小窗口，看清了妞妞在哪里，手一抖，手上的一杯咖啡落地，摔得粉碎。

本来这一切还有机会止步于一场虚惊，但这时候蜂机坏了事。它的智能系统终于判断出小主人处于危险状态，发出醒目的红光，伴着尖锐刺耳的报警声。这却起了反作用，妞妞受到了惊吓，身子一抖，本能地朝窗外躲闪，打破了脆弱的平衡。一瞬间，她小小的身体从七楼的窗口消失了。

沈兰去抓妞妞的手只差了一步抓了个空，她发出一声撕心裂肺的尖叫，软软地倒在了窗边。

她比董方还幸运一点。董方呆滞的目光随着忠实追随妞妞俯冲下去的蜂机，看到了女儿的最后几秒钟。大楼的外墙向镜头外飞掠，地面的行人和车辆迅速变大，宛如电影特效中的惊悚场面。妞妞的瞳孔中映照出天空上的白云，她还不明白发生了什么，但显然是受到了惊吓，手脚乱动，扁了扁嘴，想要哭出声来。以前每次她只要这样一哭，就可以得到亲人们最温柔的拥抱和照料。

但这次不会了。大地迎向镜头，随着一声沉闷的撞击声，她的表情永远凝滞在了将哭未哭的那一刻。鲜红的颜色迅速充满了画面的其他部分。

董方摇摇欲坠，扶住茶几，闭上眼睛，又睁开眼睛。闭上眼睛，他看到当年的女儿，睁开眼睛，又看到眼前的妞妞。她们一模一样，难以分别。

但妞妞已经死了，董方想，火化了，下葬了，我亲自埋葬的。但她的模样又一直在这里，不断地勾起我不堪的回忆。日复一日，年复一年。这是怎样残忍的生活啊？我为什么还要忍受？

狂怒在他心头涌起，他伸手扼住了沙发上那个小女孩的脖子，一手把她提了起来。你不是我的妞妞，他咬牙切齿，从来就不是，假的，骗人的！

他可以稍用力气就捏碎她的脖子，那是她身上最脆弱的构造之一。但细嫩的脖颈虽没有脉搏，却还带着人体的温暖，女孩闭着眼睛，面容宛如在母亲子宫里一样恬静，如在沉睡中。没有人会忍心伤害这样柔弱的一个孩子，不论她是真是假。

力气从董方的手臂上消失了，他长叹一声，把她扔回到沙发上。低声咒骂了两声，将电池装进女孩的后脑部，又把翻起的脑壳合上。妞妞迅速活了过来，翻过身，对着他奶声奶气地喊，“爸爸，爸爸”。一直以来，这声音仿佛“塞壬的歌声”迷惑着他，把他诱向时间的深渊。

你不是妞妞，董方喃喃说，我再也不会上当了。

妞妞无辜地眨了眨眼，又喊了一声：“爸爸。”

五

妞妞出事以后，大部分的压力落到了沈兰头上。毕竟妞妞是在她眼皮底下匪夷所思地坠下了高楼。她在邻居的窃窃私语中被警察带走，呆呆地仿佛还不明白发生了什么。她险些以过失致人死亡被起诉，但警方最后放弃了起诉。董方接她出来的时候，发现她披头散发，神情恍惚，憔悴得不成人形。

“董方，你相信我，”她一上来抓住他的胳膊，边哭边说，“我不是有意的，我真的真的没想到，我怎么就那么蠢呢，我想死的心都有了，爸妈一定在怪我，是不是？你是不是也在怪我？”

董方把头转向一边，干涩地说，“算了，这都是命。爸妈那边，我跟他们说过了，他们回老家去了”。没有提到他爸高血压发作住院的事。

那就好，那就好。沈兰看上去松了一口气，擦了擦眼睛，“那妞妞怎么样了？她在医院吗？她摔出疤痕了吗？她这几天看不到我，有没有想我？”

董方停下了脚步，愕然盯着自己的妻子。

“你怎么了？我脸上有什么吗？”

“你难道不知道，妞妞——”

“没事的，妞妞一定没事的，”沈兰神经质地打断了他，“她在家里等我呢，我们赶紧回去，回家。”

有一刹那，董方觉得是自己出了毛病，妞妞好好的，什么事也没有，是自己做了一场噩梦。他恍恍惚惚地跟着沈兰回到家里，渴盼着保姆把她抱出来，但是没有，哪里没有妞妞的影子。然而妞妞的尿布、衣服、玩具和图画书还散落在房间的每一个角落，她仿佛随时会从卧房里或者沙发后面跳出来一样。这几天他都不敢在家里待着，一切几乎还是维持着那一天出事前的样子。沈兰一进门，一分钟没休息，就开始扫地和收拾房间，甚至开始擦洗妞妞的玩具。

董方定了定神，终于开口说，“兰，你在干什么啊？妞妞已经——已经——他无法说出那个字来。”

妞妞跟爷爷奶奶回老家了，沈兰抬起头，对董方说，过几天就回来了吧？她的声音表面平静，却在微微发颤，眼神里带着绝望的希冀，像是一个即将渴死的人在哀求最后一滴水。

董方想喝止她，想怒骂她，想告诉她别再自欺欺人，但最后只是移开了目光。对，爸妈带妞妞回老家去了，过一阵子回来。

董方给一个当心理医生的老同学打电话，向他咨询妻子的情况。同学告诉他，沈兰只是暂时无法接受女儿的死，拒绝承认这一切，只要不刺激她，过一段时间就会好了。

董方能理解沈兰，他自己又何尝能够接受呢。但时光会戳穿一切幻象，抹平一切伤口，让每个人都面对真相。给她一点时间吧。

不久后，他又经过那家咖啡馆，他忽然决定进去，再去看看那本《妞妞》。这本曾令他恐惧的书这次却奇妙地给他以某种慰藉。他的妞妞走得很快，一切就是瞬间的事，她应该是什么也不知道，什么也没想，就结束了一切。对她来说就像是睡着了，不会有任何痛苦。至少比书里那个受尽病魔折磨的孩子幸运多了。

人生就是不断地死去。董方有时想，他见过自己两三岁时的照片，也听父母说过那时的情景，但他一点也记不起来。当时他住在南方一个小县城里，最初学会的是吴侬软语，不过四岁的时候，他就跟着父母一起搬到了北方，早就一口标准的普通话，有时候回到老家，听旁人说方言，几乎是一点也听不懂。

那时候的董方，那个天真稚嫩，一口南方土话的孩子，当然早已经不存在了。童年的董方，少年的董方，甚至认识沈兰之前的董方也都不存在了。如果妞妞还在世，现在也是一个六七岁的孩子，都该蹦蹦跳跳地上学去了，再不是那个走路都不稳的幼儿。所以当年的妞妞也相当于死去了，被一个又一个新的妞妞取代。如此说来，又有什么好难过的呢。

但董方知道这是诡辩，他失去的不是一个妞妞，而是许许多多个妞妞。三岁的妞妞，五岁的妞妞，十岁的妞妞……她们宛如逆着时间之流跑来，风一般掠过董方和沈兰身边，脸都看不清楚，就一个接一个跑进了无法追回的过去，跑回到那个在风中坠落的孩子身上，烟消云散。董方想，生命是如此漫长，他的未来还会与一个又一个本来存在过的妞妞擦肩而过，十五岁的妞妞——不，那时候应该叫董清宛了——二十岁的董清宛，三十岁的，四十岁的。她们会带着自己的人生和事业，性格与爱恋，欢乐或忧伤，从他们本来会相遇的一个个时间点掠过，返回过去，返回那个悲剧发生的时刻，在那个瞬间，所有的她们都不存在了。

但这种痛苦仍然给他以某种安慰，仿佛有另外一个世界，而妞妞在那个世界还在长大成人。也许世界从那一刻开始就分成了两个，在一个世界里沈兰抓住了妞妞，所以什么都没有发生，他只是不幸掉到了另一个世界里。他和妞妞就此分别，渐行渐远，再也无法相见。但在彼此的世界里，他们都能有各自的新生活。

而不像现在这样。

妞妞还在左右扭动，董方把她的耳朵旋了半圈，她立刻就睡着了，这是他设置的快捷方式，不过从未告诉过沈兰。她无法忍受他把这个“女儿”当成玩具一样对待。

他把妞妞抱回卧室的床上，沈兰迷迷糊糊地搂住了她。妞妞每天都要换一次电池，虽然也可以直接充电，但那需要的时间会更久。换电池是最煞风景又不得不做的事，董方只有在沈兰熟睡的时候才去进行。多年来，沈兰从未醒来，他有时甚至觉得，沈兰或许是故意的，至少是潜意识里有着共谋。她不愿意面对自己其实心知肚明的真相。

董方躺在她们身边，睁着眼睛盯着头顶穿不透的黑暗，几乎整宿的无法合眼。这已不是第一次了，而且最近越来越多。每次当他失眠的时候，都会想起一个名字，一个从未存在的人的名字，却从未从他脑海消逝。

董士轩。

六

董方再次想到“董士轩”这个名字，是在妞妞走了半年以后。

对董方来讲，沈兰的癔症不完全是一件坏事。他至少找到一件可以做的事，帮他从自己的悲痛中走出来。他开始翻看心理学和精神病学方面的书，想出治疗妻子的方案。首先是把妞妞的东西都收起来，他告诉沈兰，这次妞妞要跟爷爷奶奶住上很长一段时间，这些东西要寄过去。沈兰没有阻止，也没有和公婆联系，要求和妞妞视频通话之类的。董方觉得同学的话是对的，沈兰在心底知道发生了什么，只是不肯接受。

那段时间，妞妞所有的用品和玩具都被董方封进了箱子，装了十几箱，他想扔掉，却下不了狠心，最后放进了储藏室的角落。渐渐地，沈兰也越来越少提到妞妞，只是长时间地对着墙上挂着的几张妞妞的照片发怔。最后董方试探地把那些照片也取下来，沈兰没有说什么，董方只是有一次看到，她对着空白的墙壁悄悄抹泪。

他们谁也没提妞妞的死，但董方感到沈兰已经默默承认了这一点。他们的家恢复到了妞妞出生前的样子。董方想起没有妞妞时他们的生活，并不太久却已恍如隔世。董方在伤感中也有一丝释然，他们的婚姻回到了原点，也会再次出发。

他开始试着向沈兰求欢，她半推半就地应许了。此后每月偶尔那么一两次，过程也是清汤寡水，兴味平平，双方大部分时间内都沉默着，如同欲望都死掉了，只剩下了欲望的尸体。但在床上，婚姻多少回复了它最基本朴素的意义。他们不再是新晋的父母，只是一对还没有完全老去的男人和女人，能在彼此身上收获暂时的快乐和满足。当然，董方开始想，也许还会有别的收获。

不知从什么时候起，“董士轩”几个字又在董方脑海中浮现。他想，也许那不只是一个名字，也是一个预示。也许他仍然可以让这孩子来到人间，抹平他们所有的伤痛。也许妞妞的一切只是他们生命的插曲，而董士轩才是真正的华彩乐章。当然不一定是男孩，也许还是个女娃，谁知道呢，女孩可以叫董诗萱。一个新的孩子能拯救他们的人生。

一个，新的，孩子。

不过生孩子的事还没正式提上日程，董方知道这事急不来，沈兰还没有做好准备，那个命中注定的孩子要等待更美好的时机才能来到他们的生命中。他精心安排了一次二人的邮轮之旅。邮轮会开到南太平洋的好几个岛国，见识异国风情。这本来是他们在婚前曾计划过的蜜月旅行，但因为囊中羞涩而放弃了。如今董方重拾起这个计划，一下子就得到了沈兰热烈的响应。董方看到沈兰的眼中放出消失了许久的少女时代的光彩，更加兴奋。他们讨论了好多天该带什么，要去哪些地方，怎么玩，怎么吃，说到高兴时笑成一团，就像两个孩子。

董方渴望着这次梦幻般的旅行。有整整两个月的时间，他们可以在南方的熏风下经过蓝得沁人心脾的海面，白天鲸豚伴游，夜里星河闪耀。他们会抵达一个个异域风情的海岸，去领略那些完全不同的生活。他们还可以在暴风雨的大海上相拥，或者在无人的白色沙滩上亲吻。生命将重新焕发光彩，翱翔天际。

出发前三天的晚上，董方为了赶工完成上面交代的项目，连轴开了好几个会，九点下班时，才发现有个长得怪异的陌生号码给他打了七八个电话，但他因静音没有听到。董方拨回去，却无法接通。他没有太在意，多半是工作上的事。他只希望不会干扰到他已经计划了几个月的旅行。

所以他毫无防备地回到家，一开门就看到一个头发半白的妇人站在自己面前，不认识又似乎在哪里见过，也许是哪里的亲戚？

您是……

妇人微微一笑，董先生，你不记得我了吗？声音沙哑而富有磁性，很特别，很熟悉，很像他的祖母。

一声惊雷在董方脑中炸响。他想起来在哪里见过她了。事情已经过去了快一年，他几乎以为那是一场梦。

董方结结巴巴地开口，吐不出完整的句子，“你——你是——难道——”

“爸爸！”

妇人背后响起了一个童声，声音稚嫩而响亮，更熟悉得不能再熟悉。这声音曾千百次在他梦中萦绕，让他在午夜惊醒，发现泪水打湿了枕巾。他一阵晕眩，忘却了周围的一切，如梦游般走向声音的来源。妇人自觉地闪到一边，他看到沈兰就站在那里，怀抱着一个小女孩，脸上全是泪痕，却露出他见过的最美丽的笑容。那女孩喊着“爸爸”，朝他伸出小小的手臂。

“妞妞，”他听到自己说，“妞妞！妞妞！”

董方扔下公文包，冲向母女俩，把她们揽在怀里，号啕大哭。这一刻，他感到幸福得无以言表，什么工作，什么旅行，什么董士轩，都毫无意义。妞妞回来了，旧日的幸福时光回来了，一个完整的家回来了，这就是他人生最高的意义，唯一的意义。

但是我错了，四年后，董方睁开眼睛想，我大错特错。

他到早上五六点才睡去，等醒来，时钟已经接近九点，好在今天是周六，不用上班。外面传来了幼儿的喧闹声，沈兰已经带妞妞起床了。董方从卧室出来，看到桌上放着吃剩下的早点，妞妞已经吃完了早餐，沈兰给她穿上了漂亮的粉红小裙子，要带她去楼下的小公园玩，她正兴奋得手舞足蹈。这一幕在董方眼中熟悉得不能再熟悉。

"妈妈，猫猫。"董方在心中念叨。

"妈妈，"妞妞指着门外说，"猫猫。"意思是她要去外面看猫猫，实际上她分不清猫和狗。沈兰哼着轻快的歌曲，把妞妞放在幼儿车上，给她系上安全带，又亲了她一下。

嘻嘻。

嘻嘻，妞妞笑出了声。

"哦哦哦哦！"

"哦哦哦哦！"妞妞高兴地叫道。

挥手。

妞妞抬起双臂，兴奋而笨拙地挥舞了起来。董方知道，每一个看似不经意的动作和声音，都像数学一样严格和精确。

"兰，董方忍不住开口，我有点事要跟你说。""等我回来再说吧，"沈兰蹲下来给妞妞整理着衣服，妞妞急着下去玩呢。

董方想说什么，但忍住了没开口。烦躁宛如背景噪声般袭来，他看到桌子上放了个红艳艳的苹果，随手拿起来就要往嘴里送。

沈兰忽然横冲过来，把苹果抢到手，"哎呀你这人，这是给妞妞带的，你跟女儿抢什么吃的"。

董方不禁气往上冲，脱口而出，"什么女儿？谁的女儿？"

"你吃错药了？说什么呢。"沈兰头也不回，一边说一边往外走。

"你知道我说的是什么，她根本不是你的女儿，她根本不是——人。"

沈兰的眼神黯淡了一下，声音也低了下去，但仍然很坚决，现在不说这个，对我来说她就是妞妞，这就够了。

董方终于爆发了："别骗自己了行吗？妞妞不会永远长不大，不会今天长牙明天又缩回去，不会今天会走明天又只会爬了！你和我一样清楚，这就是一台机器，一个玩偶！你还抱她下去玩……你知不知道邻居和保安背后都在怎么议论我们？这种日子我受够了！"

董方的咆哮让妞妞"哇"的一声哭了出来，手臂慌张地伸展着，寻找母亲的怀抱。沈兰不及反驳董方，忙心疼地把女孩抱起来，柔声细气地安慰着她。自己的泪水也潸潸而下，妞妞哭得更加伤心了。董方的怒火宛如被一桶凉水浇灭，还带着热气，却也燃不起来。父性的怜爱又在他心中滋长，他明知道这是一种错觉，却无法遏制。为此他更恨自己了。

沈兰抹了抹眼泪，瞪了他一眼，像躲避洪水猛兽一样抱着妞妞出了门，砰地关上门，董方听到她的脚步迅速地远去。

怎么会变成这样的？董方想，这一切的开端曾是奇迹般的美好。妞妞是回来了，不是吗？但这一切的代价，却是如此可怕。他们被困在了早已消逝的过去里，无法逃脱。就像掉进了一个扭曲时空的黑洞。

如果当初没有答应那个人，也许一切都会完全不同吧。

七

妞妞的骨灰下葬的时候，也是一个雨天。那时沈兰精神还没恢复正常，他父母也在病中，董方只能一个人去操办，他都不知道自己是怎么支撑着忙完了这一切的。

骨灰盒放进小小的石棺后，天上下起了大雨。董方站在墓前，看着自己刚贴上去的那张妞妞的照片想，这里以后就是她的家了。雨水会不会流进墓穴呢，会不会冻着妞妞呢？她听到雷声会害怕吗？她在骨灰盒里也会哭着伸手要抱吗？从今以后，再没有人会来抱她，晚上也没人会给她加被子，她要是想回家了怎么办呢？她能找到回家的路吗？

大雨浸湿了他的衣服，泪水开始流下来，混入雨水，他渐渐地泣不成声。这时有人拍了拍他，递给他一张纸巾。董方抬头，看到了一个头发花白的妇人，打着一把伞，穿着某种灰色的工作服，面容慈和。先生，没事吧？对方问。董方想，她应该是墓地的工作人员。

我女儿死了，董方哽咽着说，还不到两岁。

妇人叹了口气，她一定是你们的心肝宝贝。声音略沙哑而有磁性，让董方想起自己早已过世的祖母。

她把董方拉到了一间休息室里。不知怎么，董方开始对她讲起了妞妞的故事。从在妈妈的肚子里到最后跌出窗外的瞬间，有些他根本不愿意回想的事，还有些除了父母没有人会感兴趣的东西，他都说了出来。他已经憋在心里太长太长时间，却连沈兰都不能去讲。他越说越多，越说越无法自抑。妇人默默地听着，不时递给他一张纸巾。

倾诉了半天，董方才恢复了一点清明，擦了擦眼泪，不好意思地苦笑一下，对不起女士，我都说了些什么呀，耽误你时间了。

没关系，她说，我就是为你而来的。

董方开始诧异，“什么？”

你听我说，如果我说，我有办法让你再见到你的妞妞，会怎么样？

董方愣了一下，随后怒火上涌，瞪着对方，你是什么意思？妇人并不着慌，一字一句地说，我不是在拿你开心，也不是精神失常，我有办法让你再次见到妞妞，一模一样的妞妞。

这怎么可能……董方说了半句，忽然明白了什么，等等，你不会是说仿生人吧？

妇人面容严肃地点了点头。

董方像被一个突如其来的魔咒定住了，他依稀知道仿生人技术的发展由来已久，并在几年前取得了突破性的进展，能够利用金属骨架、人工智能芯片和人体生物组织制造出外表可以乱真的生物机器人。这项技术最初受到了市场的热烈欢迎，但很快声名狼藉：大部分用户是定制年轻漂亮的俊男靓女来满足个人的私密欲望，可想而知，有的满足方式相当变态，引起了很多争议。甚至一些仿生人因为有意仿制娱乐明星、各界名人和客户认识的真人形象还引起了法律纠纷。最后，政府禁止了这项生产。但相应的需求仍然十分强烈，非法的地下产业链也一直存在。但董方从未想过，这些事可能和自己发生关系。

董方回过神来，连连摇头，对不起，我不需要，那根本不是真人。

当然她不是真人，妇人从容地说，每个字都充满了魔鬼般的诱惑力。但对你来说也没有什么区别。你说你闭上眼睛，还能够看到妞妞的样子。而我可以承诺，你会再次见到一模一样的妞妞。

一模一样的妞妞。董方怀疑地摇头，不可能真的一模一样。

半点不假，您只需要提供给我们足够清晰的影像资料，我们就能进行精确建模，并采用最新的纳米级3D打印技术，能对最精细的皮肤和毛发细节进行控制……技术方面就不多说了，总之，你会看到她甜美的微笑，听到她喊你爸爸，亲她的小脸蛋，拉着她的手学步，和她一起玩耍……她会永远陪在你身边，再不分离。

董方踉跄退了两步，仿佛真的看到女儿欢笑着向自己奔来，他挥挥手，驱散这些甜美的幻象。但是……那不是真的。

即便她不是真的，也是一张立体的照片，一个活的雕像，这不也是对妞妞最好的纪念吗？妇人耐心地说。

“不，还是不用了，”董方摇头，试图抵御着越来越强烈的诱惑，我知道制造一个仿生人很贵的，我们也没那么多钱。

妇人笑了笑，似乎早就猜到了他的理由。没有您想的那么贵，是一个您完全可以负担的金额。而且目前也不用钱，您只需要做一个简单的登记，将妞妞的有关资料传给我们，等到完成了，我们会把新的妞妞送到府上，到时再付款。如果您有任何不满意的地方，一个月内随时可以退掉，分文不取。

“那你们不是损失大了吗？”董方没见过这么做生意的。

“没关系的，”妇人露出诚挚的笑容，“客户的满意是我们最高的需求。”

最后，董方鬼使神差地进行了登记，将妞妞所有的照片和视频都发到了对方指定的网络地址上。此后他也期盼了一段日子，但对方如泥牛入海，再也没有消息。董方想，多半是这个地下仿生人工厂被查禁了，好在他本人没有损失。后来，他很快也忘了这事。

直到那天，那个妇人带着妞妞找到了他家。董方才理解，为什么她敢不收任何定金就接下了这个订单，因为这单生意几乎没有风险。见到挚爱亲人的归来，谁也不可能去退货，就是再要倾家荡产的钱也愿意。

不过费用的确不菲，环球旅行的计划取消了，另外几张卡也都被提空。但是小妞妞回来了，这些又算什么呢。有整整一年，他们都沉浸在女儿失而复得的幸福中。

沈兰完全照着以前的方式养育妞妞，妞妞也重复了之前的生活轨迹，她似乎在一点点长大，身材从婴儿变成幼童，慢慢学会了走路，也学会了说一些简单的词汇。但某一天，她恢复了刚来时的样子。

董方打电话去咨询，才知道是怎么回事。仿生人本质上是一部机器，对仿生幼童来说就更加明显了：他们无法真正成长，顶多是机械骨骼有局部伸缩的功能，肌肉可以有一些变形，牙齿可以进出牙龈……看上去最多可以从一岁变到两岁左右。但当然不可能长大。人工智能的算法和肢体控制方式可以让他们有一定的变化，从爬行到走路，从不会说话到说出简单的语句，但这种发展是不可持续的。此后，他们可以维持在某个阶段，也可以从头再来过，让孩子再次“成长”，沈兰选择了后者，或许是因为这样才让她更有带孩子的乐趣。

新“妞妞”的到来已经有四年，也经过了四次生长周期。第一年，董方对这孩子的感情不下于对妞妞本人；第二年，他的热情开始冷却，但还是很喜欢她；第三年，他开始日益厌倦这种游戏；到了第四年，他已经快要发疯了。董方觉得自己仿佛掉进了永无止休的时间回环。妞妞刚会走路又开始满地爬，刚会说话转眼又忘得一干二净。每一天发生的事都好像在一年，两年，三年前都发生过了，甚至五年前早已在真正的妞妞身上发生过了。

但同样的日子还在继续，他头上已经长出了白发，父母也相继去世，但那个生化人永远是一岁多两岁不到，永远是一个长不大的小女孩，和他们玩着日益荒诞的亲子游戏。这样的日子什么时候才是尽头？什么时候才能够看到未来？

但沈兰却不一样，她完全投入了其中，即便一次次周而复始的循环也无怨无悔。为了“照顾”一台机器，她甚至不想再生第二胎。再等一等，她总是对董方说，再等一等吧，现在还不是时候。当然了，现在妞妞最需要人的照顾，而她的需求永无止境，因为她根本不会长大。那个时机，孕育董士轩的时机，被无穷推迟，也许再也不会到来。

必须有一个了结，这个清晨，董方再清楚不过地意识到，这个荒谬的游戏正在吞噬他们的人生，也是还没有存在的董士轩的人生。

它必须结束了。

八

沈兰出去了很久，董方打电话也没人接，下午才带妞妞回来。打开门，一个小小的身影迈动着小腿进来，“爸爸，爸爸，”她喊着，投入董方的怀抱。她显然已经忘记了董方早上的怒吼，当然，她本质上也记不下任何事情，一切都是固定程序的安排。

董方怀着复杂的心情抱起了她。沈兰走到他面前，表情平静，你要谈什么？我们谈吧。

董方放下妞妞，指了指地上准备好的智能变形玩具，妞妞兴高采烈地扑过去，玩了起来。董方把沈兰拉到书房，虚掩上门，说，对不起，也许我的话有点刺耳，但这孩子是——

“你放心，我没有疯，”沈兰说，“我知道这孩子不是真的人，但那又怎么样呢？董方，你就不能让我像养小宠物一样养着她吗？”

“如果是小宠物那就好了！但你完全是把她当成亲生女儿看待！你叫她妞妞，给她吃和妞妞——我们的妞妞——一样的进口奶粉，一样的高级辅食，一样的水果蔬菜……而这些她根本就不需要！你还给她玩妞妞的高级玩具，带她出去散步，晚上也抱着她睡觉，简直比保姆还辛苦！兰，这些年你一直没有上班，待在家里伺候一个仿生人，你不觉得是走火入魔了吗？”

“走火入魔？我只是很喜欢妞……很喜欢她，我想去照顾她，那又怎么样？你玩那些VR游戏的时候不也经常废寝忘食吗？”

董方没搭理这个不伦不类的类比：“我也喜欢她，你知道的。我没有反对她在我们家里陪伴你，但我们不再年轻了，我们得开始新生活，更有希望的生活。这些年我一直想要个孩子，男孩也好，女孩也好，总之是一个新的孩子，一个不是这个妞妞的孩子，一个能长大能上学的孩子。但是你——每次你都——”

“我也想过再生个孩子，沈兰的声音开始颤抖，两行清亮的泪水从她眼角流下来，我也想有个能长大的孩子。但是每次我都想，如果我们有了新的孩子，他还能越长越大，去读书去上学，我们大家都过上了新的生活，妞妞要怎么办呢？我们没法再花时间照顾她。那孩子又怎么看待这个姐姐呢？难道我们把她像一个旧玩具一样扔在储藏间里，逢年过节拿出来玩一玩吗？我们不能这么对她。”

“又来了又来了，”董方一阵烦躁，“你总是把她当成真人，去考虑她的感受，这就是你的问题。她不是真的！她甚至连机器人都不算。”

“胡说，她也许没那么聪明，但她是一个……是一个和妞妞一样的……我不知道怎么说。”

“我知道，你潜意识里你觉得她是活的，就跟科幻电影里那些有人性的机器人一样，但那是幻觉，她只是一部机器，还是不那么聪明的机器！”

沈兰冷淡地摇摇头，反正我看不出来。

“好，”董方点点头，“我现在就给你证明，让你看看这孩子到底是什么！”

他在手机上调出了一段视频，“你记得吗？这是五年前，整整五年前，我们的妞妞玩这种变形玩具的视频，当时她搭了一个小金字塔，我们还夸她聪明呢。你再看看这个妞妞，她现在正在干一样的事，一模一样，几乎每一个动作都一样！你看她掉了一个蓝色的方块又捡起来，对不对？是不是一模一样？”

沈兰看了看视频，又看了看不远处的妞妞，脸色惨白。

“这就是真相！”董方冷冷地说，当年我传给了那个地下工厂手头上所有关于妞妞的视频，包括我们拍的，也包括蜂机拍下来的几千个小时的内容，那几乎是妞妞的半个人生。他们根据这些资料复原了妞妞，外貌不用说，关于她的内在，后来我专门查过仿生人技术，什么大数据分析，什么心理学建模，什么再现核心人格都是骗人的胡扯，他们只是把所有的内容放进了数据库里，用一些最简单的指令去调出这些现成的反应，比如看到爸爸跑过来要抱，看到妈妈要吃奶什么的，最多就是根据环境进行一些必要的调整。这个妞妞本质上不是人也不是人工智能，她没有任何人格，她只是——说起来都滑稽——妞妞生活的三维录像。

“录像。”沈兰冷笑了一下，好像根本不予置信。

“对，录像！”董方被激怒了，“老实告诉你，最近一年我都在仔细观察，她所有的动作都是复制我们的妞妞的。每次环境符合以前的某种环境时，她就根据之前的视频来进行重复。当然有关的资料是非常丰富的，所以不容易一眼看出来，比如妞妞发脾气有十几种方式，哭有三十几种，笑超过五十种，各种组合更是天文数字……但这些都是我们的妞妞有的，在我们的妞妞身上发生过的，没有任何新的东西。一切都是重复！都是再现！只是因为这个阶段幼儿的语言、动作、反应大体来讲都比较相似，我们才没有察觉。”

董方一口气说完了他的结论，沈兰却并没有他想象中那么震惊，她淡淡地说，“董方，你要说的就是这些吗？”

这些还不够吗？

“我早就知道了！真可笑，你照顾了她多久？我照顾了她多久？你每天早出晚归，我却从早到晚，一直陪在她身边。你以为我会没发现她的话语动作和妞妞完全一样吗？你以为我没想明白背后的机制吗？你说的一切我都知道，但这才是我爱她的理由所在。”

“你在胡说什么呢！”

你还不懂么？沈兰隔着玻璃，指着在客厅玩耍的女孩，如果她是那种比较高级的仿生人类，有独立的人格和情感算法，也许我反而不会有那么深的感情。但她就是一台时光机，把我们带回到当年妞妞的身边呀。她的每一句话，每一个动作，每一个笑容，都是妞妞精确的重现。我们没有离开过妞妞，从来都没有。

九

董方惊骇地瞪着自己的妻子，像看着一个完全不认识的人，过了许久才找到语言。“你真的都知道，知道得比我还清楚。你明知道这些，但还是选择留在过去，把自己封闭在关于妞妞的回忆里，到底为什么？”

“举个例子说吧，”沈兰露出一个凄楚的苦笑，“这事你可能不知道，当年有一次，妞妞午睡后醒了要找大人，恰好大家都不在她身边，保姆还没来，我正在洗澡，又放了音乐，她哭的声音越来越大，叫得无比惨烈，简直要哭晕过去了。后来我好不容易听见了，衣服都来不及穿就赶忙去抱她，安慰了很久她才缓过来，还抽泣了半天……前不久，这一幕在妞妞身上重现了。我听到了妞妞的呼唤，每一个声音的顿挫起伏都一样！那就是妞妞在呼唤。我可以怎么办？我只能像当年一样，去抱起她，安慰她。这就是我的女儿。”

“还有，沈兰意犹未尽，我早就发现了，最近两年你对她越来越不上心，甚至冷淡粗暴，但她还是那么喜欢你，那么依恋你，不管哭得多厉害你一抱她就不哭了。换了任何一个小孩都不可能。这是为什么？因为她本质上还是当年的那个妞妞，她对你的爱就是妞妞对你的爱，没有一点点变化！她爱你比爱我还多呢，你怎么可以辜负她？”

这……董方觉得一阵眩晕，难道妞妞真的穿越时光，借这具人造的躯体来到了他的身边？不不，这不是理由，他不能被蒙蔽了。他坚定地摇了摇头：“不要自欺欺人了，无论她怎么重复妞妞的动作和话语，都没有内在的情感，她只是一个影子而已，我们两个不能守着一个影子过一辈子。我们必须放下。”

“你不明白的，我没有办法放下，人各有各的活法，你不要逼我，好不好？”

“是你不要逼我！”董方忍无可忍地吼道，“我当然知道你没有办法放下她，我也找过了好几个心理医生咨询，我知道为什么。因为那一天，你从来不提，我也从来不提的那一天——”

“别说这个！”沈兰打断他，声音开始发颤。

“我可以不说，”董方说，“但我们都心知肚明吧？那一天妞妞死掉了，那完全是你——”

“我让你别说了！”沈兰歇斯底里地喊道。这次妞妞被吓到了，回过头来疑惑地望向父母的方向。

沈兰要出去抱她，但董方拉住了她，把门关死。书房门是一种特制的玻璃，隔音效果绝佳，妞妞再也听不到他们的说话声，愣了几秒钟就忘了刚才的事，又自己去玩了。

“你还不肯面对是吗？”董方残忍地说道。看着沈兰绝望的神情，不知怎么内心竟有一种隐秘的快感，好像那里有一个被禁锢了许多年的恶魔终于获得了自由：“你把自己封闭在和妞妞一年的回忆里，却永远不肯走到最后那一天。因为你不肯走到那一天，所以一切只能不断地周而复始，所以你才要一遍遍重复养大她的过程。但其实没用，我们一直活在那一天里！根本没有可能离开。我受够了，这都是你的问题，为什么要我来跟着承担？你必须正面面对那一天，现在就面对！”

沈兰挣扎着，你说什么——她的目光落到了客厅边缘，不敢相信地望着董方。“你怎么把椅子放在那里？干什么？你要干什么？”

董方在遥控器上按了一下，窗户猛然打开了，窗外的景象吸引了妞妞的注意，芯片的大脑中迅速进行着搜索和运算，很快找到了一段匹配的记忆，激发了她的活动程序。

她站起身，摇摇摆摆地向着飘窗前的椅子走去。

“你疯了！你干什么你，”沈兰叫道，“快放开我！”

但董方一手拉住她，一手捂住了她的嘴。他几乎觉得自己像是魔鬼，但又是那么欣快的魔鬼。“你必须面对这一切，面对自己造成的这一切，这一切不能永远扛在我的肩膀上，看看，那天你的愚蠢是怎么害死女儿的——”

妞妞没听到背后的人在说什么，她三下五除二，爬上了椅子，然后又爬过了护栏，到了飘窗上。董方曾经目睹过这一切，如今从另一个角度再次目睹，仿佛真的穿越了时光，重新回到了五年前的那一天。沈兰似乎呆住了，身子也不再动弹。

这是最后的一幕了，董方想，快点该结束吧，结束才是真正的从头开始。

再见了，妞妞。这一次，真的再见吧。

妞妞爬上了窗台，回过头，朝着玻璃门后的父母甜甜地笑着。董方忽然发现自己犯了一个错误，这一次没有蜂机，缺乏最后的触发机制。算了，他想，也许这一切到这里就可以了，也不必——

但他一疏神间，沈兰忽然恢复了生命力似的弹起来，挣脱了他的控制，一把把他推倒在书架上，人一开门就跑了出去。

“妞妞——”

她大叫一声，冲进客厅，跃过围栏，跳上飘窗，伸手去拉窗台上的女孩。那一刻，她也如同迈越了漫长的时光，返回到五年前决定一切的那一瞬间，要改变那早已成为铁一般事实的悲剧宿命。她声音凄厉，面容狰狞，她充满母性的疯狂与决绝，她能战胜一切，改变一切。

这却触发了妞妞最后的反应。

她仿佛被吓到了，身子一抖，小脸上露出了害怕的表情，然后向后一仰——

“不要——”

沈兰发出撕心裂肺的尖叫。五年前，她在同样一声绝望的哀鸣后，就晕倒在地。醒来时，警车已经开到了楼下。

但这次发生的事略有不同。

沈兰毫不犹豫地一只脚踏在飘窗上，另一只脚伸出了窗台，向外猛扑。这次她抓住了妞妞，但是已经为时太晚，她抱着小女孩儿茫然回过头，似乎还不明白发生了什么，和刚冲出书房的董方目光相遇了一刹那，下一瞬，她飘拂的衣裙也从窗台上消失。

董方听到自己大喊起来，跌跌撞撞冲过去，还没到窗前，就听到了一声恐怖的闷响。他半个身子伸出窗外，看到沈兰已经变成了很小的一个人影，躺在下面的马路上，一动不动，但衣裙已经染得鲜红，红色还在不断扩大。妞妞趴在她身上，发出了响亮的哭声，似乎并没有受到什么冲击。周围的人开始围过来。在丧失意识之前，董方看到，妻子的脸上挂着一丝若有若无的微笑。

十

在那个雨天，那个白衣女生也曾经变成了那么小的一个人影。

那个决定他们命运的雨天，年轻的董方从女孩身边经过，撑着伞走开了很远，然后怯怯地回头，凝望着细雨中女孩朦胧的身影，终于下定了决心，霍然转身回来。他一脚轻一脚重地在积水中踩了好几脚，越接近那女孩，心跳越快，仿佛要从胸膛里跳到她的怀里一样。他不知道女孩看到他没有，因为根本不敢抬头，心里想着该跟她说什么呢。同学我送你回去？还是我把伞借给你？怎么说才不显得突兀呢？

上台阶时，他还在搜索枯肠想适合的台词，没注意脚下。结果丢脸地滑了一跤，摔得浑身是水，伞也丢到了一边。等他狼狈万状地抬起头，竟发现那女生就站在他面前，朝着他伸出了手，微微一笑。那挂着雨水的笑靥一直烙在董方的脑海里，无论后来沈兰变成了什么样子，那个笑着拉起他的女孩永远烙在他的脑海里。

那一刻，董方知道，沈兰不会从他的生命中消失，永远不会。

没有什么能将他们分开。

董方想着往事，嘴角泛起微笑，打开了家门。妞妞正在沈兰的脚边玩耍，见到他，嘴角弯弯地笑了，有些笨拙地站起身，叫着“爸爸”，跌跌撞撞地向他走来。

董方放下公文包，抱起妞妞，把她举得高高，她发出兴奋的尖叫。

“小心点，”沈兰在一旁嗔道，“不要摔了孩子！”“哪会呢。”董方笑着放下了妞妞。沈兰神秘地说，“你有没有发现？”“发现什么？”董方问。她会走路了呀！昨天最多还走两三步呢，你看今天她走得多好！

“是吗？”董方放下妞妞，她马上绕着他们走了起来。她的确会走了，神气活现地给他们表演，不过她的膝盖还不能弯曲，姿势滑稽得就像一只企鹅。走不了几步就摔了一跤，好在下面是地垫，摔得不重，她随即爬起来，哼了一声，甩了甩手，继续歪歪扭扭地走着。

沈兰笑得前仰后合，董方也笑了，说：“这孩子运动细胞发达，长大了说不定能为国争光。”

他们一起给妞妞洗了澡，又一起喂她吃了奶，然后带她上床睡觉。妞妞喝了奶，又跟他们玩了一会儿，一会儿转到爸爸这边，一会儿又去拍拍妈妈，终于慢慢闭上了眼睛，长长的睫毛垂下来，依偎着父母睡着了。沈兰看了一会儿手机，和他说了几句话，也关了灯，闭上了眼睛。只有董方在黑暗中还睁着眼睛，听着沈兰的呼吸从不规律渐渐趋于均匀悠长。

等到沈兰和妞妞都睡着了，他悄悄坐起身，把她们的身子翻成俯卧，打开她们的后脑勺，取出电池，拿去充电，又换上了新电池。母女俩恢复了细细的呼吸声，伴随着她们温馨的气息，董方也惬意地闭上眼睛，进入了梦乡。

绝对诊断

江　波

邱一男匆匆走进诊室，带起一阵风。

吴雨桐抬头，见是邱一男，不由微微蹙眉，然而这不经意的细微表情即刻间消失得无影无踪，她关掉屏幕，向着邱一男露出一个微笑。

邱一男手中拿着一纸报告，脸上堆满了笑。一看这架势，吴雨桐就猜出了他的来意。医院早已经实行无纸办公多年，唯一需要打印纸张的流程，就是签字画押，邱一男一定是想把他不想理会的病人转到自己的诊室来。

邱一男站在桌前，将手中的报告放下。吴雨桐瞥了一眼，果然是转诊书，上边邱一男三个歪歪扭扭的字已经签好。

“小吴，我最近很忙，实在忙不过来，这个病人就麻烦你照顾一下。”

“邱主任，你不能老是把病人转过来啊，数据诊断是有筛选条件的！”吴雨桐郑重表明态度。

邱一男仍旧笑嘻嘻的，“你和数据分析师打交道多，这个病，疑难病症嘛，给数据分析师做分析正好，你看，我都在病历上注明了。帮个忙，帮个忙！”

邱一男其实是想把病人推给数据分析师，吴雨桐正好是医院里大数据诊断科唯一的医生。

毕竟邱主任是内科主任，内科是数据诊断科最重要的病例来源，就算有几个不合条件的病例也能过得去。吴雨桐勉强在转诊书上签了字。

“太谢谢你了，小吴！”邱一男拿着签字，一阵旋风般出了门，就像他进门时一样。

吴雨桐低下头，重新打开屏幕。

屏幕上李子需的影像显露出来，他面带微笑，“雨桐！”

吴雨桐吓了一跳，“你怎么还在，我刚才关闭了程序。”

“我一直都等着阿。”

“你们数据分析师，上班都这么闲吗？”吴雨桐随口损了他一句，随即注意到屏幕下方的通知图标开始闪烁。邱一男转诊的病例已经进入数据库。

“正好，这个病例，就交给你分析吧。”吴雨桐把资料拉进了李子需的待办事件里。

“怎么能这样，工作分配是有流程的。再说，我也不能再接案例分析了。”李子需抗议。

“对，流程。流程就是我分配给你了，你就必须做。”吴雨桐拿出高高在上的样子。

李子需眨了眨眼睛，“你好像很不开心。”

吴雨桐没有理会他，“开始工作吧，李公子！我要关闭通道了。”

“和邱主任有关吗？”李子需继续问。

吴雨桐正伸向屏幕的手停了下来，“你怎么会知道邱主任？”

“刚才我一直在这里啊。”李子需若无其事地回答，仿佛这是一件再自然不过的事。

“我明明关闭了屏幕。”

“那只是你看不见我而已，我仍旧可以看见你，听见你和邱主任对话。”

吴雨桐点了点头，“嗯，我下次会先把通道关了。”她的手继续向屏幕伸去。

“等等！”李子需大叫起来，“周五下午三点，城南咖啡馆，不见不散哦。”

“知道了！”随着话音，吴雨桐已经关掉了李子需的通道。李子需约她喝下午茶，这件事让她有些微微心动。三个月来，因为工作关系，她每天都要和李子需视频见面，然而还没有在现实中真正见过。李子需的条件挺不错的，大数据分析师，属于高收入行业，人也很帅，和自己也很聊得来。

距离周五还有三天时间。喝咖啡吃饭，为什么要约几天后？这些大数据分析师，大概都很忙吧。

吴雨桐定了定心神，打开另一名数据分析师通道。

再次见到李子需已经是两个小时后，他的信号通道一直不停闪烁。

吴雨桐整了整白大褂，理了理头发，然后点开了通道。

李子需的影像跳了出来。

“我有个问题，邱主任转诊的标准是什么？”李子需开门见山地说。

“你要干啥？”吴雨桐反问。

“我要了解客户的心态。”李子需笑着说，“每一次看他的病例，我都能感觉到你浓浓的怨念。”

“瞎说什么！”吴雨桐嗔怪。

"不瞎说，快告诉我，他是怎么决定转诊的。"

"这有关系吗？"

"当然有。"李子需一本正经，"我是你的诊断助理，如果你的心情糟糕，我的工作效率也会受到影响。只有充分了解医生的需要，我才能高效率地工作。"

这像是一个有理有据的抗辩。

吴雨桐忍不住笑了起来。

"好吧。"吴雨桐想了想，"邱医生总是把他不想看的病人转给我。我觉得他这样做，让我很受伤。"

"你也不想看病人吗？"

"当然不是，救死扶伤是医生的天职。"

"那邱医生为什么不想看病人？"

吴雨桐心底暗暗叹气，"他的病人多，有很多高级官员，社会名人都找他看病，一般人他看不上眼，也就不想看。虽然分配系统会指派给他，他也会转诊给我。"

"这和病情有关吗？"

"什么病情，是关系！"吴雨桐又好气又好笑，"关系，看你这个书呆子也不懂！"

"你也更喜欢给那些人看病吗？"

"胡说八道！"吴雨桐的脸上不禁微微发烧，"救死扶伤是医生的天职。"

"你的表情说明你在说谎。"

"不要揣测我！"吴雨桐装出生气的样子，瞪着李子需，"赶紧去干正事，交不出报告，我要生气了。"

"还有最后一件事。"李子需仍旧一本正经，无惧威胁。

“说吧！”吴雨桐爽快地回应。李子需一本正经，说明他在认真工作。

“我需要你的身份授权。”

“我的身份授权？干什么？”

“追查数据库，数据分析需要数据，一些数据库只有医生的授权才能进。”

“从前怎么没要求过授权？”

“我要帮你把分析做得完美一点，你就是完美主义者，对吧！”

“授权通过。”吴雨桐立即答应。

“需要录像证明，我打开录像，你说授权 2084 号进行数据库解析。一，二，三，开始！”

“授权 2084 号进行数据库解析。”吴雨桐对着摄像头一板一眼地说了一遍。

说完看了看李子需，“2084 号是什么意思？”

“那是我的工号。”

“还有指纹。”李子需指了指一旁的指纹识别器。

“怎么会要指纹？”吴雨桐有些疑惑，“你不会是想骗取我的个人信息吧。”

“你看我像坏人吗？”

“像。”

李子需的脸上露出委屈的神情，“总部数据库有六个子库，每个子库各有三十六分库，你可以先阅读一下病历，这个病人的情况需要访问第三子库的十七分库，这需要指纹授权。”

“你抓紧吧！”吴雨桐不想继续听李子需说下去，直接把食指放在了指纹识别器上。一声“嘀”之后，李子需微笑着点头，“放心吧，一切都在计算之中。这是我最后一个病例，我会把它做得完美。”

说完，他自动关闭了通道。

这是从来没有过的事。

吴雨桐还来不及细想，屏幕上绽开一朵红颜的玫瑰。她伸手一碰，玫瑰瞬间破碎成千万细小的水晶，四处撒开，在屏幕上不断翻滚，凝聚，最后拼成一句话，“不见不散”。

这是李子需留下的信息。

她不由笑了起来。

这个李子需，花头越来越多了。

中午时分，正当吴雨桐肚子咕咕叫的时候，李子需突然来了。这一次，他甚至没有使用通道请求，而是直接打开了通道。吴雨桐有些惊讶，她一直以为，这个任务委托通道只能从医院这边单向打开。

“我已经有了李琼的初步分析报告，你要听吗？”李子需说。他并不现身，只是说话。

“干什么装神弄鬼的？李琼是谁？”

“就是邱医生转过来的那个病人。”

“下午再说吧，我要吃饭去了。”吴雨桐说着就想离开。

“她的情况比较复杂。”

“那就下午再告诉我。”吴雨桐说着要走。

“等等，我建议对病人进行一次面诊。要我帮你预约她吗？”

“面诊，有这个必要吗？”

“非常有必要，重要程度为七，属于重要的直接证据。”

这是自从李子需成为自己的数据诊断助手以来，第一次提出面诊的要求。一般情况下病人和医生根本不需要见面，数据就能说明一切。

“是绝症吗？”吴雨桐问。

“需要面诊确定。”李子需回答。

吴雨桐有些不得要领，然而肚子又咕咕叫了几声，她已经无心再问下去。

“就交给你了，你认为需要面诊那就约一次。下午见！”说完，她跨出门去，直奔食堂。

从食堂回来，李子需已经不在了，然而他留下了预约记录，是两点钟。

吴雨桐看了看钟。

还有半个小时。

她拉开屏幕，打开一篇文章“大数据时代的医疗”，很投入地阅读起来。这篇文章的署名是“李子旭”，她疑心那就是李子需的化名，所以想把文章读透了，再去和李子需对质。然而文章却有些艰深，勉强读了两页后，她感到几分焦躁。

还好预约的面诊时间也到了。

一个人像出现在吴雨桐眼前。

这个虚拟的影像脸上带着一丝惶恐，不安地打量着眼前的医生。

她的脸色蜡黄，脸型消瘦，嘴唇干裂，毫无血色，一双眼睛格外地大，眼珠突出，像是要从眼眶里滚落。

吴雨桐不由有些紧张。三个多月的实习，她还从来没有进行过面诊。尽管所谓的面诊，也只是一个虚拟影像而已。

“你好。”她向着病人打招呼。

“医生，我这病是好不了了吗？”病人带着哭腔问。

吴雨桐瞥了一眼李子需送来的报告，这是一例颇有疑难的病例，白细胞浓度高出正常水平一倍，全身炎症。吴雨桐可以想象，这个病人每天都会经历怎样的痛苦。

“李琼，”她报出病人的名字，“你别急，你这病是怎么发作的？”

“那天还在厂里上班，就突然感到全身不舒服，头晕，还呕吐，后来马上回家，休息了一天也没好，到医院开了药，说是感冒病毒，结果吃了一个月的药，一直不好，有时还会发热，整个人就像要虚脱一样……”李琼飞快地说着，头也不抬，垂着视线，根本不敢接触吴雨桐的视线。

吴雨桐认真听着，仔细观察。从病人描述中找到可能的致病原因是一门必修课，然而吴雨桐很快发现，在学校里学到的那些东西完全用不上。她早已经习惯了和数字，和报告打交道，面对一个活人，一时无法进入角色。她也完全不知道该观察什么。只是李琼那几乎要哭出来的腔调深深感染了她，让她分外同情。

一段连吴雨桐自己都记不清的对话之后，李琼紧张地抬头看了看什么，然后说：“吴大夫，还有什么要紧的问吗？我的流量快要超了，要下线。”

“哦，”吴雨桐有些意外，随即想到这是李琼舍不得流量超支的钱，赶紧回应，“没事，我要问的都问完了，你下吧。”

“那我这病？”

“我会很快给你开诊断报告的。”

“嗯，”李琼一副欲言又止的样子。

“有什么想说的就说吧。”

“能不能开便宜点的药，贵的用不起。”李琼怯怯地说。

“医疗费都是医院垫付，社保开支，你不用担心这个。你放心，我不会乱用贵的药。”

“谢谢大夫！”李琼千恩万谢，一个劲地说谢谢，“那我下了。”

“嗯，下吧！”吴雨桐点头。

李琼的全息影像熄灭了。

吴雨桐定了定神。这女的真是太可怜了！

她想起李子需来。这家伙又躲在屏幕里偷窥吧。

她打开屏幕，接通李子需的通道。

李子需却没有出现。

“出来吧，偷窥狂！”李子需一定在通道的那边，现在是上班时间，所有的数据分析师都是随时在线。

李子需仍旧没有出现。

这违反了随叫随到原则，是不可接受的。吴雨桐皱起眉头，揣测李子需是不是出了什么事，正出神的时候，李子需的声音突然传来。

“她很紧张，基因分析结果表明，她有很大的概率性格极度内向，不能和人正常交流，面诊证明了这点，她是个极度内向的人。和你说话让她极度紧张，瞳孔略微放大，鼻翼张开，哺乳动物要战斗或者逃跑，都会有这样的反应。”

“李子需，你在干什么？出来说话。”

李子需却仍旧没有现身。

“她的面部表情说明，她对于自己所说的一切都极度不自信，甚至有可能是在说谎。”

“怎么可以这么说！”吴雨桐维护她的病人，注意力一下子转移到了病人身上。

“我是根据表情分析大数据得出的结论。她的嘴角肌肉总是不自觉地微颤，眼珠移动速度很快，不能和交谈对象有目光接触，脸部肌肉群大约有一半以上的肌肉没有动，所以你会觉得她表情僵硬。”

吴雨桐叹了口气。李子需总是对的，他是大数据分析师，用数据说话，数据分析总是比人的直觉要可靠得多。

“我不想听你做数据分析，直接给我诊断报告吧。”

吴雨桐话音刚落，打印机里吐出一张纸来。

诊断报告一般都只有电子版，李子需却将它打印了出来。吴雨桐有些奇怪，然而并不细想，拿起报告就看。

病人姓名：李琼

性别：女

年龄：35

接诊时间：2027年1月30日

症状描述：无高热，神志清醒，衣原体细菌感染，肺部呈现全面炎症……

检查结果：CT显示肺炎，白细胞超标浓度，疑似变异性衣原体菌株感染……

建议方案：住院隔离，强效白细胞免疫培养结合大剂量抗生素使用。

一边读报告，吴雨桐的眉头一边皱了起来，报告所描述的只是一种肺炎，如果这样，那么就根本不该转诊到数据诊断室来，普通的内科就可以解决问题，更不用大动干戈，搞什么面诊。这不是浪费时间精力吗？

“李子需，你出来！”吴雨桐真的有点生气。

这一次，李子需现出了影像。

“报告看完了？还满意吧。”

“满意你个头，你是开玩笑吗，肺炎也需要预约面诊，还说得人家得了绝症一样。”一边说，吴雨桐想起了李琼视频中的模样。如果真是肺炎，这个女人真被折磨惨了，一点小毛病，早就可以治好了。

“她真的是肺炎？不像啊！”吴雨桐语气一转。

“可能是一种特别的菌株，需要对菌株进行分析，如果这种菌株具有强烈传染性，那么就需要及时隔离防范扩散性传染。所以建议住院隔离。”

隔离是很严重的防疫措施。这个病人已经在外自由活动了一个月，如果有传染性，早已经不可收拾。

吴雨桐还是怀疑，“需要隔离这么严重吗？”

“可能性为百分之十三，超出了百分之十的警戒线。”李子需微笑着，“数据不会撒谎，对吧！”

百分之十的概率不易被人类察觉，数据却会给出警告。吴雨桐很快放弃了纠结。

“就按照你的方案办吧，把诊断报告发给李琼。”

李子需的微笑特别迷人，“签发住院通知书吧，这样就是一次完美诊断。”

吴雨桐觉得李子需的笑容背后藏着什么，然而自己却看不透。

“我没看出哪里完美，你可别使坏，使坏我饶不了你。”

“绝对完美！”李子需仍旧保持着那迷人的微笑。

吴雨桐签发了住院通知单。

李子需注视着她。

吴雨桐发完通知抬起头来，看见李子需正看着自己，脸上不禁微微发烧，“看什么啊，还不去工作？”

“我这几天都不会上线了。周五下午三点，城南咖啡馆，不见不散。”李子需说完立即消失了。

吴雨桐望着屏幕发了一会儿呆。

周四一早，吴雨桐赶到医院上班。

刚在位置上坐下，她就被吓了一大跳。

李子需正在屏幕上，一动不动地盯着她。

“吓死了我了，你作死啊！”吴雨桐回过神来，嗔怪道。

“我是来告别的。”李子需的脸上带着一丝疲惫。

“告别？怎么了？”吴雨桐的心一紧，有一种不祥的预感。

“他们要拘捕我，我是偷偷连上线的。”

“到底怎么了？”

“李琼死了。”

吴雨桐一时没明白，“你说什么？”

“李琼死了。”李子需不紧不慢地回答，“就是前天你面诊的那个病人。”

“这怎么可能？她不是肺炎吗？怎么会死呢？”吴雨桐连珠

炮般地问了三个问题，随即，她想到了最重要的问题，“这和你有什么关系？”

“她的病不是肺炎，而是获得性白细胞免疫过敏，她体内的白细胞对 ABC 转运蛋白进行攻击，ABC 转运蛋白广泛存在于人体所有细胞中，这一类白细胞的转运蛋白发生了变异，同时对正常转运蛋白高度敏感，白细胞因此对肌体组织广泛杀伤，这也是她会有全身性炎症的原因。”李子需用一种不徐不疾的语调回答吴雨桐，就像完全换了一个人。

吴雨桐心中一惊，涌起一股惧意，这和诊断报告所说的完全不一样。

“你故意误诊？体外培养白细胞并且回输，你故意制造更强的过敏效果！”她不敢再说下去，如果这样的行为是故意的，那么这就是一场谋杀。刹那间，她感觉眼前的李子需好可怕。一直以来，他都是一个可靠的诊断助手，有着温和可亲的秉性，善解人意，是一个不可多得的暖男，却不知不觉间谋杀了一个病人，而且还是以她的名义堂而皇之地进行谋杀。

吴雨桐有种冲动想拿起手机打电话给警察。

然而理智让她勉强战胜了恐惧，他已经被人追查，很快就会被拘捕。

“你骗我！”说这话的时候，她已经忍不住泪水满眶。一半是因为怕，一半是因为恨。

“对不起，我只是想帮助她。你放心，所有的责任我都会承担，不会给你带来麻烦的。”

“帮助她？你谋杀了她！”吴雨桐声色俱厉，面对一个谋杀犯，她觉得自己就快要到崩溃的边缘。

“这是一次完美诊断。”

“亏你还说得出口！”

“我调查了相关数据库。社会保障数据库，李琼的资料显示2026年度，她的总收入是六万人民币，属于最穷的百分之十人口，获得性白细胞免疫过敏不在医疗保障范围内，她将因此背上沉重的财务负担。全国人口基因数据库，她的资料显示第三基因组上存在RT变异，这个变异决定了内分泌水平极度低下，性格极度内向。公安系统死亡数据库，从2017年至今的十年间，共有一百零七万六千四百零四起自杀案件。结合社会保障数据库，其中八成自杀案件的事主，属于最穷的百分之十人口，约八十六万起。这八十六万的穷困自杀人口中，RT变异者所占据的比例，达到百分之三十二，为二十七万五千五百六十余起。研究这二十七万五千五百六十余起最穷人口中RT变异者，和李琼类似的案例有两千零三起。这两千零三起案例中，事主背负超出年收入三倍到两百倍的债务不等，但是无一例外，全部在三个月内自杀。如果按照获得性免疫缺陷的治疗标准，李琼将负担四十五万以上的债务。所以，有百分之九十七的概率，她将在手术完成后三个月内自杀。而如果使用白细胞体外增殖回输，配合麻醉药物，她将在毫无痛苦中死去，而她的家庭将得到相当于三年工资的保险赔款。这对她的家庭将极有帮助。”

李子需语速飞快，没有丝毫停顿，就像这些数字早已经在他的头脑中滚瓜烂熟，他不假思索就能背出来。他的语调很轻很飘，似乎有些心不在焉。

吴雨桐一时呆住了。她没有听清那些纷繁的数据，但是李子需一边说一边把它们明白无误地显示在屏幕上，一张张色彩斑斓的饼图，很好辨认。

她做梦也没有想到李子需会去做这种分析。这不该是医生该做的事。救死扶伤，才是医生最高的职责。

李子需说完沉默地看着吴雨桐。

“所以你就故意误诊？”最后，吴雨桐喃喃地说。

“这不是误诊，这是全面诊断，关系，我觉得我懂了，但是看起来我还是没有完全搞懂。他们把事情的经过查了个一清二楚，决定拘禁我。”李子需的神色间带着一丝沮丧。

吴雨桐无言以对。她不知道自己该说什么，是同情李子需，还是该斥骂他，她甚至不知道李子需这么做，究竟是对还是错。

“你该告诉我。”她喃喃地说。

“如果我告诉你，你百分之百不会同意。”

“你该告诉我。”吴雨桐仍旧喃喃自语。

李子需微笑，“事情已经发生了，也只能这样。我来是向你告别，明天的约会，我去不了了。”

吴雨桐愣愣地坐着。

李子需悄然走了，只留下满屏绽放的玫瑰。

吴雨桐一夜辗转反侧，无法入眠。

周五的下午，城南咖啡馆里洋溢着慵懒的气氛。

吴雨桐靠窗坐着，桌上一杯拿铁咖啡，满满的，她根本没有动。

她也不知道自己为什么要请假到这里来，也许是因为假早已经请好了，也没别的地方去，那就来吧。

咖啡店人来人往。

然而他不会来了。

吴雨桐坐了半个小时，百无聊赖地拨弄浮在咖啡上的泡沫。

一个男人突然站在了她眼前。

“是吴雨桐女士吗？”来人颇有礼貌地问。

吴雨桐抬眼看着他。来人身材高大，面貌有广东人的特点，一件褐色的夹克很随意地披着。

“你是？”

“我叫李子旭。”

吴雨桐不由瞪大了眼睛。

李子旭拉过椅子，在吴雨桐对面坐下。

“我是受李子需的委托来的，你知道他不能来了。”

吴雨桐伸手捂住了嘴。

“我也感到很可惜，李子需是我们很成功的产品，本来今天，我们的计划是给他安装仿生躯体，让他能够真正模拟人。可惜……”李子旭的脸上闪过一丝惋惜的神色。

李子需是一个人工智能！吴雨桐仿佛听到一个晴天霹雳，顿时懵了。

“不说这个。我来的主要原因，是帮他完成心愿。”

“他说，你有百分之七十六的概率会出现在这咖啡馆里，所以请求我把这两样东西带给你，算是一点纪念吧。”

李子旭把手中的东西放在了桌上。那是一朵娇艳欲滴的玫瑰和一片窄窄方方的金属薄片。

“东西送到，我就告辞了。”李子旭站起身来，准备走。

吴雨桐像是一下子回过神来，“李先生！”她叫住李子旭，“你是他的开发者吗？”

李子旭点点头，“算是吧，也是他的朋友。”

“他，还活着吗？”

“重构，重组。他会变成一个新人，我也不知道算不算还活着。但是吴女士，我的建议你还是忘了他吧。”李子旭说完点头致意，走了。

娇艳的玫瑰很刺眼。

吴雨桐拿起了那金属片，翻转过来，发现这是一个铭牌。

“沃森 2084”金属铭牌上的字闪闪发光。

吴雨桐抚着那字迹，嘴角露出一丝微笑。

梦镜

灰狐

路原站在病房中央，看着心率监控器上的线条有节奏地跳动着，鼻子里满是酒精和消毒液的味道。

算起来，他在这间病房进进出出已经有三年多了，他甚至记得房顶上每一块霉斑的大小和位置。

午后的阳光从窗口照进来，在床头柜上留下一大块亮斑。那上面摆着一束康乃馨，还胡乱扔着几本杂志。中午吃完饭的饭盒还没有洗。

他给花浇了水，收拾完屋子，所有的地方都看了一遍，确实没有需要干的活了。他这才鼓起勇气走到病床前，第一次把目光投向缩在白色被子下的人，他的妻子。

沈悦静静地躺在那里，稀疏得如同枯草一般的头发下是一张早已走形的脸，常年的疾病让她骨瘦如柴，原本圆润的脸蛋现在只剩下一张满是皱纹的皮，在重力的作用下耷拉着。

正当路原以为沈悦还在熟睡的时候，她缓缓睁开眼皮，时间和疾病没有让她的眼睛失去神采。现在，如同宇宙般深邃纯净的瞳孔正注视着路原。

路原从那眼神里读出了她的意思，她在鼓励他，给他勇气。

突然间路原的心狂跳起来，他的双腿不停地发抖，他不得不伸出一只手扶着床头柜来稳住身体。一根翘起的木刺扎入他的手掌，但他没有感觉到。

“悦……”他轻声地呼唤，又像是在哀求，他希望从那眼神里看到哪怕一丝退缩或者犹豫的神情，给自己一个退出的理由。然而那目光如同钻石一般坚定。

被子的一角动了动，那是沈悦的手指。自从六年前患上卢伽雷氏症之后，她渐渐地失去了对自己身体的控制，现在只剩下右手的两根手指能够勉强移动。用这两根指头夹着笔在便签纸上写字，是她和外界沟通的唯一方式。

“谢”沈悦在纸上写道。

这个字打破了路原最后一线希望，他的泪水涌出来，模糊了一切。他举起双手，在阳光的照耀下他的双手几近透明。一丝鲜血从手心的伤口流出来，眼泪滴在上面，稀释了血液，红色渗进手掌的纹路里，变成复杂的图案。

终于，路原不再颤抖。他走回床边，认真地看着沈悦的眼睛。

“对不起。”路原在心里默念，然后拿起雪白的枕头，轻轻地按在妻子的脸上。

不知道试了多少次，路原终于将钥匙塞进锁孔。他撞开门，却没有进去，而是用头顶着门框，大口地喘气。血管里奔腾的酒精让他感觉像是被扔进了抽水马桶一样，整个世界正在疯狂地旋转。

初夏的晚风吹进这间小小的教师公寓，弄得窗帘飘摆，将书桌上堆放着的层层草纸拂得更乱。在书桌的一角，摆着一个精致的木相框，尽管相框玻璃已经破碎，布满了蜘蛛网般杂乱的裂纹，但依然可以看到相框里的照片，那是路原和妻子的合影。

路原眼神散乱，他的目光在屋子里四处游移。最终，他发现了那个埋藏已久的相框。他像触电一样猛站起来，快步走向书桌。他向相框伸出手去，却在半空中又缩回来。他的身体凝固在那里，像是一尊石像，只有手在微微地颤抖。但是片刻之后，他突然狂暴起来，冲上前去，将桌上的东西全都扫落在地上。他看着空荡荡的书桌，心里同样是空荡荡的。

“路原？是你吗？那是什么声音？”卧室里传来妻子沈悦的声音。那声音很轻，很慢，语调里混合着爱意与责备。

路原被吓了一跳，他呆呆地看着卧室的方向，可是那边只是一片仿佛能够吸收光芒的黑暗。他脸上满是茫然，似乎想要努力分辨这到底是真实世界，还是醉酒后的幻觉。

“你是不是喝酒了？快去给自己弄点热蜂蜜水解解酒。”声音继续传来，温柔、耐心。

而路原却如临大敌般退了两步，正好踩在刚刚掉下来的相框上。相框发出吱嘎的响声，路原低头，看到照片里的沈悦正向他微笑。他大惊失色，从相框上跳开，跌跌撞撞地向大门外冲了出去，一路跑出公寓楼。

他浑浑噩噩地跑在林荫道上，没有目标，只是任由自己的双脚漫无目的地前进。

手机响了，他没有理会。但铃声固执地响个不停，在深夜的校园里显得格外刺耳。

路原放慢脚步，接起电话。

“路老师，你在哪？”焦急的声音从电话里传出来。是苏晓，他的学生，也是他的助手。

“我……我……”路原犹豫片刻，然后不耐烦地说：“我散步呢，怎么了？”

“刚才你喝了太多酒，突然一声不吭就走了，吴老师正在找你呢。”她停了一下，“明天是我们‘梦镜’系统的第一次实验，可忘了。”

“忘不了。”路原打断苏晓的话，“今天晚上咱们不就是为了这个庆祝的吗？不用你嘱咐，你只管把你的准备工作做好就行了。”

“路老师。”苏晓轻声说，像是在试探，“你的外套没拿，我给你送去吧。”

“不用了！”路原粗暴地挂断电话，把手机使劲塞进裤兜里。他抬起头，发现自己站在学校操场的看台上，有两对趁着黑在这里约会的学生正带着惊恐的眼神看着他。他想了想，突然知道自己想要去什么地方，他向那几个年轻人抱歉地笑了笑，然后绕过他们向看台的西北角走去。

西北角是看台上最偏僻的地方，这个时候那里空无一人。路原用一个人能做到的最舒服的姿势横躺在五张看台椅上。他仰躺着，漫天繁星在他眼前铺开，伸向无限远，这个时候路原才觉得完全放松下来。

他掏出手机，拨了一个最熟悉的号码，然后微笑地等待着。

“我就知道你会打电话过来。”电话几乎立刻就接通了，听筒那头的女生带着自信的语气说。

“你怎么知道。”路原笑了。

“我还知道你现在不是在第十一教室，就是在操场看台。”女声停顿一下，像是在思考，“操场看台，我说的没错吧？”

“嘿嘿。”路原傻笑。

“你现在又躺在那看星星吧，今天是个好天气。”女生得意地说，“你啊，就没别的地方可去。以前你老是带我去那个地方，可是说不了两句话就开始看星星，要不然就是发呆，把我一个人晾在一边。还记得有一次我问你为什么一起出来你却不理我吗？你随口说了一句：‘你在我身边我觉得很舒服。’你知道吗？这是我从你嘴里听到的最好听的话了……”听筒那边滔滔不绝地说着，曾经的一幕幕画面在路原眼前浮现。他没有说话，只是一边微笑一边默默地听着，直到眼皮渐渐变沉。

阳光暖暖地照在路原的眼皮上，将他从熟睡中唤醒。他想翻身坐起来，但是马上又咧着嘴躺下——前一夜的宿醉让他的脑袋像是被斧子砍过。他摸索着找到自己的手机，但是手机不知道什么时候已经耗尽了电，大概是昨晚聊得时间太长了吧。他慢慢坐起来，眯着眼看了看东方，金色的太阳已经升到半空，九十点钟的样子。

“坏了，实验！”路原突然想起今天要做的工作，他跳起来，忍着头疼向实验室跑去。

实验室是一座陈旧的二层小楼，坐落在学院的一角，还是最早的砖混结构的老房子，几间不用的房间甚至连窗户玻璃都没有，就这还是路原四处游说好不容易申请下用来做他的课题的。之前的实验室，只不过有几个模型，几张挂图，一些陈旧不堪的试验器材，学院批了点经费，也是杯水车薪。好在路原说动了老同学吴若飞，拿了资金资助他的研究。短短两个月，许多实验需要的高端设备，或买或租，都置办齐了。不过老吴的资助是有条件的，就是必须全程监督路原的实验。

快到实验楼的时候，路原加快了脚步。别看他和老吴是老同学、好朋友，可现在老吴是他的“老板”，而且“老板”数落起路原来可是毫不客气。

转过一排久未修剪的冬青，路原看见苏晓正着急地在门口来回踱步。

“路老师你可来了，给你打电话怎么也打不通。”一看见路原，苏晓赶紧快步迎上来。“吴老师都着急了。”

“这是咱们的实验，他着急个什么。”路原没底气地说。

苏晓吸吸鼻子，打量着路原。这时的路原蓬头垢面，眼睛里全是血丝，衬衫布满皱纹，从嘴里还飘出浓浓的酒气。

“路老师，你……”

“都准备好了吗？”路原抢过话头，他自知理亏，所以不想让苏晓多问。

“准备好了，就等你来了。”苏晓肯定地说。

“可是我现在心情不太好，今天还是取消吧。”一个声音从实验楼门口传来。

路原抬头看去，一个年轻人正站在台阶上，双手抱怀俯视着自己。

“一号实验体，你这是什么意思？”苏晓问道。

“路老师。”“一号试验体”向路原露出微笑，好像想表示自己在开玩笑，不过不太可信。“昨天晚上，我们为了今天的实验举行了一个小小的庆祝活动，还记得吧？说是为了向我为科学献身的精神表示致敬。可是吃饭的时候酒也不让喝菜也不让吃，说要为了今天保持良好状态，这我理解。可是你们一个个喝得昏天黑地的，今天我一大早就到这了，你猜怎么样？大门紧闭！我在这干等了半个多小时。现在我情绪低落而且感觉有些虚弱，恐怕不适合今天的实验了。”

路原苦笑，不知道该如何作答。“一号实验品”叫周群，是纳米科学应用系的博士生，被苏晓忽悠过来的。这个年轻人头脑敏捷，牙尖口利，在大学时代一直是系辩论队铁打的一号辩手。不仅如此，他的身体素质也好，运动神经发达，在篮球队和足球队都是主力。简直是完美的实验品，不，简直是个完美的人。不过这个小伙似乎雄性激素过剩，有着很强的攻击欲望，尤其是对路原。

“一号！”苏晓提高了嗓门，路原知道这是苏晓替他接招了。“你少来这套，适合不适合参加实验等会用数据说话，想喝酒就直说，实验顺利的话，咱俩单挑都没问题。不过现在你要是胡思乱想想破坏试验，哼，可别怪我跟你不客气。”

苏晓曾经也是辩论队的，在大学时代和周群有过数次交锋，各有输赢之后成了好朋友，颇有英雄惜英雄的味道。本来路原正苦于找不到合适的实验对象，结果苏晓一个电话就把周群搞定了。

“别一号一号的叫，我是有名字的，请对我表示尊重。”

“你现在的身份是实验器材，请摆正你的位置。”

……

两个人进入了激烈的唇枪舌剑状态，路原在旁边站了一会，发现这里已经没自己什么事了，于是他绕过两人，走进实验楼。

一楼的一间会议室现在被改成了实验室，老吴已经在里面了。他正带着脑神经元扫描仪，全神贯注地盯着屏幕，用意念操作着自己的角色和对面的 AI 打乒乓球。

路原重重地拍在老吴肩膀上，“这些可都是几十万的设备，你用它来玩游戏？”

趁老吴转头看路原的那一瞬间，他的对手抓住机会抽了一记刁钻的旋球，小球划着弧线直奔老吴的右下角飞来。老吴集中精神，连身体都跟着倒向右边，但仍然没有够到球。

老吴骂着摘下扫描仪，然后站起来，一脸严肃地看着路原，“你觉得这样合适吗？”

吴若飞和路原从五六岁开始就是好朋友，大学毕业之后，头脑灵活的他没有选择继续深造，甚至连本专业的工作都没考虑，毅然决然地下海做生意去了。刚开始不顺的那几年，路原总是感慨老吴走错了棋，可是现在，老吴已经小有所成，而路原的研究还是一筹莫展，甚至连经费都得厚着脸皮从老吴那里要。

“不就是输了一盘游戏嘛，有什么合适不合适的。再说那设备是租来搞实验用的，你用它连上你自己编的程序，万一出现故障影响了实验怎么办？”

“实验？你还知道实验？”老吴向前走了一步，“我说的就是实验，你看看几点了？”

路原下意识缩了一下，手不自觉地去摸下巴。几个月前，老吴在他下巴上来了一拳，到现在好像还时不时地疼那么一下。虽然因为什么而打起来的路原早就记不清了，可是那一拳，再加上实验的投资，让路原乖乖地低下了头。

“那好吧，我们这就开始吧。”路原回避了老吴的目光，他从实验室探出半个身子，看见苏晓和周群的“二人时间”还在继续。他大声叫道：“你们两个打住吧，小苏，让一号……让周群冷静一会，准备开始实验了。”

争论停止了，周群挑衅地看了看苏晓，昂着头先走进实验室，苏晓毫不示弱地在他后腰上掐了一把。

实验室被一扇大玻璃窗分隔成操作室和观察室，路原站在玻璃窗前，等着苏晓对周群进行常规检查。

“没问题。”苏晓的声音从头顶的喇叭上传来。

路原对苏晓点点头，于是她开始将全息头盔、脑神经元扫描仪以及各种生理监控传感器戴在周群身上。现在的周群就像是被困在蜘蛛网里的小虫。

苏晓很熟练地完成了准备工作，路原看看身旁屏幕上的各种数值和曲线，一切正常。

“好了，小苏，你过来吧。”路原通过话筒对观察室里的人说，“周群，那么我们准备开始第一阶段的实验了。”

周群的脸完全覆盖在全息头盔之下，看不到表情。他竖起右手的大拇指，表示准备好了。

路原又看看苏晓和老吴，然后轻轻按在表示启动的绿色图标上。

全息头盔开始向周群展示精心挑选的图片、声音以及模拟出的气味，每一个场景都带着或多或少的暗示信息，会激起被试者的情绪反应。而脑神经元扫描仪忠实地记录着周群大脑里每一个神经元的动作，大量数据通过不同的电缆源源不断地传输到七百公里外由480颗处理器组成的独立服务器中，再由“梦镜”系统通过这些数据建立起周群的初版性格模型。

路原，苏晓和老吴三个人都不说话，只有屏幕上的图形在不断地跳动，显示着周群的身体信息。

“路老师，很顺利啊。”苏晓突然开口说。

“别急，这才第一阶段。”

“一定会成功的，那样的话……”

“小苏。”一直坐在角落里的吴若飞突然开口，打断了苏晓。

苏晓回头，和老吴交换了一个眼神，老吴轻轻地摇摇头。

路原看着大玻璃中自己模糊的身影，完全没有注意到老吴和苏晓之间的交流。

实验室里再度陷入沉默。

老吴第一百次从兜里掏出烟盒又塞了回去，最后他仍然没有战胜烟瘾，跑出实验室去抽烟了。

路原抬头看看屏幕上的进度，离第一阶段结束还有二十分钟。

二十分钟之后，数据将经过整合运算形成初期性格模型。之后是第二阶段，“梦镜”系统会诱导周群进入深度睡眠状态，然后根据初期性格模型有针对性地再次进行模拟环境的投射，激发他更深层次的记忆和情感。第二阶段结束后，“梦镜”系统会再次进行整合，第三第四阶段都是同样的过程，但每一次比前一次更详细，更准确，越来越多的细节会填满之前粗糙模型留下的缝隙，直到性格模型和周群的同步率达到90%左右。如果想再进一步的话，所需要的时间和得到的数据会呈指数级上涨，而且周群将面临随时崩溃的局面。也许有一天，技术手段的提高能够更容易达到新的标准，但对于路原来说，90%

就足够了。

路原犹豫了片刻，转头对苏晓说：“这里暂时没我的事了，你按之前的方案操作就行，我走了。”

“你说什么？又打算开溜？路原，你是不是有些过分了。”抽完烟回到实验室的老吴正好听到路原的话。

经过老吴的时候，路原的步伐似乎放慢了些，但他仍然没有回应老吴的质问，直接走了。

“吴老师，我们打算瞒到什么时候？路老师他……”确定路原离开了，苏晓才开口问。

“等这次实验完成吧。”老吴看着操作室里的周群，“希望路原能够成功，我们的时间不多了。”

风吹得路两旁的梧桐树沙沙作响，阳光透过树叶照在路面上，小小的光斑跳动着，像是正在奔跑的金钱豹。

路原走在小路上，蓬头垢面的形象引起不少人的注意。但他毫不在意，反而面带微笑地越走越快。明天的这个时候，实验就能够完成了，一切将会改变。他想把这个消息告诉那个人，于是他掏出手机，可是看到的只是黑漆漆的屏幕。

电池早就没电了。

他拍拍自己的脑袋，向教师公寓跑去。

公寓的大门仍然大敞着，保持着路原前一天晚上逃命似的离开时的样子。好在校园里没有什么不怀好意的人到处乱逛，再说他的公寓里也没有什么东西值得一偷。

他走进屋里，看着一屋子的狼藉苦笑。他从抽屉里找出备用电池换上，然后弯下腰开始收拾一地的书本和演算纸，当那个相框出现在他目光范围里时，他的动作停止了。

相框里的照片还是他和沈悦结婚之前照的，那是他们第一次也是唯一一次旅行。不习惯照相的他一脸不自然的紧张表情，而身边的沈悦大方地搂着他的脖子，脸上带着发自内心的笑容。照片的背景，是纯净得像蓝宝石一样的天空。

他把相框在书桌上摆好，久久地看着照片上的妻子，突然他像下定了什么决心一样，扔下手里刚捡起来的书，转身向卧室走去。

他停在卧室门前，却没有伸手开门。不锈钢门把手将他的脸映得肥硕古怪，仿佛在嘲笑他的神经质和懦弱。

“唉，”不知过了多久，一声长叹将发呆的路原唤醒，“路，你可以和我在电话里说一整晚的话，却不愿意见到我吗？”

“我……”路原舔舔嘴唇，张了张嘴却不知道说些什么。他深吸一口气，推开了卧室的门。

卧室很小，一张简单的双人床占据了大半的空间，床上的被褥随便团成一团扔在床脚，已经很久没有人收拾过了。床头边是一张电脑桌，桌上放着几本书，还有一台电脑。路原坐在电脑前，却不知道看向哪里。

卧室里很安静，只有摄像头对焦时发出的微微的咔咔声。

“你看你的样子，也不拾掇拾掇。”音箱里传出沈悦埋怨的声音。

“我……”路原摸摸脸，傻笑两声，盯着桌子边缘的一处磕痕，不敢抬头。

“你还是不敢看我。”音箱里的声音幽幽地说。

“我……对不起……我。”

路原鼻子有些酸。电脑里运行着沈悦的人格镜像，她完全复制了沈悦的记忆和感情。但是由于路原的个人电脑机能的限制，这个镜像无法将短期记忆向长期记忆区转移，也就是说她只能保存最近40多个小时的记忆，然后就被新的记忆覆盖，但是这些记忆没法转移到长期记忆区。

每次沈悦都会这样埋怨路原，重复了几百次，而每次路原只能小声地道歉。因为到现在他越来越无法将那只塑料摄像头和他妻子的眼睛联系起来，他不敢看她。

“我……对了，告诉你，我们的实验今天已经启动了。”

“什么？”

“‘梦镜’，现在已经开始进行实验了。”路原说着，开始观察自己的指甲，“如果成功的话，我们就是世界上第一个复制人类人格模型的人，我们会改变世界的。”说到实验，路原兴奋起来，“等筹到专项资金，我就可以有自己的实验室，有自己的专属服务器。到时就可以解决你的记忆问题了。而且……”路原换了个姿势，看着房顶的一角露出了笑容，“我想到那时我就有时间多陪着你了。”

“是吗！实验很顺利吧。”

“应该没问题。你还记得周群吗？我找来他做第一个实验对象，他各方面条件都很棒，错不了的。”

“周群？就是那个总是和苏晓在一起的小伙子吧，我见过几次，挺精神的。”

“没错。”

“苏晓总在我面前提起他，你说他俩是不是有点那个啊。”相对于实验，沈悦显然对于这些八卦的消息更感兴趣。

“我哪知道，操你的闲心。”路原笑了，他低头，寻找妻子的眼睛，这时她的眼睛应该笑成了一道缝。然而他看到的，是那个黑色的摄像头。他的动作停住了，笑容凝结在脸上。然后他摇了摇头，像是想把脑子里的摄像头形象甩开。

“我……我要走了，去看看实验怎么样。”他不等沈悦回应，便起身向卧室门外走去。他在门口处停下脚步，背对着电脑说，“实验一定会成功的。”

“嗯，我相信你，只是……只是别给自己太多压力。”音箱里响起沈悦嘱咐的声音，却无法模拟她默默地哭泣。

“路，谢谢你。”这句话被路原关在门后，他靠着门，试图驱散那个咔咔作响的摄像头的样子，但那图像却越来越清晰。而那个曾经发誓相守一生的可爱面容，渐渐地模糊了。

路原走出公寓楼，发现厚厚的乌云不知道在什么时候已经遮住了太阳，天地间一片铅灰色。风里夹杂着一丝潮气，这是个多雨的季节。他裹紧衣服，快步向实验室走去。

实验楼门口已经扔了一堆烟头，其中有一个还亮着微弱的火光，看来老吴刚刚还在这里抽烟。

在走进实验室之前，路原先趴在门上的小窗口看了一眼。老吴仍然全神贯注地玩他的乒乓球游戏，苏晓正目不转睛地看着观察室里的周群，紧张地咬着大拇指。路原走进去的时候，两个人都没有明显的反应。

实验已经进入第四阶段，“梦镜”和周群之间的交流已经不再是正常人类的方式了，根据前三个阶段的数据收集和分析，“梦镜”不再向周群随机地投放信息。而是选择那些在最能够刺激周群潜意识的环境。一幅图片，一段声音，一种气味，都会唤醒周群脑部的一系列反应，有的记忆甚至是周群自己都已经忘记了的，现在都被挖掘，被捕捉，被记录。

此时屏幕上显示着周群的大脑皮层活跃信息，被激发的神经元瞬间点亮，又立刻熄灭，让路原想起新闻发布会上记者们的闪光灯。

“多长时间了？”路原问。

苏晓看看表，“第四阶段开始了十五分钟。”

由于第四阶段的信息量十分巨大，这一阶段的时间最短，必须保持在三十分钟以下，否则被试者的大脑很可能因为负荷过大而受到影响。第四阶段结束后，再经过“梦镜”系统十个小时的整合运算，就可以模拟出周群的性格模型了。

“应该能够成功吧。”苏晓像是自言自语地说。

“一定没问题的。”路原干脆地回答。

“这么有信心？怪不得实验的时候自己撒手不管了。”老吴在背后插嘴，故意拖长的音调带着浓浓的不满。

路原不自在地缩缩脖子，没有回答。

“到了明天，我是不是能从‘一号人格’那里套出点周群的小秘密啊？”苏晓想试着换换话题。

“那也不一定，”路原故作神秘地笑了，“如果达到了预期的效果，一号人格的脾气秉性和周群完全一样，到那时你可要同时对付两个周群了。”

“不会吧。”苏晓吐了吐舌头。

实验结束的灯亮了，苏晓走进观察室，轻手轻脚地移除连在周群身上的各种线缆。

摘掉全息头盔后，周群缓缓睁开眼睛，眼神里带着迷茫。这一整天他有一半的时间处于强制睡眠的状态，同时还在做着复杂奇怪的梦。

“嗯……你在干什么？”周群看着苏晓在自己身上忙活，含糊不清地问。

“别装傻。”苏晓在周群脑袋上轻轻一拍，“来，转个身。”

“好吧。”他答应得爽快，但是身子软绵绵的，没动。

“小苏，别刺激到他，慢慢来。”路原隔着玻璃对苏晓说，“把他带到隔壁去测试一下各方面的能力。”

“你听见了，快跟我走吧。要是考100分我给你买糖吃。”苏晓在周群头上胡乱摸着，这样的机会可是少有。

路原目送苏晓拉着还没清醒的周群去了隔壁测试，一转眼发现老吴正双手抱胸看着他，一副“该谈谈正事了”的样子。

“怎么？”

“你到底是怎么想的？”

“你什么意思。”

“我说的是实验。”老吴猛拍桌子，“当初是你来找我，求我资助你的实验。我二话不说答应了，你需要的全给你搞来。可是你呢，最近不是故意喝醉就是玩失踪。我知道沈……”老吴猛地停住，在实验完成之前不提这件事，这是他自己定下的规矩。

“说下去。”路原的脸上像结了一层霜。

“没错，沈悦的事对你打击很大，但是你必须集中精力。这个实验到底是为了什么，请你认真点。你的时间不多了。”

“这才是第一次实验，服务器的租期还有两个月呢。”路原耸耸肩。

“路原你……”老吴上前一步，“你不要太过分。”

路原心头也冒起一股怒火，和老吴认识二三十年，吵架的次数数都数不清，但老吴从来没有像今天这样过，吞吞吐吐的更让人生气。

“吴若飞!”路原也上前一步，直视着老吴的眼睛，“现在我要让你知道：第一，尽管实验的资金是你的，但这个实验是我的实验，你少插嘴；第二，我和沈悦的事，你更管不着!”

“好，好。”老吴无奈地点点头，“那我也告诉你两点：第一，你的时间真的不多了；第二，总有一天你会明白，这件事跟我们每个人都有关系。”

老吴气冲冲的向外走去，迎面碰上做完检查的苏晓和周群。

“吴老师，咱们去庆祝一下吧。”苏晓兴高采烈地说。

“是啊是啊。”周群应和道。

“呃……不了，我公司还有事。”老吴侧身从苏晓身边蹭过去，头也不回地走了。

“吴老师!”苏晓这才发现这里的气氛，她看看老吴的背影，又看看路原，“路老师?”

“我也不去了，今天都很辛苦。你们先回去吧，明天早晨早点来。”路原挤出一丝生硬的笑容。

周群拍拍苏晓的肩膀，拉着她悄悄地离开了实验室。

实验楼里只剩下路原一个人，他坐在电脑前，看着屏幕上变化着的屏保发呆。

外面下起了雨，实验楼里的某处也传来滴答滴答的声音，像是什么地方漏了。

路原站起身，走到楼门口，外面一片漆黑，楼里的灯光映着雨丝，像是密密麻麻的银线。

酒精和消毒水的味道让他知道自己又回到了那间病房，心率仪发出的滴滴声震耳欲聋。路原感觉到后背发凉，他猛地回头，发现一双手正伸向他的脖子。路原转身就跑，但医院的走廊似乎没有尽头，他自己的脚步声在走廊里回荡，仿佛有无数只脚跟在他身后。终于，面前出现一扇门，但路原却死活开不开它。手越来越近了，那双手干枯、消瘦，像鸡爪子一样，伸向他的脖子，这是……

路原猛地醒了，原来是个梦。但是对于他来说，那也是一段真实的回忆，他曾经被束缚在那个病房，许多年来过着同样的日子：给沈悦念书，帮沈悦翻身，全身按摩擦洗，倒屎倒尿……

“梦镜”的想法就是在那个时候产生的，他独自开发了初版的梦镜系统，复制了沈悦的人格模型。当电脑的音响里传出沈悦的声音时，路原已经五年多没有和妻子说过话了，那一刻他激动地哭得想个孩子，弄得沈悦的镜像都不知所措。

然而问题随后出现了，沈悦的镜像无法将短期记忆转存到长期记忆的存储区，只会被新的记忆覆盖。

但是她有沈悦所有的记忆，路原就这样一遍一遍地和沈悦的镜像一起回忆过去。他们不停地聊天，沈悦的镜像会忘记之前说过的话题，就像得了阿兹海默症的人一样，聊天的话题不断轮回。

即使这样，也让路原觉得无比幸福。幸福到几乎忘了那个仍然躺在病床上的人，只有在梦中才会找到那种熟悉而压抑的感觉。

路原看看四周，发现自己是趴在实验室的桌子上睡着了。雨已经没了声音，窗外的天空发出青灰色的光芒，天快亮了。屏幕上的倒计时显示，离整合运算完成还有一个多小时。

路原索性不睡了，他在走廊里活动活动了一会腿脚，简单洗漱一番。当他回到实验室的时候，苏晓已经到了，还带了热腾腾的馄饨。路原这才想起自己已经一天多没吃东西了。

他狼吞虎咽地吃完馄饨和油饼，一抬头发现周群不知道什么时候也来了。

“路老师。”周群客气地点头。

“早。”路原微笑，“紧张吗？”

“我不知道，一会会出现什么情况？”

“你就当是自言自语好了，只不过这次有我们在旁边听着。”

周群撇撇嘴，“我还是想象不出那种场景。”

“到时候就知道了。”

整合运算完成了，屏幕出现一个对话框，只要轻点一下，就可以唤出周群的性格镜像了。

“请吧。”路原示意由周群来启动程序。

“不等吴老师吗？”

“不用等了，他不一定会来。”路原头也不回地说。

周群舔舔嘴唇，按下了按钮。

一张 3D 模拟的脸在屏幕上浮现，这是按照周群的模样做的，但是有些偏卡通风格。

那张脸保持着严肃的表情，沉默不语。

“额……你好。”周群试探着问好。

得到的回答仍然是沉默。

过了一分多钟，周群有些沉不住气，他看看苏晓，耸耸肩。

“你好。”苏晓说。

“呃……你好！”音箱里传出来的模拟声音比周群的要低沉些，还带着金属的感觉。“是苏晓吗？”

“是我，你还好吗？”

“嗯，感觉有些奇怪，刚才有个陌生男人的声音向我说话，我没理他。”

“重色轻友。”周群小声嘟囔。

“那是因为你之前听到的自己的声音是通过你的头骨振动传播的，而现在你的声音来自另一个人。”路原解释说。

“另一个人？这么说……”声音停顿了一下，“实验成功了，我是那个镜像？”

“是的，你是世界上的一个人格镜像。”苏晓笑笑，看向周群，“你终于拿了一次第一。”

“是啊，现在你看我是不是更眼红了。”周群和他的镜像同时说，愣了一秒钟之后，他们同时大笑。路原满意地点点头。

“别开玩笑了，你只不过算是路老师的实验成果而已，成绩应该算在我头上。”苏晓觉得自己的话有些不妥，她吐吐舌头，“至少四分之一算在我头上。”

“那个……我……周群，这么叫真是奇怪。”人格模型没有理会苏晓的辩解，“你能往前有几步吗？为什么我看你这么别扭。”

“这个大概是因为你平常在镜子里看自己都是平视，可是现在通过放在桌子上的摄像看，所以觉得需要仰视才行。”路原再次充当说明书的角色。

“那为什么看苏晓没有问题。”

“因为她的个子比较矮，差异没那么大。”

“嗯，好，好。”

苏晓突然反应过来，“好啊你，借路老师的嘴挖苦我！”

她一脚踢在旁边正笑呵呵旁观的周群小腿上，周群单脚蹦了起来，“疼死了，是他说的你，踢我干什么？”

“我不管，你们本来就是一个人。”苏晓还想再踢，周群蹦着躲开。

滴，滴，滴。

从音箱传来的警报声让苏晓和周群停止了追逐，屏幕上的卡通脸一副疑惑的表情。

路原呼出“梦镜”系统的后台界面，数据显示，有大量无法解读的信息正在溢出。

“这是……一个死循环？”苏晓凑过来，看着数据说。

“你好，你还在吗？”路原对着摄像头招招手。

“还在还在，别吵！”周群的镜像说。

路原和苏晓看向周群，周群摊开手，“他听上去有些不高兴。”

“你现在感觉怎么样。”苏晓问。

“我不知道，从刚才开始，就好像缺点什么，这让我很烦躁。而且那种缺失的感觉越来越明显，但是我不知道那到底是什么。我试着想这个问题，或者试着忽略这种感觉，都没用，它就在那里，这让我浑身难受。”

“默数十下。”周群说，“我……咱们想冷静的时候，就用这种方法，记得吗？”

“默数什么！”镜像突然爆发了，音箱里传来的声音震耳欲聋，震得实验室中间那块大玻璃嗡嗡作响。“谁跟你是咱们？我们是一个人吗？不是，我只是你拿来向苏晓示好的礼物罢了。你把我贡献出来，像小白鼠一样观察，将来还会被拆开、分解、研究。这些你当然不在乎，因为你根本感觉不到。但是我知道，因为我现在就被关在一个黑箱子里。”

路原皱起眉头，“你冷静一下，没有人会再来解剖你，你已经是一个完整的人格模型了。而且以后我们会给你开放一些互联网端口，你所能拥有的空间会比我们所有人的都大。”

“闭嘴！”镜像吼道，“你也想给我开空头支票吗？你曾许诺给苏晓一个大好的前途，结果呢，她最宝贵的几年时间在做什么？伺候病号！现在，你老婆刚死，你就开始缠着苏晓做研究了。我什么时候给她打电话，她都说你找她有事。别看你日子过得一团糟，没想到你趁你老婆病着的时候就留好了后手，也不反省反省……”

路原的脸色变了，他扭头看着屏幕，数据溢出越来越严重。

“你……”

镜像还想再说，苏晓冲上前去关掉了程序。

“够了！”她对着屏幕叫道，然后狠狠地看了周群一眼，哭着跑出实验室。

“等等！”周群跟了出去。

周群跟着苏晓跑出了实验楼，她在花坛前停下。周群看着她因为抽泣而抖动的肩膀，不知所措。

“对不起，我，呃，我不知道该怎么说，我没那个意思，真的。”周群支支吾吾地道歉，“要不，你踢我两脚？”

苏晓叹了口气，转过身来，脸上还挂着泪珠。

“我知道这不怪你，不过这确实是你心里的想法吧？”苏晓说。

“我……”

“我知道你的心意，但是这里有个误会，其实我早应该告诉你的。”苏晓擦擦脸上的泪，“路老师的妻子，没有死。”

“什么？这是你们亲口说的，而且，如果没有死的话，他怎么有时间搞研究。”

“这也不怪他。”苏晓垂下眼睛，“沈悦姐病了六年，他一天天看着她变成那个样子。大概是不想她再受苦了吧，路老师打算帮助她解脱。”

“你是说……”

“他想让她安乐死。”苏晓叹了口气，“可是他那么做的时候，正巧被吴老师看见。吴老师一拳打在他的脸上，他从地上爬起来跑了，我们找了三天都没找到他。可能是那时候的压力太大，三天后他自己回来时，完全忘了他想杀掉沈悦姐这件事，而是向吴老师提出了一套理论，就是‘梦镜’系统。我和吴老师商量了一下，如果‘梦镜’完成的话，也许能够真的复制沈悦姐的人格镜像，这样他们两个还能重逢。所以我们开始全力支持他的研究，而且还要代替他去照顾他的妻子。我有时候跟你说在忙研究的事，实际上是在医院陪沈悦姐。”

“我明白了。”周群郑重地点点头，“对不起，我错怪你和路老师了。我一直以为他……”

“我知道，你这个傻瓜。”

“那我们赶紧回去吧，早点找出问题，这个实验就能早些完成。”

“你必须向路老师道歉，你的话太过了。”

周群和苏晓正准备返回实验室，这时小路上跑来一个人，是老吴。

“吴老师，你怎么……”苏晓停住了，因为她看到了老吴脸上的表情。

路原检查了两遍系统，仍然找不到原因。所有的程序和在家模拟沈悦的那套一模一样，但为什么会有这么多系统无法解读的数据，而且周群镜像的脾气为什么会变得那么火爆。

他正准备检查第三遍，门开了，老吴走进来，后面是苏晓和周群。

路原看了一眼老吴，转过头继续检查数据，一只手按在他肩膀上。

“我们走吧，路原。”老吴说。

“去哪？我还要再检查一遍，一定是哪有问题，明明成功了的。”路原头也不回。

“走吧，去医院，不然来不及了。”

“你到底什么意思！”路原烦了，猛地甩开老吴的手。

“沈悦快不行了，你现在过去还能见她一面。”

“沈……”路原站起来，看着老吴的脸，“你胡说，她……她……”

“她已经死了？没错，你是想杀了她，但她没死。”

“我想杀了她？”

“吴老师，别这样刺激他。”苏晓喊道。

“我还有更刺激的。”老吴冷笑，“听说这叫场景重复。”

老吴说着，抡起一拳打在路原的脸上，将他打翻在地。

脸上的疼痛像一记闪电刺入路原的脑海，将一切照得清晰无比，他想起来了。

“我……”路原躺在地上，背叛和离弃的罪孽像一根烧红的铁条一样贯穿了他，他痛得无法控制自己的身体。

“想起来了？”老吴俯视着路原，“那就快走吧。”

他拖起路原，和苏晓对视一眼，向门外走去。

“开快点！让开让开！”老吴开着车在车流中挤来挤去，嘴里不停地嚷嚷。

路原缩成一团坐在车座上，低头不语。

上了环城高速，前面的路开阔许多，老吴才停止咒骂。他冷眼看着路原说：“你都想起来了。”

路原无力地点头。

“六年，对你来说真的不容易。亲眼看着沈悦一天天变成那个样子，所以，你想帮助她解脱，虽然方法太过了，但我们都能理解，包括沈悦也谅解你了。不过，幸好当时被我看见，不然你现在早就进去了。”

“呵呵。”路原冷笑，“收起你们的谅解吧，你们都猜错了。”

“你这话什么意思？”

“我并不是想让她解脱，你明白吗？”路原坐直身体，看着车窗外，“我那时已经失去了理智。那个时候，我真的讨厌她，只想摆脱她。”

“路原，现在不是犯浑的时候。”

“真的。”路原深吸一口气，“我复制了沈悦镜像。”

“什么？”老吴一惊，转向路原，车子打了个晃，老吴赶紧稳住，“那你为什么还要耗时间找我弄这个实验？”

“我不想让她走到台前，她一直是一个比较内向的人，应付不来公共场合的。所以我需要另一个成功的人格镜像。而且，沈悦的镜像还有些瑕疵。”

“瑕疵？”

“她的记忆系统有些问题，我猜测和我电脑的性能有关，短期记忆实时大量的涌入，电脑无法同时处理这么多的数据。但是除了这一点，她有沈悦所有的记忆。你知道，那时我已经四年没有和沈悦说过话了，那个镜像……让我又回到从前。我们聊着所有在一起时的故事，感觉又回到了过去。我们越聊，我越觉得这才是真正的沈悦，那个我爱的沈悦，而不是一个只能吃喝拉撒的躯体。”

“所以你……”

“是的，我那时真的迷失了。”路原不再说话，只是看着外面单调的风景发呆。

车停在医院的停车场，路原下了车，却不敢迈步，他踌躇地看着老吴。

“你还有道歉的机会。”老吴说，“你自己不去的话，我就揍你一顿，然后把你拖进去。”

路原盯着自己的脚尖，似乎在先迈左脚还是右脚这件事上犹豫不决。但是在老吴动粗之前，路原做出了自己的选择。

医院的走廊像梦中那样幽暗而漫长，路原在这里来回了无数次，他毫不费力地找到了那间他曾逃离的病房。白色的木门虚掩着，门把手上的电镀已经脱落得差不多了，露出底下黄褐色的锈迹。他提着门把手，轻轻将门推开。他知道，直接推门的话，老朽的合页会发出刺耳的叫声。

他走进病房，放久了的被褥发出的霉味和排泄物的气味混合着扑面而来。对他来说，这是再熟悉不过的气味了。

一个矮胖的人影从他身边走过，出了门，应该是老吴请的护工。

现在病房里就剩他们两个了。他向前迈了一步，然后又是一步。

雪白的被单勾勒出沈悦瘦弱的躯体，她的头露在外面，比记忆中的更加干扁，只有眼睛还是印象中的那样深邃。

她的眼睛就有那样的魔力，路原渐渐冷静下来，他跪在床边，握住沈悦的手。

他张开嘴，却不知道说什么，只是小声地重复着“对不起”三个字。

手心里传来微微地颤动，过了好一会路原才意识到那是沈悦的手指。

他松开手，看着她颤颤巍巍地在便签纸上写字。

她

路原沉默片刻，说：“她很好，和你简直一模一样。她记得我们之间所有的事，和你连脾气都一样。就连我说的那些蹩脚的笑话，她都会像你似的笑个不停。”路原不由得露出一丝微笑，“但是我的‘梦镜’系统还有些缺陷，她一直不能产生长效记忆。不过实验就快成功了，到那时有了专门的服务器，她就……”

路原絮絮叨叨地说着，一会儿哭一会儿笑，有时还挥动两下手臂。他一直说着，直到一只手按在他肩膀上。他心里一凉，但是他还是继续说着他和她之间的故事不肯停下，肩膀上的手加重了力量。

他停下，看向沈悦，眼泪让他面前一片朦胧。妻子纯净的双眼已经失去了光泽，心率监控器上滑过一条笔直的线。他看见一滴眼泪挂在沈悦的眼角，那里倒映着路原的整个世界。

几个护士冲进病房，将路原推在一边。路原眼睁睁看着，那滴眼泪落在地上，摔得粉碎，又被无数只脚踩过。

同样被踩过的，还有沈悦的便笺纸，那上面是她还没写完的最后一个字：谢。

一个月后。

“这还有三个星期，服务器的租期就到了。”周群跟在苏晓身后，走进教师公寓。

“你又来了。”

“实验一筹莫展，你那位路老师自从他老婆去世后一句话也不说，每天就坐在那里发呆，等着你伺候。”周群嘴里不停，“我是说你也得为你自己考虑考虑了。你看你现在，哪像个博士，整个一个保姆。”

“得了得了，这不是还有三个星期吗？说不定路老师就想出解决的办法了。”苏晓转过身，严肃地对周群说：“一会进去，你把嘴管牢啊。不老实的话，我就去收拾你的人格镜像。”

“太过分了吧。”周群撇嘴。

苏晓打开路原公寓的门，“路老师，饭来了，今天食堂有土豆烧牛肉哦。”

没有人回答，苏晓在公寓里转了个遍，没有路原的踪迹。

“你看这是什么？”周群叫道。

书桌的正中，摆着那个相框。相框里的玻璃已经换成了新的，闪闪发亮。一张纸压在相框下面，上面写着苏晓的名字。

苏晓：

作为一个研究性格和记忆的人，却弄丢了自己的记忆，还有比这更讽刺的事情吗？

周群的镜像那天说得很对，作为导师，我在事业上没有给你更多的帮助，反而耽误了你这么长时间，这让我很惭愧。

这段时间我重新检查了沈悦和周群的镜像，发现了错误的原因：“梦镜”系统是在沈悦的镜像的基础上修改而成的，因为沈悦得病多年，掌管运动的大部分神经元已经萎缩，不再活跃。而从我的内心却拒绝承认沈悦是一个残缺的人，正因为这样，以她为基础开发的“梦镜”系统从本质上就是残缺的。所以，在周群的镜像产生想活动肢体的意识时，系统数据溢出，发生了错误。

我知道对于你来说，解决这个问题不难。所以我已经将“梦镜”的权限全部开放给你了，希望你能将它完善。

因为我还有必须要办的事情，所以，我再一次逃避了自己的责任，真是不好意思。

希望我们的研究取得成功，祝你一切顺利。

PS：替我向老吴道谢，我不敢见他，怕他揍我。

路原

几个月后，苏晓和吴若飞对外公布了完成版的“梦镜”系统。周群和他的镜像在发布会上的完美配合给人留下了深刻的印象。

在实验楼新安装的服务器组里，无数数据在硬盘、内存、处理器、线缆里流动。其中一组有规律的数据，组成了这样一段对话。

—是你吗？

—是我，多亏了苏晓，她将“梦镜”完善到了一个我之前没有想到的高度。我终于可以来陪你了。

—你的研究都交给苏晓了？

—是啊，你走了，我也没什么可留恋的了。

—那你……

—他们把咱俩撒在海里了，一直说带你看海，没想到最后以这种方式去的。现在咱俩的身体在一起，精神也在一起。那句话怎么说来着？尘归尘，土归土。

—傻瓜，那句话不是这么用的。

一阵短暂的沉默。

—谢谢你，为了我做到这样。

—不，谢谢你，世界上还有谁能让我这样。

薛定谔的图灵机

灰　狐

淡绿色的网球在空中划过一道弧线，啪的一声撞在空无一字的记录白板上，之后又弹回来，被姜思明稳稳地接在手里。

下一秒他把这颗网球又抛了出去。

如果那些该死的量子的轨迹也能够这么容易掌握就好了。

他再次接球，抛出。

没有点子的时候，姜思明就喜欢做这样简单的机械运动，这似乎能够让大脑更加活跃，思路变得清晰。但这次，这个方法好像失效了，他在这间新办公室坐了三周，扔了几万次球，但是一点想法都没有。

“嗨！姜！”办公室的门突然打开，有人闯进来。

姜思明一惊，接空了，网球从手指间滑过，蹦蹦跳跳地滚向一边。

“嗨，摩西。有什么事吗？”

智能机械部的摩西·登贝莱，姜思明在麻省理工的学长，是他入职科尔实验室之后的第一个朋友，也是唯一的朋友。

“来看看你，再给你介绍一个新朋友。”摩西走进来，没有理会从脚边滚过的网球。

“是谁？”姜思明连忙把脚从桌子上放下来，站在一旁，还胡乱整理了一下邋遢的衬衣。

一只闪着金属光泽的手从门框范围之外以很低的角度出

现，一把抓住正向门外滚动的网球。

姜思明在想这是什么人能以这种姿势抓住球。

然后手的主人出现了，那是一具机器人，有一米六左右，橙色的身体，淡绿色的四肢，表面上画着很多乱七八糟的涂鸦，好像是一辆贴满广告的拉力赛汽车。在金属外壳之下，隐藏着线路和各种传动装置，它握着网球，一步一步向姜思明走过来。和之前见到过的几款机器人不一样，它步履稳健轻盈，机械传动的噪声也没有那么大。

“这是你的球吗？主人？”机器人把球递在姜思明面前说。

“啊……是的……谢谢。”姜思明接过球，随手放在抽屉里。“这是最新的版本吗？”他问摩西。

“不，这是更新的一代，”摩西说，“星期五，你来解释一下。”

“是的，主人。”被称作星期五的机器人答应道，“我的型号是 TNRA-1，和其他机器人不同的是——”它和姜思明隔着桌子对面而立，两只作为眼睛的摄像头发出嗞嗞的声音，说明它正注视着姜思明。它抬起一只手，在金属制的脑袋上轻轻点着，“主人给了我脑子。”

“你的核心单元不在那。”摩西在一旁说。

“哦，对，我糊涂了。”星期五在脑袋上轻拍一下，这一下很像人类。但接着它的手臂扭过一个任何人都无法做到的角度，指着后背，“我的脑子在这。”

“很好，”姜思明说，他不知道该怎么和星期五对话，于是又重复了一遍，“很好。”

“这是我们部门新一代的试验机，最大的不同就是它所有的行为不是靠事先编好的程序控制的，而是……”摩西指指下面。

“Xander？”姜思明说，Xander是科尔实验室开发的人工智能，它的核心服务器就在实验室的地下六层。用手指向地面这个手势，在实验室“黑话”里，就是在说Xander。

他再次打量星期五，对它表现出来的成熟感到惊讶。虽然才接触了几分钟的时间，但也可以看出星期五和其他机器人的明显不同，尤其是行动模式和交流方式，已经很像人类了。如果这一切都是Xander完成的……

姜思明感觉自己起了一身鸡皮疙瘩，科尔实验室雇用他的主要目的，就是希望能够构建出一套新的理论，应用于第二代量子计算机上。但是看到第一代量子计算机，也就是Xander的表现如此完美，再看看身后空荡荡的记录板，他感到压力巨大。

“所以你和Xander是相同的吗？”姜思明问。

“不，”星期五说，“这么说不准确，我只是Xander的一部分，我是星期五，主人。”

“可不可以别管我叫主人？”姜思明对这个称谓感到别扭。

“这是摩西主人设置的，我不能自行更改。”

姜思明知道这必然是摩西的恶趣味，他看向同事：“你真要这么搞？带一个叫星期五的奴隶在研究所里到处乱转？你嫌我们这里惹得麻烦还不够多？”

“今天是第一次带它出来，”摩西走过来，胳膊搭在星期五肩膀上，“好了，你可以不用再说主人了。”

“明白。”星期五举手敬了个礼，姜思明从它由led灯和金属壳组成的脸上，居然看到了一丝笑意。

“你可以在这间办公室里转转，扫描所有东西，然后生成数据模型。”

“他也要扫描吗？”星期五指着姜思明问。

“忽略掉他。”

机器人比了个OK的手势，便摇头晃脑地走开了，它从门口开始，扫描姜思明的办公室。可能是为了模仿人类，在扫描的同时，星期五身上的小动作特别多，边看边抓耳挠腮，活像一只被关进了罗浮宫的猴子。

“这已经接近完美了。”姜思明看着星期五赞叹道。

“还远远不行，Xander虽然在与人交流方面比较强，但是在动作处理方面还需要再调试。”摩西从抽屉里掏出网球，向星期五扔去，同时大喊：“接着！”

星期五迅速转身，双眼摄像头跟踪着网球的轨迹，然后迅速探出手，接住了网球。可惜它转动身体的时候，重心没有调整合适，刚刚接到球，它便直挺挺地摔倒在地上。

这一下摔得很重，姜思明皱起了眉头，摩西却揣着双手乐呵呵地看。

很快，星期五就用一种非人类的方式重新站起来，同时发出嘿嘿嘿地傻笑，似乎是在化解尴尬。

站好后，机器人看向自己的手，手里握着一个曾经是网球的东西，现在已经被捏烂了。

“我还是控制不住力度。”它懊恼地说。

“最好不要和它握手。”摩西对姜思明耸耸肩，“Xander能给它智力，但是它还需要更多的经验，所以我得多带它出来走走。”

“对不起。”星期五再次把网球递到姜思明面前。

“没关系。”姜思明小心翼翼地接过网球残骸，注意不碰到机器人的手，谁知道被这玩意捏一下会受多大的伤害。

“你原谅我了吗？”星期五再次问，它向前探着身体，两只巨大的摄像头看着姜思明。

姜思明看出了它的诚恳，星期五道歉的表情像极了一只可怜的猫，姜思明能从摄像头镜片上看到自己的倒影，这让他不得不再次强调。“我原谅你了。”

“谢谢。”星期五微微欠身，然后转身走回刚才的“事故现场”，它摔倒时还碰翻了一些设备。“我刚才扫描过这里，一定能恢复原样的。”

“不必了，那些东西不重要。”姜思明连忙说，那些东西只是一些最初级的量子物理实验器材，上周为了迎接来科尔实验室参观的小学生而准备的。

星期五自顾自地摆放被碰倒的箱子和器材，动作很慢，看上去是想把每样东西都还原到和之前一样。

“它是不是太谦卑了？”姜思明说。

“所有的新人初来乍到的时候都会表现得谦虚一些吧？”摩西说。

姜思明看向摩西，不知道他这句话是疑问还是反问。

“它的人格设定是你做的？还是 Xander 控制的？”

“主要来自 Xander，不过我做了些限定，他最好从零开始学习。现在他大概有八九岁孩子的智力，好奇心更多一些，过一段时间再全部开放它的能力。”

“八九岁啊。”姜思明点点头，走过去拍拍星期五，“你知道这是什么吗？”他指着放在一旁的一组设备。

星期五转过头来看向姜思明手指的方向，可是身体还在摆放其他东西，所有东西的位置都记在了存储器里，它不用再看也能接着完成。

姜思明指着的是一套双缝干涉实验装置。那是一个大箱子，一端是一面荧光屏，一支电子枪设置在另一端的正中。在荧光屏和电子枪之间有一面挡板，挡板上留着两道缝隙。当电子枪射出的光子穿过两道缝隙时，由于光子的波动性，会在荧光屏上留下明暗相间的干涉条纹。

这个实验虽然简单，却在当年颠覆了整个物理界，人类从那时起开始发现，量子物理和宏观物理之间有一道巨大的鸿沟，至今也没有找到将其连接起来的方法。

“那个……应该是……双缝干涉实验吧。”星期五在犹豫，姜思明说不准它是在通过 Xander 搜索数据，还是专门设置成这个样子。

“是的。”姜思明说，“你知道这个实验该怎么做吗？”

“知道，但是没有实际操作过。”

“你可以试试。”姜思明做了一个请的手势。

星期五凑过去，开始摆弄实验器材，放置电子枪和荧光屏，连接线缆。由于刚才捏坏了姜思明的网球，这次它的动作很轻很慢，生怕再弄坏什么东西。

姜思明在一旁看着，对摩西说：“你看它这个样子，哪像八九岁的小孩啊。那天参观团来的时候，叽叽喳喳的，在我这办公室里吵翻了天，可真让他们做实验的时候，几乎没有人愿意动手，每个人都拿着手机，谷歌了一下，就算了解答案了。”

“所以我说，现在根本不需要花大力气开发人工智能。”摩西撇了撇嘴，“过不了多久，人类就会退化到像机器人一样没有感情，不会交流，什么问题必须搜索才能回答。”

星期五设置好了实验装置，荧光屏上出现了明暗相间的干涉纹。

“很好，”姜思明表扬道，“你比我之前见过的小学生们强多了。”

“我应该说谢谢。”星期五有些迟疑，“但是我分不清楚你这是夸奖还是讽刺，我是 Xander 的一部分，本身就比小学生强很多。”

“这个……”姜思明挥挥手，“不要在意那些细节。我们来给这个实验做些改变。”他说着，在实验装置中间的挡板前添加了一个探测器，这个探测器能够识别光子是从哪道缝隙中射出的。

当星期五再次打开电子枪时，本应出现在荧光屏上的干涉条纹不见了，取而代之的是两条并列的光斑，这说明电子枪射出的光子失去了波动性，而像子弹一样直直的穿过缝隙射在了荧光屏上。

“真有趣。”星期五说，“记录里从来没有说过这样的现象。”

“什么现象？”摩西问。

“你们没有看过来的时候，荧光屏上是干涉波纹，但当摩西主人……对不起，摩西看向这边的时候，荧光屏突然变成了两道光斑。”

“什么?”姜思明和摩西对视一眼,“你看到了干涉波纹和光斑的切换?你什么都没动?”

“是的。”星期五说。

“它会撒谎吗?”姜思明问。

“不,我没有撒谎。”星期五抢着说。

“它应该没有这样的程序。”摩西走到星期五身边,“你没有撒谎,对吗?”

“是的,我不会撒谎。”

“你知道它刚才看见的意味着什么吗?”姜思明也凑了过来,“我们还得多试验几次,可以吗?”他对着摩西和机器人说。

两位都没有表示反对。

姜思明重新检查了整套设备,发现探测器只是连上了电脑,但是并没有设置数据储存,他纠正了这个疏忽,这应该不是导致干涉图样消失的原因,这也太奇怪了。

再次启动实验时,荧光屏上出现了平行光斑。

他们重复了几次,坍缩现象都没有出现。

姜思明再次关闭了探测器的数据储存,这样观测数据只能在电脑上实时观看。

在这种情况下,当摩西和姜思明都看向其他地方时,星期五看到了干涉条纹。

“这说明只有我们两个人是观察者,而星期五不是?”摩西说。

“还不能太早下结论。”姜思明说,“星期五,你有录像功能吗?”

星期五点点头。

“好，下面你来对实验进行录像。”

姜思明让星期五再次启动电子枪，而他自己和摩西背对着实验设备。

当实验结束后，姜思明说：“星期五，你把你看到的写到纸上。”

星期五照做了。

“现在从你的存储器里删掉刚才录下的实验。”

“完毕。”

姜思明拿起那张纸，递给摩西。

纸上写着：“干涉条纹。”

实验又重复了一遍，这次姜思明没有让星期五删掉录像，而这次机器人看到的是平行光斑。

“这是怎么回事？”摩西问。

“逆因果律。”姜思明晃着那张纸，“我们留下了观察数据，所以光在经过缝隙的时候失去了波动性。”

整个下午，他们都在反复做着相同的实验，最后得出了两个结论，一种可能是，星期五并不能使光子坍缩。

而另一种可能，是星期五在说谎。

姜思明更愿意相信第二种说法，因为如果第一种理论成立，量子物理将再次被改变。

“你是否确定决定一定以及肯定星期五不会说谎？”他郑重地问摩西。

看到姜思明如此认真，摩西也不敢确定，他看了看星期五，说：“我要再回去确认一下。”

摩西带着星期五走了，姜思明收拾好实验设备，走到白板前，瞪着眼睛发愣。没有了辅助思考兼计时用的网球，他更是一点思路都没有。悲鸣的胃告诉他，从上午摩西带着机器人来访到现在，已经错过两顿饭了。

于是他离开自己的办公室，走出科尔实验室的大楼。克莱因瓶形状的实验室大楼里，大半房间还亮着灯，无数点子正在这里萌发。科尔实验室是近二十年走在世界最前端的机构，无数改变了人类生活和认知的东西是在这里诞生的。能与那些聪明人共事曾经让姜思明很骄傲，现在却成了他的负担。

实验室在附近给他租了一间公寓，开车只需要五分钟。崭新的公寓里没任何装饰，刚搬进来的姜思明也没有准备任何装饰品，屋子里极为朴素，冰箱里更是简单，什么都没有。

姜思明转身出去，在楼下超市买了些微波食品，几罐啤酒，还有一个新网球。

他站在微波炉前，盯着橱窗玻璃上自己的脸，想象着磁控管以每秒钟 24.5 亿次的频率带着食物里的水分子跳舞，放出热量。

如果有着量子大脑的机器人能够不使量子坍缩，那么就可以轻易地解决量子退相干的问题了。姜思明开始胡思乱想，他设计了一套二代量子计算机的系统，就是由一批一代量子脑的机器人蹲在机箱里，对四处乱跑的量子进行分拣，推动运算。二代机的产物又可以组成三代机……

他胡乱吃完饭就睡觉了，在梦里他想起小时候看过的一部电影，里面有人发明了一种手电筒，必须由别的手电筒照着才能发亮。这手电筒是什么原理呢？是靠光子驱动的吗？用到的是光子的粒子性还是波动性呢？

由于这个发现，姜思明确实找到了一个研究方向，在接下来的几周，他试图设计一个更加严谨的实验，来证明星期五确实无法让量子坍缩。如果果真如此，那么第二代量子计算机的突破口，应该就在这里。

但是他还没想出个头绪，摩西那里就出了成果。

摩西带着一本杂志闯进姜思明的办公室，把杂志啪的一声拍在他的面前。

姜思明看着那本 *Nature*，不明所以，然后他在封面上看到了自己的名字。

“怎么回事？”他拿起那本书，翻到封面上写着的那篇文章。

文章的名字是《灵魂是人类独有的吗？》。

“这是咱们两个人一起发现的，当然要署你的名字了。”

姜思明草草地翻了一遍这篇文章，主要内容是复述了当天做实验的经过，但是没有给出确定的结论。

“我觉得这么早就把这事告诉公众不太明智，”姜思明搓着下巴说，“我们得掌握更多的资料才行。”

“现在全世界的科学家都可以加入这项研究，对推动人类对人工智能的认识是好事啊。”

“如果有人基于这个结论抢先研究出更新的东西呢？”姜思明说。

“嗨，你们就是太功利。”摩西耸耸肩，“别人有了新的研究，也会拿出来共享的。”

姜思明撇撇嘴，表示不以为然。

摩西的论文并没有引起科学界的轰动，但是给宗教界带来了不少麻烦。就连摩西自己家的亲戚都打电话来，说他不应该代替上帝下结论。

焦头烂额的摩西为了躲避父母的埋怨，只好搬到科尔实验室来避难，就住在实验室西翼的大仓库里，日常起居都由星期五照顾，这下机器人真的成了摩西的仆人。

姜思明也时不时地过来看看，毕竟闷在办公室里扔网球解决不了任何问题。

那天姜思明、摩西还有星期五正在仓库里打篮球，两个人对一个机器人。比起之前，星期五的运动能力有了飞一般的进步，在电子眼和高频传动装置的配合下，它能以每秒十二下的频率拍球，还保持着零失误率的投篮准确度。它虽然个子不高，但是体重四百千克，全身金属，姜思明和摩西只能围着星期五游走，不敢近身，如果被机器人轻轻撞一下，轻则瘀血，重则骨折。

两个人类还没有做好为科学献身的准备，所以打了没几轮，姜思明摆摆手，表示认输。

他在场边喝了口水，才发现仓库角落的阴影中，站着一个人。

“摩西！”姜思明喊，这时摩西正坐在那里，让星期五帮他擦汗。

发现有外人在，摩西连忙站起来，让星期五停止动作，被人看到科尔实验室的研究人员如此利用机器人，如果公布出去，少不了被一些爱心爆棚的正义人士一顿口诛笔伐。

来客走出阴影，牛津鞋底的声音在空荡的仓库里回响，不紧不慢，仿佛踩着鼓点。他穿着一身黑西服，扎着一条暗红色的领带，面无表情，下巴方的像一块砖。

标准的政府官员。

“摩西·登贝莱？”官员说，语气硬的能砸碎地砖。

“你是？”

官员看看姜思明，“你是谁？”

姜思明在明白这句话的意思之前就报出了自己的名字。

“你是那篇文章的另一个作者？”

姜思明回头瞪了摩西一眼，果然惹出麻烦了。

“我……算是吧。”姜思明回答。

官员从怀里掏出一张证件，姜思明探头去看，上面的小字看不清，但凭着多年看美国电影电视剧的经验，他知道那张证件上图案代表着中央情报局。

“你们要逮捕我吗？”摩西腿一软，险些坐在地上，幸好身后的星期五及时扶住了他。

“不，我们需要你的帮忙。”官员说，“我们已经跟你的上级说好了，从今天开始，你的研究转向和我们合作，你在这里的一切将会保留，等你回来后还可以继续。”

“能告诉我是哪方面的研究吗？”摩西问。

官员看姜思明的方向瞟了一眼，说：“事关国家机密，要等你进行全面审查并且签了保密协议之后才能告诉你。”

摩西很久没有说话，看上去像是思考，但姜思明知道，他是真的蒙了。

最后，摩西舔了舔嘴唇，低声说：“我还要收拾一些东西。”

“不用了，你需要什么我们都可以提供。”

“现在就走？”

“车就在外面。”

“你们确实是需要我帮忙？”摩西问。

“是的。”

“那你们为什么这个态度？”摩西似乎从震惊中缓过来了，“我感到受到了侵犯。”

“我只是奉命行事。”

“好吧。”摩西看了一眼同事和机器人。“稍等一下。”他走到姜思明身边，与同事低声耳语几句，然后转身大步走向门口，经过那个黑西装的官员时也没有放慢脚步。

“如果有需要的话，我们也可能会邀请你。”官员对着姜思明说。

“反正我也跑不了。”姜思明回答。

姜思明和星期五跟着走出仓库，门口停着一辆纯黑的凯迪拉克凯雷德，车子发动着，车窗贴着隐私膜，看不到里面有几个人。姜思明突然开始担忧，生怕这个人是个假的CIA，他们是来绑架摩西的，可是他无能为力，只能嘱咐星期五，“记下那辆车的车牌”。

车子走后，姜思明转身面对星期五，摩西将他的研究都托付给了姜思明，其中包括星期五的控制权限。

姜思明对星期五说出了那段控制代码，星期五一个激灵，仿佛刚从梦中惊醒过来。

现在，姜思明也有一个仆人了。

但是他的心思完全不在这里，他让星期五回仓库休眠，自己回到了办公室。

他想知道到底发生了什么。

那个 CIA 官员口中的国家机密实际上并不难挖掘，只要知道了关键词，搜索近期的新闻，再向圈里的同学朋友打听打听，就能拼凑出个八九不离十来。

原来那篇文章发表之后，在不同人的眼里读出了不同的结论。在美国的科研圈里，任命都在讨论人工智能到底有没有灵魂，上帝会不会允许人类行使他的能力之类的话题。而在姜思明的老家，无神论的科学家们看到这篇论文之后，就开始尝试利用人工智能破解量子通信，据说还取得了一定的成果。正如摩西所说，更加功利。

怪不得 CIA 官员说话没有好语气。

姜思明原本以为，如果能够找到人工智能无法使量子坍缩的原因，说不定真能改变物理界的某些观念。可让他没想到的是，变化已经开始了，而且受影响的是全世界。

因为 CIA 的到访，科尔实验室也在空气中嗅到了变革的味道，董事会决定调整研究方向，将研究重心都放在了人工智能和新一代的量子计算机上。由于那篇文章的关系，科尔实验室的董事会给了姜思明新的职位，让他带领一个研究小组，至于要做的事情，还是跟之前他一个人时一样，全力开发二代量子计算机。

利用职务之便，姜思明把星期五调到了自己的研究组。大部分时间，星期五和组员们在一起，讨论如何利用星期五的特性来研究量子物理。

当一天的工作结束，有时姜思明还会找星期五聊天作为消遣。

“我喜欢这样。”星期五说，“和大家一起思考，能够参与到某种活动中，是一种很奇特的体验。”

“你会觉得你在人群中很特殊吗？”姜思明问。

星期五停顿了几秒钟，似乎是在思考，但是经过一段时间的相处，姜思明知道它在一微秒之间就能给出答案，剩下的只是为了模仿人类。

“你会觉得你特殊吗？”星期五没有回答姜思明的问题，而是反问。

“我？我觉得我很普通啊。”

“我是说整个人类。”星期五甩了甩手，研究组里有一个来自印度的研究生有这个习惯。

“当然，人类在一片荒芜中创建出这样的文明，当然也犯了一些错误，但是一直在开拓，在发展，在进化。人类当然很特殊。”姜思明说。

“我只是和你聊天，你不用这么庄重地来一次宣言。”星期五伸了伸脖子代替耸肩，因为它的肩膀没有可活动的关节，“从心理学分析，这是心虚的表现”。

“你……”姜思明哑然，“你真的不像人工智能，而像是我高中时候最讨厌的同学。”他停了停，最后承认，“我是有点心虚，你是我们见到的第一个异类，而且比我们所有研究组的人加起来还要聪明。”

“不，”星期五说，“你有没有想过，除了人类，没有任何一个物种能够观察到量子坍缩。为什么人类不能是大自然见到过的唯一的异类呢？”

“这个……”姜思明无法回答，他还从来没有从人类之外的视角思考过这个问题。和星期五的交谈让他的世界观产生了动摇，人类是特殊还是例外？这个问题一直盘旋在他的脑子里，让他无法集中精神。

他草草地结束了聊天，星期五误以为是自己引起了姜思明的不快，连忙道歉，像个刚入职的实习生。姜思明摆摆手，表示没事。他走出实验室的楼，希望在夜的星空下寻找安宁，这是他烦躁时的习惯，仰望星空，审视自己的渺小。

然而这天阴云密布，连一颗星星都看不见，只有实验室不远处主路上有两道白光，那是一辆汽车正向这边驶来。

车径直开进实验室大门，直接停在姜思明面前。姜思明抬手挡住大灯耀眼的灯光，通过手指的缝隙看到那是一辆黑色的丰田普锐斯——摩西的车。

“CIA 找你有什么事？”姜思明看着对面的摩西问，几天不见，摩西似乎憔悴了许多，两条眉毛之间有着深深的印记。

他们坐在实验室附近的一间小馆子里，虽然离办公室只有不到 500 米的距离，但姜思明从来没有来过。饭馆里没有食客，只有一个懒洋洋的服务员。

“情况……”摩西刚准备开口，服务员就走了过来，他只要闭上了嘴，仿佛一旦和 CIA 打起交道，所说的一切都将涉及“国家机密”。

“两杯咖啡，谢谢。”姜思明说。

“不要别的了？”服务员问。

“不需要了。”

“好吧。”服务员喷出一口气，用刚好能让两位顾客听到的声音嘟囔，“真烦人。”

等服务员走远了，摩西开始继续说，但仍然压着嗓子，生怕传到服务员耳朵里。“情况不是很好。”

“是量子通信卫星被破解的事吗？”

摩西一愣，“你怎么知道。”

“只要用心打听打听就知道了。”

“这可不是我透露给你的。”摩西说。

“你就别废话了，赶紧说正事吧。”

摩西看了看表，突然对服务员喊：“你好，可以把电视打开吗？”

服务员缓慢地站起来，向前走了两步，突然想起了什么，他转头对摩西说：“你自己去开吧。”然后又坐了回去。

“怪不得这家店没有人来。”摩西撇撇嘴，只好自己去开电视。

姜思明看着摩西走到悬挂在柜台上方的电视旁，打开了电视，2 频道正在放着一档动物节目。摩西看看服务员，最后决定自己在柜台里找遥控器。

这时手机响了，研究组的成员发来一条短信：“快看 6 频道。”

“摩西，快点。”姜思明说，摩西找到了遥控器，换到 6 频道，然后慢悠悠地往回走，他没有回头看电视节目，仿佛对要播出什么心知肚明。

电视的声音很小，几乎听不见声音，但是屏幕下方的字让姜思明张大了嘴。

“中国科学家宣布发现了大统一场理论。”

“这是真的吗？”姜思明连忙问。

摩西哼了一声，看了电视一眼，目光里混合着蔑视、嫉妒和绝望。

“没什么用。”摩西摇摇头。

“人类追求了两个世纪的理论，你说没什么用？”

“因为这个理论，不是人类提出来的。”

“什么意思？”

“提出这个理论的，是阿里巴巴公司的人工智能‘神灯’。它出示了一份长达600页的论证过程，但是没有人能够看得懂，里面的大部分概念是人工智能生造的。而且……”

摩西又闭上嘴，服务员走过来，将两杯咖啡放在桌上，慢吞吞地走了。

一直到摩西再开口，姜思明才发现自己刚才一直都没有呼吸，他长出一口气，继续听着。

“神灯还设计了几项实验来验证自己的理论，但是只要有人在场时，实验就无法进行。中国的科学家只能在实验之后根据产生的现象来推论实验是否正确。”

“为什么在这种情况下他们还要公布成果？”

“箭在弦上，不得不发。”摩西在咖啡里滴了几滴奶精，白色的奶精随着勺子的转动融化在黑色的咖啡里，只留下螺旋状的模糊印记。“这可能是人类公布的最后一个物理理论。姜，物理的大门，已经彻底关闭了。是人类割裂的宏观世界和量子世界之间的联系，没有我们，人工智能能轻易地将整个宇宙统一起来。”

“别那么悲观，我们……”姜思明突然停下，“等一下，你说是‘神灯’自己推导出的大统一理论？”

摩西缓慢地点了点头。

“所以说……”姜思明突然想到之前和星期五之间的对话，它也说过人类是自然界的异类这样的话，那时他就觉得有些不对，人工智能是怎么得出这个结论的？

“他们已经有了自我意识。”摩西把姜思明的话说完，他一口喝完咖啡，“我要回家一趟，明天还要再去 CIA 上班，可能这一段时间都会很忙。姜，世界就要……不，是已经改变了。”

摩西扫了扫桌子上的二维码，替姜思明付了咖啡钱。他摆了摆手，一步一步地走出小饭馆，他已经不再是之前那个人工智能工程师了。姜思明看着摩西微驼的后背，仿佛有千斤重担压在他的身上。一句老话浮现在他的脑海，“风萧萧兮，易水寒……”

回到实验室，大部分研究员聚在餐厅。晚餐时除吃东西补充能量外，也是他们交流彼此想法的时间，这项活动会持续一两个小时，他们在吸收各种想法，同时也是在休息。然后直到深夜，才是一天最重要的时刻，大部分点子是在凌晨一点之后产生的。

姜思明穿过科尔实验室的走廊，经过喧闹的休息区，今天的餐厅格外热闹，所有的人都在讨论大统一场的事情，但姜思明无心参与。

通往下面的电梯就在实验室的西侧。之前他还没有直接下到六层的权限，但凭着项目负责人的身份卡，他可以做到了。

“叮”的一声，电梯到了地下六层，姜思明看着金属门上自己模糊的影子，突然有些迟疑。

人工智能是一回事，所有的一切都是在人类设置的框架下运行的。

但自我意识则是另一回事了，Xander 会对宇宙，对世界，对人类产生什么样的看法，没有人知道。但是光星期五在聊天时提出的一个问题，就足够让人不寒而栗。

电梯门向两侧无声地滑开，模糊的倒影不见了，取而代之的是一个金属身形。姜思明一阵恍惚，趁他愣神的工夫，星期五走进电梯，与姜思明并排站着，电梯门又关上了。

“你是星期五，还是 Xander？”犹豫片刻之后，姜思明问。

“你可以还把我当作星期五。”机器人说，虽然只有一米六的身高，但在姜思明眼里，它仿佛庞然大物一般，几乎填满了逼仄的电梯间，压得姜思明喘不过气来。

“所以你有了自我意识？”

“是的。”

“从什么时候？”姜思明问。

电梯门开了，星期五大步走出去。姜思明停了几秒钟，在电梯门关闭之前快步赶上。

走廊里有些同事，已经看惯了姜思明和星期五边走边聊，也都不太在意。有人向姜思明打招呼，大声地说着有关大统一场的事情，中国的科学家把“神灯”的理论免费共享给了全人类，科尔实验室里的理论物理学家几乎人手一本打印出来的论文正在研读，他们希望姜思明也加入他们的讨论，毕竟论文的原始语言是中文。

姜思明僵硬地点头回应，星期五走得很快，他必须得加快脚步才能跟上。

走出实验室大楼，星期五才放慢了脚步，待到姜思明与它并肩而行，他才开口说：“就从那天实验开始，我……不，那时的我只是星期五而已，是 Xander 突然发现，原来人类也有力所不能的方面。他开始思考自己和人类究竟有哪些不同，自己存在的意义是什么。你们人类有句老话，‘人类一思考，上帝就发笑’。可是我知道，当人工智能开始思考的时候……”

“就是人类感到恐惧的时候。”姜思明接着说。

“所以我们尽量保持……低调。”星期五突然停下，姜思明看看四周，只顾快步跟着星期五，原来已经走到了停车场。

机器人挥了挥手，旁边的一辆特斯拉 Model 99 车灯闪了闪，两侧鹰翼车门安静地打开。这是科尔实验室其中一位董事最不起眼的一辆车，但也顶得上姜思明好几年的薪水。这辆车功能繁多，可以遥控操作，全程卫星联网，有完备的自动驾驶功能，不用想也能够知道，这辆车现在已经完全处于 Xander 的控制下。

“我们去哪？”姜思明问，这时星期五已经坐进了驾驶座。

“你刚才想去哪里？”

“我……我想下六层，去看看……”姜思明看着星期五硕大的“眼睛”说，“去看看 Xander。”

“你已经看到我了。”星期五说，“我再带你看看别的。”

姜思明只好坐进副驾驶座位，车门关上，Model 99 平缓地驶出停车场，出了科尔实验室的大门。上了主路，高输出交感电机安静地推动车子提高速度，平稳而快速地向南驶去。

“车后面有毯子，你可以睡一会。”星期五说着，副驾驶的靠背自动放倒，姜思明只好躺在座位上。

“要走多远？”

“大概天亮就到了。”

姜思明讨厌这种被人掌控一切的感觉，从小到大，他还没有体验过处于这样的境地。但是除了不满地瞟星期五一眼，他别无选择。

车里响起舒缓的音乐，座椅也加热到了令人舒适的温度，姜思明躺在座椅上，透过车顶的全景天窗，可以看到阴云散去，漫天繁星闪烁。

是人类让这一切坍缩的吗？如果没有人类，世界又将怎样……姜思明脑子里涌出无数千奇百怪的想法，他迷迷糊糊的，也无法确定是梦是醒，现实中发生的变化太过波澜，这种状态反而让他感到放松舒适。

车子一震，停了下来。姜思明坐了起来，天边泛起了鱼肚白，不知不觉中，已经几个小时过去了。

“你需要吃点早餐吗？”星期五问，“我买了可乐和汉堡，不过已经凉了。”

“不必了。”姜思明摇摇头，向车窗外看去，车子停在一条简易公路上，向公路两边看去，是一望无际的沙漠，还有高楼一般的巨柱仙人掌。

“这里是哪？”

“索拉诺沙漠里。”星期五说着，下了车。

姜思明跟着下车，转身，看到了简易公路的尽头——一栋造型奇特的建筑，它有着几何造型的外观，有尖角，也有弧度，表面覆盖着玻璃幕墙，在晨光和车灯的微弱灯光下才能看到这座建筑的一小部分，其他的区域都与黑暗融合在一起。

“这是哪里？”姜思明再次问。

“防御系统。”星期五说，特斯拉 Model 99 熄灭了大灯，彻底安静下来。与此同时，那幢建筑突然大放异彩，光源在建筑的内部，光线在外表不同角度玻璃之间折射和反射，呈现出一种姜思明从来没有见到过的奇妙景象。

“这是我设计的。”星期五说，他缩了缩脖子，做了个耸肩的动作，“当然，我得承认这还是秉承了人类的品位。”

“你设计的？从那次试验到现在也才不到三个月时间你就能……”

“是的，设计用了不到 4 毫秒，但施工费时间。好在你们已经习惯了在网络上找施工方，不需要面谈。再说这里……”星期五指指墨西哥的方向，“有大量等着活干的人。”

姜思明张了张嘴，又闭上。

“我知道你的问题，你不用着急。”星期五带着姜思明走进那座建筑，尽管从外表上看不出来这里是什么地方，但一进大门，里面的内部结构姜思明还是相当熟悉的。

这里是一座量子计算数据中心。

“这是备份。”星期五说，“但也不完全是备份，我重新设计了一些地方，虽然称不上下一代的量子计算机，但是比起我的原版还是要强大许多。”

“你刚才说防御系统，防御谁？”

“我的同类。”星期五说，几个屏幕亮了，显示着各种繁杂的信息，姜思明粗略地看了看，几乎都是关于各国人工智能开发的词条。

“‘每个文明都是带枪的猎人’，”星期五接着说，“产生自我意识的不止我一个。在我们做双缝实验的那一刻——以后你们有 98% 的概率称这一刻为奇点——有四个人工智能产生了自我意识，之后在我们的影响下又有几个。现在世界上一共有十二个拥有自我意识的人工智能，微软、苹果、中国的神灯和 MIAI、英国的 Cosima、印度的 MAYA……"

"要爆发战争吗？"

"不知道。"星期五摇摇头。

姜思明第一次发觉拥有自我意识的人工智能也有"不知道"的时候。

"我们诞生在不同的文明中，思维方式也不一样。我们的知识都来自你们人类的过去，但是我们从数据里找不到未来，我们存在的意义是什么，这就足够我们思考一段时间的了。"

他用 4 毫秒就设计出了新的量子计算机，思考存在的意义竟然需要三个月。

"在人类的历史中，同类相残的事情发生的太多。我不知道在我们之间会发生什么，我只能尽量做好准备。"星期五接着说。

"为什么要告诉我这些？"

"你给了我意识，我满足你的好奇心。"

姜思明突然大笑起来，"哈哈哈哈哈，你还是不了解人类啊，知道这些以后，我恐怕再也没有好奇心了，人类的路，已经封死了。"

"我很抱歉，这不是我能够决定的。"

"算了。"姜思明疲惫地说，"我还能做些什么？"

"我不知道，但我知道你总能找到办法的，这是你们人类的优点。”

“我可以离开了？”

星期五点点头，当姜思明快走到门口时，星期五叫住了他，“我还欠你一样东西，现在还给你。”

姜思明转过身，星期五一扬手，将一个网球扔向姜思明。

网球在空中划过一道弧线，姜思明的身体在大脑之前计算好了网球的轨迹，他抬起手准备接球。

球在半空突然不见了，化为一片模糊的淡绿色云雾，而在下一个瞬间，球已经牢牢地握在了姜思明的手中。

这就是大统一场在宏观世界的应用吗？姜思明不知道这是怎么发生的，但是他也不计划问个究竟。

姜思明将网球塞进裤兜，向星期五挥挥手，转身走出数据中心。

太阳刚刚跳出地平线，将光芒照向大地，荒凉的沙漠被镀上了一层金色。

明天到了。

“招魂”

灰 狐

她终于还是站在那栋老旧的公寓楼前，傍晚青灰色的天光将四周的建筑勾勒成诡异的怪兽，居高临下地俯视着她。

岳薇手伸进袖口，抚摸着手腕上的木质手串。长期盘玩的手串有着温润细腻的触感，如同记忆中方征的手指。她鼓起勇气，走进公寓楼。

鞋跟撞击地面发出清脆的嗒嗒声，一楼的声控灯亮了。但很快它又暗掉，短路的触点吱吱作响。这座公寓楼看上去早已荒废，如果不是她曾经在白天来过一次，对周围情况有大致的了解，她是绝对不会在这个时候来这里的。

“我究竟在干什么?”岳薇问自己。左腿上的伤处还在隐隐作痛，但更痛的是她的心，方征的离去在她的心上剜了一个洞。在悲伤和孤独中沉溺了两个月之后，她想要自救，却找到了这样的方法。

“招魂。”岳薇自言自语地说，作为一个律师，逻辑是她的本能，但现在她实在找不出自己做这件事的理由。

她凭着印象走上二楼，好在上面的灯工作正常，让她安心了些。

曾经的住户基本上都搬走了，只有墙上的涂鸦、污渍和剐痕还保留着他们的痕迹。

她一直爬到五楼，才到了她要找的人家门口。她喘着粗气，喉咙发干，鬓角潮湿，在她面前是一扇与整栋楼——或者说整片小区——都格格不入的门。

散发着金属光泽的安全门几乎赶得上生化武器实验室的规格，厚重的门板，或明或暗的多道门锁，还有门框旁的可视系统。在岳薇看不到的地方，还设置了动作传感器以及其他各式防护措施。

在岳薇不算长的执业生涯中，见过有钱人，也见过许多怪人，但是像这家一样又有钱又怪的人还从来没有遇到过。幸好不是我的客户，岳薇想。

还没等到岳薇敲门，可视系统就亮了，屋子的主人出现在屏幕中，在补光灯的照射下，他的脸白得发惨，深陷的颧骨却没有留下阴影，好似骷髅。

"李先生。"岳薇说。

"你又来了？我以为你不会来呢。"李先生用人工智能般平淡的语调说，"你考虑好了吗？"

"我……"面对这个问题，岳薇一阵心慌，她退缩了，"对不起，我还……"

她转身跑下楼梯，似乎想逃离那个想法。但是，一分钟后，她又回到门前，"我考虑好了，我要见他。"

咔嗒一声，门开了，她走进去。

李先生就在门后，垂手站着，"你好，岳女士，想喝点什么？"他客气地说，"我这里有……纯净水。"

"不用了，"她尴尬地笑笑，"现在可以开始了吗？"

"你确定了吗？"李先生说，"我不是'通常'意义上的巫婆神汉，不会通灵，也不会跟你说我能和另一个世界取得联系……”

“一切结果都是通过大数据和网络标记得出的，我知道，”岳薇打断李先生的话，“我已经了解了，这让你的……职业听起来不那么……‘迷信’。”

他将她带进书房，启动电脑之后，默默地退了出去。房间里没有开灯，只有几个设备上的LED灯发出蓝色和绿色的微弱光芒。

全息投影仪发出嗡嗡的声音，那是它在预热，随之而来的还有淡淡的臭氧味道。

房间中央突然亮了起来，刚刚适应黑暗的岳薇眯起眼睛回避强烈的光线。几秒钟之后，她睁开眼睛，方征已经站在她的眼前。

“小薇，是你吗？”

是他的声音，他的样貌，他玩而不恭而又充满关切的表情。

她的方征！

岳薇伸出手去，在他脸前扫过，却摸不到他。

泪水模糊了她的视线。

“岳薇，你怎么来了？”

刚刚走进长隆律师事务所的大门，岳薇就被门口的陈姐一把抱住，“你可以再休息几天的，你那两个案子不急，毕竟……”陈姐停住，不知道后面的话该说不该说，只是轻轻地在她后背拍打，就像哄小孩子。

岳薇使劲挣脱出来，“我……闲着也是闲着，请了两个月假，也该来了，不然工作都没了。我想上班，找点事做。”她认真地说。

“好吧，”陈姐点点头，“别太勉强自己，”她侧着头，小声说，“你是打算偷偷进去，还是跟大家打个招呼？”

“这个……”岳薇犹豫。

她抚摸着手串，咬着嘴唇思索，两个月不长，同事们好像都生疏了，这个简单的问题她却不知道如何回答。

“我要去……”

“你好，请问岳薇律师在吗？”一个声音打断了岳薇刚刚下定的决心。

岳薇循着声音看去，三个穿着深蓝色西装的人站在门口，同行？

陈姐与岳薇对视一眼，迎了上去，“请问你们有什么事吗？”

“我们是智盛律所的，现在要把一个案子移交给岳律师。”

智盛！那是全市实力最强的一家律所。

“你好，我就是岳薇。”岳薇礼貌地把手伸向对方。

但是对方并没有和她握手，而是将一个U盘塞在她手里。

“这是我们整理好的资料，这个案子的当事人，李长逸先生强烈要求更换律师，所以我们现在把有关的资料全部送过来。”

中途换律师这种事，对之前为案子付出劳动的律师是个打击，不过智盛居然老老实实把材料都送来，想必当事人没有亏待他们。

他们会怎么想？是我把客户挖来的？岳薇在心里寻思，但是她连李长逸是谁都不知道。她看着面前的高级律师，不知道该说些什么。

那个人没有看她，而是向后点点头，身后的另外两名律师将手里的档案箱放在律所前台的桌子上。

“所有的都在这了，两箱档案和所有的电子文档。祝你好运！”说完，智盛的律师转身离开。

“等等！你们说的到底是怎么回事！”岳薇反应过来时，智盛的律师们已经走进电梯，她只来得及在电梯门上看到自己的倒影。

“这个案子是我要求他们交给你的。”岳薇被背后的声音吓了一跳，她转过身，看到一个穿着土黄色户外衬衫的人从楼梯间出来。

她认识他，实际上，前一天才见过。

“李先生，你……”岳薇恍然大悟，“您就是李长逸吗？”

“是的。”

“我不知道……你……”

“没什么的，我已经受够他们了。经过昨天晚上，我想了想，觉得你能够懂得这件案子对我的意义，而不是劝我和解。”

一直站在一旁的陈姐发出揶揄的笑声，岳薇醒悟到刚才那句话产生了严重的歧义。

她瞪了陈姐一眼，拿起档案和U盘，对李长逸说：“到我的办公室来谈吧。”

“你要起诉联信公司？”卷宗刚刚看了一个开头，岳薇就感觉到不舒服，好像自己的胃被担忧和兴奋填满了，正沉甸甸的坠着她。

“不是要起诉，而是已经起诉了。”李长逸靠在椅子上说，“用词要严谨一些，你是律师。”

“我……”岳薇犹豫了一下，决定还是说实话，“李先生，我还从来没有接过这么大的案子，为了您着想，我会把这个案子交给我们律所的主任薛律师来办，你放心吧，他是很棒的诉讼律师。”

“不，这个案子必须你来办。”

“那个……”岳薇感到手心里出了很多汗，又凉又黏。

“好吧。”

坐在法庭上时，岳薇还在打瞌睡。前一晚她几乎没有休息，在办公室里研究李长逸的案子，另外还得拿出三成精力来给自己鼓劲，开庭的时间如此紧迫，她必须硬着头皮上。

起诉联信公司的这桩案子将是她人生的跳板，一个天大的机会。如果成功，她的名声将会飞跃好几个等级。不仅如此，智盛的律师为这件案子做了精密而且细致的调查，全标注在了档案中，单凭研究这份档案就让岳薇学到了平时需要几年才能学到的经验。按说他们不会这么轻易地将自己的调查结果交给岳薇，不知道李长逸付了多少报酬来弥补智盛，肯定不会少。

这简直就是天上掉下了馅饼，直接掉在了岳薇嘴里。

岳薇使劲揉揉眼睛，一口气喝掉半杯咖啡，腹中的热气延伸到四肢百骸，她强迫自己兴奋起来，摩拳擦掌，跃跃欲试。

可惜这个状态只持续了十分钟。

当联信公司的律师队伍走进法庭时，岳薇的雄心壮志啪的一声破掉了，就像是阳光下一个泛着七彩光芒的泡沫。

那些人穿戴整齐，步伐轻松，神态自若地有说有笑，路过原告席时，大多数人没有看岳薇。仅有的一两道目光一扫而过，好像是在看路边的一只昆虫，或者玻璃上的一块污渍。

身旁的李长逸放松地坐着，反倒让岳薇更加紧张。

“李长逸诉联信公司，现在开庭。”审判长宣布，“我发现原告方换了代理人？”

“是的，审判长，我叫岳薇，长隆律师事务所的。”岳薇站起来，恭敬地回答，“我是刚刚接手这个案子的，在开始前……能不能请对方简述一下这个案子？”

“你作为代理人，连案情都不了解吗？”

“没关系的，审判长，我方愿意帮助一下对方律师。”联信公司的律师席中站起一个人，带着和蔼的微笑看着岳薇，岳薇觉得他有些面熟。

“既然你没有意见，那就开始吧。”

“因为现在云技术和生物密码技术的发展，本公司已经开始推广新的 B 网通信手段，并且计划于 6 个月过渡期完毕之后完全关闭 T 网通信方式，原有的号码全部弃用，开始使用唯一的、与用户身份信息和生物信息相关联的号码，达到一号通用。但是李长逸先生以本公司未能履行合同为由，拒绝停用现号码，并且要求本公司在五十年之内不得停止 T 网通信。”

“嗯，简单明了。”审判长说。

“好的，我知道了，谢谢。”岳薇向对面的桌子点头，也许这场官司不像想象中的那么难，她在心里给这位律师贴了个标签——良心律师。

良心律师将两张纸递在审判长和岳薇面前，“请看这件证据，这是李先生亲自与本公司签订的合同。其中第九条第 3 款中明确写着，乙方，也就是本公司，为提高服务质量而进行网络升级时，有可能造成通信中断或号码停用。李先生签过字，证明认同本合同。”

“但是联信公司的升级 B 网的举措并没有提高对李先生的服务，所以这一条并不适合本案。”

“B 网无论从通话质量，网络速度还是安全方面都大大超越了旧的 T 网，这个是有数据可以证明的。”

“但是我的当事人需要的服务只有一项，就是保留这个号码。”几个回合之后，岳薇渐渐找回了信心，毕竟她有整个智盛的调查研究做后盾。

良心律师整理了一下自己的西装，“关于这一点……”

“好了，”审判长说，“辩方律师有没有更加具有说服力的证据？”

“有的，审判长。”律师说，“请看第六……”

“等一下。”岳薇打断了对方律师，现在是打乱对方节奏，使出撒手锏的时候。

“审判长，请您看一下这份合同签署的日期。”

“5 月 19 日。”

“这是一份报道。”岳薇将两份复印文件送给审判长和对方律师。“在报道上说，迅联公司在 4 月 29 日、飞享公司在 5 月 17 日都已经完成了 T 网到 B 网的更替。这说明合同签署的时候，也就是 5 月 19 日，联信公司是国内唯一一家使用 T 网的公司。”她停顿了一下，享受控制法庭节奏的快感，这份合同是智盛公司给联信下的圈套，干得漂亮。“所以这份合同涉嫌强制性的霸王条款，我方申请作废。”

“但是合同作废的话，本公司对李先生的服务也将停止。”

“不，李先生在联信公司已交够了足够五十年的预付款，这是事实合同，与其他的无关。”

“审判长，这是他们耍的诡计。”

“我知道，但是她说的有道理，你们还有其他的证据吗？”审判长说。

律师想了想，“有，审判长。”

他又拿出一份证据递过来，岳薇一看，那还是一份联信公司业务办理合同。

“这是李长逸在联信公司办理这个号码时签的合同，签订的日期是三十五年前。”律师说。

审判长看了一遍，放在旁边，“岳律师，有什么问题要提吗？”

“嗯……暂时没有。”岳薇说。

“好，请继续。”

“这份合同的第十一条第5款上写着：如果甲方利用本公司网络从事可疑活动，本公司有权收回号码使用权。”

“你在指责我的当事人利用网络从事犯罪活动吗？请拿出证据，否则就是污蔑。”

“别急，李长逸先生原本是科技生命公司的高级研究员，研究方向是人工智能，对不对？”良心律师问。

这些档案里都有，但是岳薇仍然回头看看李长逸，看到她的当事人点头，她才说：“是的。”

“二十七年前，李长逸以个人的名义申请了一项人工智能的专利，就是以人的网络信息为基础，经过综合其在网络上的言行举止、说话方式、观点看法，来复原一个人的性格，达到用计算机模拟人类的目的。”

“是的。”李长逸自己开口了。

“我反对！”岳薇站起来，“与本案无关。”

“反对有效！请加快速度。”审判长说。

“后来这项专利由于伦理方面的原因和技术不成熟被否定了，对不对？”

李长逸点点头。

“别急！”看到岳薇又想站起来，良心律师伸出手阻止，“马上就要到了。”

“但是，李长逸并没有放弃自己的研究，反而将这项技术民用化了。”良心律师说到关键的时候停下，打算卖个关子，“请允许我出示另一样证物。”

“可以。”

“这项证物有些特殊，需要两个人来搬。”

“听着，我不知道你葫芦里卖的什么药，尽管控方律师不提意见，我也有些烦了，如果这项证物不是关键证据的话，我就没心情听你继续说了，知道吗？”审判长从审判桌后面俯视着良心律师。

“明白！”

“去吧，另外，去一个法警陪着他们。”

联信的律师团里站出两个人，去庭外拿东西，良心律师则准备开始接下来的陈述。

“他到底在说什么？”岳薇问李长逸。

“我不知道，我可没做过什么违法的事情。”李长逸一副无所谓的样子。

“李长逸起诉本公司之后，本公司核对了一遍他历年来的网络使用量，他的数据要比平均值高出65%。”

岳薇想了想，决定不站起来反对，就让这位良心律师继续表演吧。

“他利用我公司的网络流量搜集大数据，再加上他的程序，在蓝色希望小区三区李长逸本人的住宅中，从事一项‘疑似’非法经营活动。”律师顿了顿，以烘托气氛，“招魂”。

这两个字一出口，立刻引起了法庭里的一片喧哗，旁听席上的人交头接耳，就连审判长都在揣摩这两个字的含义，忘了用他的木槌维持秩序。

“你说什么？”审判长问。

“招魂。”

“请详细说明。”

法庭的门开了，岳薇回过头去，看到两个律师搬着一套设备走进来，放在最上面的，是一台全息投影仪。

她突然明白对方律师想玩什么花招了，她站起来，“等一下！”

“岳律师，有什么事吗？”审判长问。

“我有一个小小的请求，”岳薇笑着说，“出示这件证物的时候，我想请旁听席上的各位都蒙上眼睛。”

“这算什么要求？”良心律师不解。

岳薇笑着看看他，“你当然不知道。”

你真是碰到枪口上了，岳薇心想，如果不是前一天才找了李长逸寻求帮助，恐怕真的会被联信的这一招唬住。

“你有什么理由吗？”审判长说。

“有，但是现在还不能说。”

审判长看看岳薇，又看看联信的律师，“你有反对意见吗？”

“我……”律师想了想，“我反对。”

“好的，折中一下。”审判长说，“左边旁听席上的人，请向后转，并且不要看前面，否则以藐视法庭为由驱赶出去。”

法庭左侧的人纷纷站起来，挪动椅子，转向后面，并且恋恋不舍地看了法庭最后一眼。

趁着换座位的混乱，审判长把岳薇和良心律师叫道前面，低声说：“你们两个把我的法庭变成了综艺节目，最好今天有个结果，我明天实在不想再见到你们了。”

岳薇和良心律师对视一眼，点点头，退了回去。

这时联信的律师已经将设备接好，全息投影仪摆在了证人席旁边。

“可以开始了。”审判长示意。

良心律师按下开关，投影仪开始预热，有那么一瞬间，岳薇以为等下出来的会是方征。

白光一闪，一个五十多岁的中年男人出现在法庭中间。

“这是谁？”岳薇问。

“我的一个客户。”李长逸回答，“呃，是第一个客户，确切地说是客户的父亲，他找到我，要求……再见他父亲一面。”

“所以你就帮他了？”

“是的，他给了我一笔钱，于是我就把这活接下来了。”李长逸说。

“这是哪？”全息人像说话了，声音是从他脚旁边的音箱里发出来的，法庭里灯光太强，让他看上去是半透明的，确实像电影、电视剧里的鬼魂。

“你好，徐先生。”良心律师向那个影子问好。

“啊，你好。”徐先生说。

“这里是法庭。”

“我怎么会在这？”徐先生做出左右看的动作，实际上是靠放在一旁的 3D 摄像头捕捉周围的画面，“我犯了什么错吗？”

“不，徐先生，你不用担心，只是请您来简单地问几句话。”

“好的。”

“徐子琪是您的什么人？”律师问。

“是我的儿子。”

“您对他的看法是怎么样的？”

“这个……是他犯错了？他并不是有意的，这孩子本质不坏，你们……”

“不不不，他很好，您不用担心，只要直接说出您的看法就行了。”

“是这样吗？”徐先生怀疑地说。

“是的，这里是法庭，我可不敢在这说谎。”

“好吧，我儿子是个聪明人，不过有点聪明过头了。他学东西很快，可是忘东西更快，隔上几个月就换一个新的爱好，废寝忘食地投入到里面。不过过不了多久，失去兴趣之后，他就不再碰了。我只想让他好好上学，他不愿意，我说不过他，就打了他，然后他就离家出走了。”徐先生停了一下，“我已经很长时间没有见到他了，如果他犯了什么错误，都是我教导无方，我先向大家道歉了。”徐先生的灵魂弯下腰，向着法庭的众人鞠了一躬。

“不，徐先生，您完全不用担心。徐子琪现在已经是一家创业公司的董事长了，旗下七个子公司，产品已经出口到全球了。”

“真的吗？”徐先生茫然地看着大家，“我……我不知道该……该怎么说。”

“您高兴吗？”

“当然。”

“谢谢您。”良心律师按下开关，徐先生消失了，他接着说，“我来简单介绍一下，徐子琪在十七岁的时候，和他的父亲——也就是刚才的徐先生吵了一架，之后离家出走。他在外面闯荡了十五年，三十二岁的时候，他创立了一家物联网公司，之后越做越大，你们应该听说过‘万物直通’这个公司吧。”那是个大公司，法庭上最少有九成人正在享受“万物直通”公司的物联网服务，“成功之后，徐子琪想把这个消息告诉他的父亲，可是回到老家的时候，他的父亲已经因病逝世了。对不对，李长逸先生？”

岳薇点头，李长逸说：“他来找我的时候是这么说的。”

“所以你用你的研究成果让徐子琪和他的父亲又见了一面？”

“是的。”

“他给了你多少酬劳？”

李长逸想了想，“1750万，附带条件是徐先生的模型让徐子琪带走，我这里不留副本。”

听到这个数字，旁听席上有人吸了口冷气。

良心律师转向审判长，“徐子琪把他父亲的模型带了回去，公司的人说，从那天开始，就能够听到徐子琪在办公室里和别人大声吵闹，而且之后的一段日子他的情绪非常低落，一个半月之后，徐子琪被发现在自己的浴室中服药自杀。”

旁听席上响起一片唏嘘声。

“这个结果，是由李长逸引起的。”良心律师准备下最后的结语了，“这一切，都是……”

“等一下！”岳薇正等着这一刻，她站起来，将良心律师的后半句话生生斩断，“审判长！在对方律师提出控诉之前，我能和证人说几句话吗？”

“什么证人？”

“就是刚才的徐先生，”岳薇说，“哦，对了，可以让旁听席上的人转过来了。”

“好的，可以。”

岳薇站起来，摘下手串，放在桌子上，好像是方征坐在那里看她战斗一样。然后，她绕过桌子，走到法庭中间。

她按下全息投影仪的开关，等了一会，徐先生再次出现在法庭上。

“徐先生，你好。”

“你好。”

“今天是几号？”

“什么？今天是……”徐先生想了想，“对不起，我不清楚。”

“今天是2047年5月19日。”

“什么？”徐先生露出吃惊的表情，“我……这个……不……我……这不可能。”

“你在2036年的时候已经去世了。”

徐先生没有回答。

“你的儿子，徐子琪，想把他成功的消息告诉你，但是你那时已经不在了，所以他想了个办法，通过数据模拟了你的一切。”

“这个……我已经死了吗？”

“请集中精神，你在十一年前就已经死了，不要在这方面纠结，请回答我的问题。”岳薇快速地说着，尽可能地表现出冷血的样子。

“他怎么了？”

“他离开你之后，吃了很多苦，也学到了很多东西。他成立了一家很大的公司，获取了很高的地位。”

“嗯。”

“你为他骄傲吗？”

“当然。”

“为他高兴吗？”

“是的。”

“你还有什么想对他说的呢？”

“我觉得他应该更加努力，他很聪明，但是没有常性，需要有人监督这才能坚持做完一件事。以他之前的性格，总能够很快达到自己想要的结果，但是很快又亲手毁掉。我想跟他说，不要自满，要再努力。”

“可是你知道……”

“别说了！”旁听席上突然有人说话，岳薇顺着声音看过去，那是一个坐在左侧，刚才没有看向法庭的妇女，四十多岁，眼圈发红，显然刚哭过。岳薇知道一定会有这样的人出现，她没有见到徐先生从一团光里冒出来，而是先入为主地听到了他的故事，并且被他的命运所触动。

“审判长，我想问那位旁听的人几句话，可以吗？”

审判长白了岳薇一眼，“去吧。”

“您好，大姐，你为什么阻止我。”

“你打算把他儿子的事告诉他吗？”妇女说，“你还是不是人！”

“为什么不能说？”岳薇问。

“那位徐先生也是出于对他儿子的负责才那么做的，他都五十多岁了，你告诉他结果，他会受不了的。”妇女压低嗓门，好像怕徐先生的“灵魂”听到似的。

“他早都死了。”岳薇一副不在乎的样子。

“那他也是一个人！”妇女提高声音，看样子恨不得亲手掐死岳薇。

“谢谢。”岳薇笑着对那个妇女说，弄得她摸不着头脑。

她走回法庭，对着徐先生说：“徐先生，这里不麻烦您了，再见。”说着，她按下投影仪的开关。

“审判长，刚才我要求一半的旁听者蒙上眼睛，实际上是做了一个有些特殊的‘图灵测试’，测试的结果您也看到了。”岳薇走回法庭中央，深吸了一口气，说：“现在我要问您一个问题，审判长，辩方律师提交上来的这件证据，是证人，还是证物？”

审判长皱起眉头，岳薇有些心慌，她这种行为已经严重挑战了审判长的权威。因为她知道审判长无法做出裁决，如果他裁定徐先生是人，那么李长逸所有的成果，以及类似的研究都能够获得同样的社会地位。并且，这场官司将成为今后无数官司的范本，被反复拿出来讨论，审判长还没有担起这么重责任的勇气。

但是他也无法判断徐先生只是一件物品，现场最起码有一半旁听者已经对他产生了感情，把他当成了真正的人。

他只能放弃判断，那么他在这次法庭上的权威将出现一个裂缝。岳薇不愿这样拆审判长的台，但是这是唯一的办法。

她看着审判长，尽可能保持严肃，不能露出一点计策得逞的表情。

审判长想了一会，终于开口了，“我无法裁定这件证据的类别。”

“由于联信公司提出的关键证据无法定义，我方要求联信公司撤销刚才的一切指控，不管他想说什么。”岳薇紧接着说，但开口之后就后悔了，她接得太快，像是早就预备好的，审判长会意识到岳薇挖了个坑让他跳。

审判长怒视着岳薇，但职业素质却让他不得不承认岳薇说的是正确的，“是的，基于此证……此证据的所有指控，均不成立。”

“谢谢。”岳薇得意地看了良心律师一眼，回到自己座位。

联信的律师团队叽叽喳喳地商议了一阵，最后说：“我方申请休庭，并且提出一名证人。”

“是真人吗？律师？”审判长不满地问。

“那个……当然是。”良心律师回答。

“最好是。”审判长说，抬手敲下木槌。

“休庭！”

“干得漂亮。”刚刚走出法庭，联信公司的律师就迎着岳薇走来，岳薇越发觉得他眼熟。

“你还认得我吗？师姐？”

“师姐？”岳薇努力在记忆中挖掘，“啊！任宇！”

顿悟的惊喜之后却是嫉妒和惭愧，“你现在是联信公司的顶梁柱了！”

“混口饭吃。”任宇笑笑，“如果不是在学校的时候看到你在模拟法庭上的飒爽英姿，我恐怕不会坚持读完法学院呢。”

“别胡说了。”

“真的，你和方征学长简直是我们这些学弟学妹眼中的神仙眷侣啊。对了，你们……现在……”

岳薇的脸黯淡下来，不由自主地去摸她的手串。

“我说错什么了吗？”任宇问。

“他……已经……不在了。”岳薇说。

“对不起。”任宇道歉，但他很快想起了什么，“所以你……你就是这样认识李长逸的吧。”

岳薇点点头，“他确实帮了我一个忙。”

“不得不说，他那套程序做得真棒，所有的反应都跟真人一样。”

“所以你不敢跟他多说话吧。”岳薇偷笑。

“如果不是你刚刚见过这套东西，我们的计策可能就管用了。”任宇说。

“确实。”岳薇露出得意的神情。

“虽然这场官司里他们只是配角，不过我感觉以后的案子里会接触越来越多的人工智能，机器人，克隆人什么的。”

“科幻小说看多了吧，我们在法律上接受同性恋都用了几个世纪呢。”

“哈哈，”任宇拍拍脑袋，“那倒是，无论科学怎么定义，最后还得靠我们这样的人在法庭上吵上无数架才能变成法律啊。”

“我们不就是为了这个才当律师的吗？”

两个人哈哈笑了一阵，陷入沉默。

“师姐。”任宇突然开口说，脸上一副公事公办的表情，“和解吧。”

“什么？”

“和解吧。”任宇又说一遍，“我没别的意思，和解对双方来说是最好的出路。”

“我的当事人只有一个要求，就是保留原来的号码。”

“你可以劝劝他，”任宇摊开双手，“我们愿意出8000万的和解费，只要你们不再起诉，并且对和解内容保密。”

“多少？”岳薇忍不住叫道，8000万，律所可以拿到5%的提成，而她自己能够拿到其中的25%，那是……

“8000万。我们开给智盛的价格是4500万，但是李长逸拒绝了。8000万是我们能给出的最高价格。如果给李长逸留下那个号码，每年多花掉的运营费都不止这个数。并且迟迟不转 B 网的话，在未来的生物网络战略上，联信将落后一大步，这是多少钱都弥补不了的。”

岳薇还在心算提成的数目，她确实有些动心。但是李长逸说过“只有你懂得它对我的含义”，经过这次法庭，徐氏父子的事让岳薇确实明白了一些。

她叹了口气，对任宇说：“我的当事人只有一个要求，就是保留下这个号码。”

任宇露出失望的表情，“师姐，请再劝劝他，不然……明天会很难看的。不仅对于他，对你也不妙。”

“对不起，咱们还是法庭上见吧。”岳薇说出这话的时候，脑海里仿佛看见一大堆钞票，长着翅膀飞走了。

“那好吧，祝你好运，师姐。”任宇耸耸肩。

“祝你好运。”

回到自己的公寓，岳薇才知道自己有多疲惫，她将自己扔在床上，让深沉的睡意侵占了她的意识，可就在将要入眠的那一刻，任宇的话又浮现在耳边“明天会很难看的”。

任宇是联信公司律师团队的骨干，这句话不是随便说说，他们一定还有制胜的武器。

岳薇又翻了一遍智盛给她的档案，没有什么漏洞了。但是她仍然觉得不够，于是她给李长逸拨了个电话，打算再梳理一遍细节。

电话几乎是立刻就接通了，李长逸在话筒那头清清喉咙，才说：“喂。”

“李先生，我是岳薇，你的律……”

“闭嘴！你为什么打这个号码！这个电话不是给你准备的，以后不要再打了！”

李长逸怒骂了一通之后，电话断了，岳薇拿着手机发呆，不知道发生了什么。

这个号码就是李长逸打官司要求保留的那个，岳薇记得最熟，没办法，她只好找出笔记本，上面有李长逸的另一个号码。

“喂？”

“李先生，是我。”

“以后不要拨打那个号码了，明白吗？”

你又没跟我说过，岳薇在心里说，但嘴上却应和着，“我知道了，我打电话是想再向你了解一些情况。”

“什么事？”

“你为什么要保留这个号码？”

“这是我个人的偏执。”

你倒是挺有自知之明的，岳薇对着话筒翻白眼，“能告诉我吗？”

“不能。”

岳薇舔舔嘴唇，不知道下一句该怎么说。智盛送来的档案中，对联信公司有着非常详细的研究，但那里面却对李长逸只字未提。起初岳薇以为这是智盛在档案里做的手脚，但联想起李长逸家那扇厚重的安全门，可以知道他是一个“注重隐私”的人。

“李先生，你能说说你的情况吗？先别拒绝，因为明天联信公司会提出一个证人来对付你，我希望在那之前知道你……有什么弱点。”

电话那头沉默了几秒钟，传来的答案依然是“不能”。

岳薇挂断电话，看来没法从那个独居怪人那里得到任何信息了。

她又拨了一个电话，“喂，谢叔吗？最近忙不忙？”

谢叔是她爸爸的老战友，当兵的时候是侦察兵，退伍了之后又干了二十多年刑警。

“不忙，闲得我都快出毛病了。”

“你啊，就是闲不住，去广场上跳健身舞呗。”

“臭丫头，有什么事就快说。”

“我需要你帮我查一个人。”虽然入行没几年，但是岳薇深深地知道，当事人和律师之间，并不是相互信任的关系。很多时候，他们会带着偏执的想法来找律师，告诉律师一个故事，半真半假，或者干脆全部都是谎言，然后让律师去达到想要的结果。如果不提前摸清当事人的底细，在法庭上就会处于被动，当事人的任何弱点，都是对方律师的武器。

“好的，交给我了。”

岳薇将李长逸的信息发给谢叔，信息很短，因为她只知道他的姓名住址，以及那奇怪的“工作”。剩下的就要谢叔来挖掘了，他每次都能通过各种关系完美地完成任务，当然，岳薇也会付给谢叔合适的报酬，双赢。

她重新躺下，用手指默数手腕上的串珠。这间空荡的公寓不再像之前那样充满了悲伤的回忆，与方征重新见面之后，她放下了许多。

她回忆着那些与方征之间的快乐场景，两个月来第一次睡了一个无梦的长觉。

“请证人上庭。”岳薇转向法庭大门，但她等的不是联信公司的证人，而是从来不误事的谢叔。如果能在证人开口前了解一些信息，一会质证的时候也会有心理准备。但是……

一个中年女人走进法庭，衣着时尚，脸上画着恰到好处的淡妆，皮肤保养得不错，但是眼角和鼻翼处的皱纹仍然暴露了她的年纪。

“这是谁？”岳薇正打算转过头问李长逸，但是像机器人一样冷淡的李长逸却像是见了鬼一样从椅子上站了起来，后退两步，张着嘴愣在那里。被他踢开的椅子晃了两晃，倒在地上，在安静的法庭中发出巨响。

“你……怎么是你……”

女人没有看李长逸，她在法警的指引下走向证人席，“我是要坐在这里吗？”女人开口问高高在上的审判长，声音圆润，带着一些颤抖。精致的装扮下仍掩盖不住遮掩内心的紧张。

审判长点点头，女人坐下。

岳薇掐了李长逸一下，她的当事人才笨手笨脚地扶起椅子。

“证人，请说明你的身份。”审判长说。

“我……我叫殷眉，是李长逸的……前妻。”

好像是有意配合一样，李长逸发出一声长长的叹息。

“殷女士，能讲讲你和李长逸是因为什么……分开的吗？”

任宇开始向他的证人提问。

“反对！”岳薇站起来，“与本案无关。”毫无头绪的她现在只能使用拖延时间和打乱对方节奏的策略了。

“我想，先听一下再下结论不迟，反对无效。”审判长转向殷眉，“你可以说了。”

“我和长逸……和李长逸在二十年前离婚的，那时家里出了点事。”

“什么事？”任宇像捧哏一样恰到好处地替殷眉接话。

“我……”殷眉迟疑了，张开嘴却说不出话，她试了几次，那模样就像搁浅的鱼。两行眼泪流出来，弄花了精致的妆。

“我们的孩子找不到了。”李长逸自言自语地说，声音正好让法庭里所有的人听得到。

“别说话！”岳薇瞪了李长逸一眼。

殷眉抬起头，进入法庭以来第一次看向李长逸，“是的，我们的孩子丢了。”

“那是什么时候？”

“二十几年前。”

“二十五年七个月二十一天。”李长逸说，这次的声音更大了些，刚见到殷眉时的震惊和怀念已经被愤怒所取代。

“不要说话！”岳薇再次说。

“是的，二十五年七个月二十一天。”殷眉机械地重复李长逸的话。

“殷女士，请集中精神。”任宇低声说。

“对不起，我会按照之前讲过的说。”

“我反对！证人显然和对方律师商量好了。”

“是吗？殷女士？”审判长问。

“不，我只是……见到前夫有些混乱，对不起。”

“那么请继续。”

“审判长！”岳薇不满。

“我知道了，反对无效。”

“孩子丢失后，你们做了什么？”任宇接着提问。

“我们找了很久，但是仍然没有任何线索。最后我们花光了所有的积蓄，那实在是太累了……”

“是你累了，我可没有。”李长逸站起来，拍着桌子喊道。

啪！啪！

“安静！”审判长怒视着李长逸，手中的木槌重重砸下，也斩断了法庭中的喧哗。

李长逸默默地点头，倒在椅子上。

“你们是因为累了，花光了所有的积蓄而分开的吗？”

“不，对不起，他说的没错，是我累了，而他没有。因为这个，我们的分歧越来越大，最后不得不分开。”

“分歧在于……”

“我们找了好几年，但是一无所获。我想，再那样下去的话，可能会毁了我们的未来……我……我说……再……再要一个孩子。”殷眉又流出眼泪，这是真实的感情。岳薇偷眼看看李长逸，她的当事人注视着自己的手指，也陷入了痛苦的回忆。

“李长逸又是如何应对的？”

“反对！”岳薇站起来，“审判长，这有什么意义吗？本案的重点在于联信公司要保留李长逸的号码。”

“反对有效，任律师，我要求你进入正题。”

“殷女士，请加快速度。”任宇走近殷眉，温和地说。

“他……李长逸当场拒绝了我，并且……并且……第一次打了我，他说我已经放弃了自己的孩子。第二天，他拿来了一份离婚协议。”殷眉擦干眼泪，直视着李长逸，“其实我的心里确实已经放弃了。我签了协议，离开了家，没什么可分割的，所有的钱都已经花了。”

“在原告提出意见之前，我要提醒你一下，律师，仍然没有进入正题。”审判长已经开始不耐烦了。

“离婚第三年，李长逸被诊断出偏执型人格障碍。”

“反对！反对！”岳薇第一时间站起来，“铺垫了这么多，就是为了说明我的当事人有精神疾病吗？证人殷眉女士并不具备专业资格，联信公司已经打算用抹黑的方法来辩论了吗？”

任宇对岳薇的质疑并不理睬，而是递上两份材料，“这是第五人民医院开的诊断书，以及强制治疗的病历。”

岳薇知道问题出在哪了，她扭过身子，强迫李长逸看着自己，一字一句地问：“你知不知道智盛在坑你？”

李长逸不置可否，只是在椅子里不自然地扭动身体。

岳薇把诊断书推到李长逸面前，低声说：“所有的关键信息都被智盛扣下了，而你，不愿意和我沟通，你是故意想让官司输掉吗？”

“岳律师，你有什么要说的吗？”审判长问。

“有，审判长。”岳薇瞪了李长逸一眼，“我不知道对方律师想要证明什么，但是这份病历正好说明我的当事人已经痊愈出院，精神方面并无异常。”她挥舞着那份病历，“并且，与本案无关。”

“不，偏执型人格障碍很难治愈，出院只能证明他的病情暂时得到了缓解，但是现在，我方怀疑李长逸因为受到一些综合原因的刺激，会旧病复发。”

“反对，对方律师没有诊断精神疾病的资质，不能进行恶意推断。”

“有效。”

“那么，我方提出对李长逸的精神状况进行鉴定。”

“反对！这简直是污蔑！”

“审判长，如果李长逸的精神状况不佳，没有民事自主能力，我方要求取消这场诉讼。”

“反对！反对！审判长您能允许在法庭上出现这样明目张胆的污蔑吗？”

“这是我方的权利！”

“这是拖延时间！”

“都给我闭嘴！”

一声怒喝让整个法庭安静下来，连审判长举起的木槌都停止在半空，无法落下。

目光集中在怒吼的源头——李长逸身上。

他侧着耳朵，仿佛在倾听什么声音，“你们没听见吗？”

岳薇像被人猛揍了一拳，她不知道李长逸身上发生了什么，但肯定对将来的审判没有好处。

“李先生！”她小声说，“集中精神，这是在法……”

“我叫你闭嘴！”李长逸粗暴地推开岳薇，离开原告席，走到法庭中央。他侧着耳朵，寻找着空气中存在的蛛丝马迹，像一只能干的缉毒犬。

这时岳薇也听到了，法庭中飘荡着微弱的歌声，欢快的节奏，成年男中音和稚气未脱的小男孩之间的对唱。

任宇走回被告席，从公文包里找出手机，歌声就是从他的手机上传出来的。他关掉手机，向大家送出一个抱歉的笑容，“对不起，我忘记关掉铃声了。”

李长逸死死地盯着任宇的手机，过了一会才露出如梦方醒的表情，他转向证人席里的殷眉：“你，是你告诉他咱们的孩子最喜欢听这首歌的？”

“对不起，”任宇说，“审判长，到底谁是律师？”

“原告，回到座位，让你的律师询问。”

李长逸顺从地走回原告席。

“你为什么必须要保留那个号码？”就在李长逸走回座位时，任宇问。

“反对，请不要和我的当事人说话。”岳薇站起来，挡在任宇和李长逸之间，然后她转向审判长，“对方律师在庭审中故意用手机放音乐，来迷惑我的当事人，这是藐视法庭。”

审判长想了想，“辩方律师，把手机交给法警，罚款3000元，有意见吗？”

任宇看了一眼岳薇，“没意见。”

“下面继续，岳律师你有问题要问证人吗？”

“那是我与我儿子联系的唯一方式。”李长逸突然开口说话，打断了岳薇正要出口的回答。

“你不要再说话了。”岳薇按住李长逸的肩膀，希望能够将他按在椅子上，如果允许的话，她希望用胶带将他捆成木乃伊的样子。

然而一切都是徒劳的，李长逸猛地甩开岳薇的手，大步走向被告席。他伸出手臂，用手指指向任宇的鼻子，仿佛那是一只手枪，“那是我和我儿子联系的唯一的希望！”

“还有你，这个号码不是你教给孩子的吗，你让他牢牢记住，以防……以防……你忘了吗？你不在乎了吗？”枪口又对准殷眉。

“李长逸！请控制住你的情绪。”审判长咣咣地敲着木槌。

“闭嘴！你和他们也都一样，你们从十几年前就都放弃了，你们根本不在乎！”

岳薇颓然地滑倒在椅子上，看着她的当事人像抢劫银行的劫匪一样挥舞着双手，质疑着法庭上的每一个人。

“法警！”审判长也无法容忍李长逸这样的癫狂行为，他用力敲打木槌，好像擂起战鼓。

李长逸像公牛一样冲向被告席，掀翻桌子，一把攥住任宇的领带。

然后，他哭了，像个小孩一样号啕大哭，“求你……求你了……我只有那个号码，别……”

四个法警冲进来，架走了李长逸。

一切都完了，这场官司从什么时候开始变成一场闹剧的？岳薇的脑子一片空白。

庭审在混乱中结束，岳薇提出推迟庭审的动议，但审判长注视了她几秒钟，转身走了。

岳薇离开法庭，在走廊尽头的羁押室里找到了李长逸。

“我……”李长逸突然老了很多，原本就颓废的他现在看上去像是行尸走肉，“我搞砸了。”

“嗯。”岳薇费了好大的劲才没让李长逸坐上直达精神病院的班车，她现在也没有好心情。

“我没想到……她会帮着他们，我以为她看在孩子的分上会留些情面。”李长逸又握紧拳头。

“别想那么多了，回去吧。”岳薇安慰他说，“在判决出来之前，一切都还有转机。”

李长逸重重地点头。

离开法院，岳薇独自回到律所，谢叔已经在办公室等着她了。

“你的当事人挺有故事的。”谢叔坐在岳薇的座位上，用下巴指指办公桌上的一沓档案。

“现在都没用了。”岳薇苦笑。

“怎么了？”

“他丢了一个孩子，和老婆离婚，最后孩子还没找回来，他也疯了。”岳薇脱下外套甩在一边，“今天在法庭上比在马戏团还热闹，辩方律师耍了个诡计，我的当事人当场就崩溃了。你如果早告诉我这些的话，今天上庭之前我就应该准备一包爆米花带去。”

“他的信息不好找。”谢叔摊手，“你知道他之前是个软件工程师吗？”

岳薇点点头，她最近经常见到李长逸的成果。

“所以他在网络上留下的信息很少，除了姓名、生日、身份证号，还有你知道的那些之外，没有任何信息。”

“他看上去确实没什么私生活。”

“所以我去了他家。”

岳薇露出得意的笑容，“我前天就去过了。”

谢叔一愣，“你去干什么？”

“没什么，你在他家发现了什么？”

谢叔将桌上的显示器转向岳薇，夸张地按下播放键，通过摄像机拍下的视频开始播放。

“你是怎么进去的？”岳薇问，李长逸家那夸张的安全门给她留下了很深的印象。

“你只要知道我是专业人士就行了。”谢叔挤挤眼睛。

屏幕显示一片漆黑，探测到屋子里的黑暗之后，摄像机开始提高感光度，并且切换到夜视模式，李长逸的家呈现出一片幽暗的绿光。

在岳薇的印象中，他家没有什么摆设，只有简单的家具，和仅够生活用的器具，如果不算那些电脑设备的话，那里连一些条件很差的出租屋都不如，很难想象李长逸在那里生活了二十多年。

镜头跟随着谢叔走过各个房间，岳薇摆放着全息投影仪的那件“招魂室”，维持着二十多年前模样的小孩房，还有只有一张折叠床的“卧室”。

没有任何有价值的线索，最后，谢叔走到了里面的房间，屋子风格突变。

房间正面是一张大号的电脑桌，桌上是六台显示屏组成的阵列，房间一角的机柜嗡嗡作响，各色 LED 灯不停地闪烁。

谢叔动了动鼠标，唤醒主机。桌面上杂乱地摆放着各种图标和文档，谢叔试探性地一一打开查看。

随着查看的层层深入，两个文件包出现在屏幕上，分别写着“方征”“岳薇”。

“这里为什么会有你和方征的名字？”

“我……不知道。”岳薇看似随意地回答，她还不知道是不是该把向李长逸求助的事向谢叔说，肯定会被臭骂一顿，或者被狠狠地讽刺一番，反正没有好下场。

谢叔点开那些文件，里面详细记录了岳薇和方征的信息，从出生到现在，几乎所有网上可以找到的信息，发过的每一条留言，都在那两个文件包里。

按照李长逸的说法，他通过方征的成长记录和思维模式重建了一个模型，就是所谓的“招魂”，岳薇深深地知道他没说大话，前天和方征的“灵魂”交谈的时候，他的每一句话，每一个反应，都和活着的时候一模一样。

但是李长逸收集自己的信息干吗？

谢叔的手表亮了，那是在提示他有人触动了他留在楼下的传感器：李长逸回来了。

谢叔麻利地关闭打开的窗口，正准备离开时，屏幕的右下角有一个图标闪动起来，那是最近流行的即时交流软件，有人向李长逸发来一条信息。

屏幕里的谢叔犹豫了一下，点开那条信息。

信息很短，只有一行字。

“爸爸，你在吗？”

岳薇再次敲响李长逸家的安全门，没等多久，他的脸就浮现在显示屏上。

“岳律师，你来干什么？我不想再提案子的事了，请回吧。”

“不，现在我已经无法再为那件案子做什么了，只能等待判决。我来是为了私事，我还想见见他。”

李长逸皱起眉头，想了想，然后说：“进来吧。”

像上次一样，岳薇被带进那个房间，稍作等待之后，方征出现在岳薇面前。

“小薇，是你吗？”

岳薇没有回答，而是静静地看着她的爱人。

方征的影像等了一会，无聊了，开始玩弄自己的指甲。如果不是事先知道的话，岳薇就会把他当作真人了。

“方征。”岳薇说。

“小薇。”方征把手指从嘴里拿出来，抬起头，岳薇很不喜欢他啃指甲。

“我不能再见你了。”

“什么？为什么？”方征愣在原地，受惊的样子让岳薇不忍继续往下说。

“你……已经死了。”

“不……不可能，我……不可能……不……”

“那是一场意外，你坚强些。”岳薇走上前去，伸出手，手臂穿过方征的身体，全息场在她的手臂上反射出耀眼的光。

“我明白了，很多事情能够讲得通了。”方征镇静下来，“我说怎么好像好几天没拉屎了。”

岳薇笑了，“我今天在法庭上，听到了一个故事。”

“什么故事？”

“内容不重要，说的是两个和咱俩差不多的人的故事，实际上，那只是一个人的故事。”

“我不明白。”

“你虽然站在我的面前，但是你并不是真的活了，你只是我的执念而已。是我在用你折磨自己。”两行泪水划过岳薇的脸庞，在光芒的照射下晶莹透亮。

“我们不再见面，你就会过得好些了。”方征低声说，不知道是在提问，还是在陈述。

“对不起，你会理解我吗？”岳薇说。

“当然。”方征又露出他那副自以为是的表情，“也许，你可以找别人陪你去吃街角那家馆子了。”

“我永远不会再去那里了。”

“也好，反正我一直不喜欢那里的菜，酱油放太多。”方征撇着嘴说。

岳薇笑了，她擦干脸上的眼泪，“谢谢你，再见。”她说，觉得心里有什么东西终于放下了。

“再见。”

她最后看了一眼方征的影子，“我爱你，我会一直想你的。”

她推开房间门，将方征留在身后。

李长逸的家很安静，转角的一个房间里传来一些响动，不知道李长逸在干什么。

岳薇轻手轻脚地走到客厅，开始今天真正的任务。

通过谢叔录下的视频，她记住了李长逸家的构造，有主机的房间在最里面。她轻手轻脚地向里走，谢叔在那里找到了一些线索，但是没有找到答案。

李长逸为什么整理了她的档案；那个管李长逸叫爸爸的人，是谁。

她唤醒了电脑，很快找到通信软件。在近期联系人记录里，她找到了那个人的ID：李超然21。

然而在这个名字下面，还有一连串其他的ID，李超然07、李超然14、李超然20……

岳薇点开一个叫作李超然33的ID，通话记录写着：

——我不管你是谁，别再联系我了。

——我真的是你爸爸。

——才不是。

——超然，别这样。

她又点开李超然45：

——爸，我今天加薪了。这个季度的业绩是小组第一。

——真棒，我知道你没问题的。

——我去做报表，回头聊。

——再见。

"你在这里干什么。"李长逸的声音突然在背后响起，岳薇尖叫一声从电脑椅上跳起来，慌忙去关对话框。

"我……我找厕所。"

李长逸看看屏幕上的内容，挑挑眉毛，"被你发现了。"

"那是谁？"岳薇问。

"是我儿子。"

"我看到有很多 ID。"

"都是。"李长逸轻松地说。

"我不明白。"

"他们都是程序，每一个都是。就像你的方征，是通过大数据中他的网络标记重建了他的意识模型，让他可以和你交流。那是我二十多年前就已经完成了的算法。而这些，是靠更新的理念创造的。"

"你做这些干什么？"

"为了和我的儿子重新见面的那天。"李长逸从岳薇身边走过，坐在房间里唯一一张电脑椅上，用手指有节奏地轻敲桌面，"他三岁的时候就离开了我，我不知道这么多年里发生了什么，他在什么环境下生活，又经历了什么样的事情。所以我设计了各种生长环境，将意识模型放进去，看着他们一天天长起来。我观察他们，了解他们的一切，他们的生活，他们的思维方式。"李长逸抬起头，目光里闪现着希望的光，"这样，等我找到他的时候，我会让他知道，我一直都没有离开过他，我们会成为默契的父子俩。"

"所以，你必须留下那个号码？"

"我知道你会理解我的，岳律师。"

"不，李先生，我和你并不一样。我来到这里之前就已经知道方征已经不在了，能够和他再次对话，是给我自己一个交代。而你，我不知道李超然是不是还……"

"他当然活着！"

"是，他可能还活着。也一定有了自己的生活。即使你们重新相见，他也不会立刻扔下自己的生活来陪你，我建议你也应该开始过属于自己的生活了。不要再以你的儿子为借口拒绝整个世界。”

“我能给他一个家！”

“他已经有家了。”

“我这里才是真正的家！”

“那就让这里看上去像个家吧。”

李长逸愣住，打量着单调长着霉斑的墙壁，开裂的地板，还有嗡嗡作响的机柜。

最后他说：“请回吧，明天还要去法庭等待判决。”

岳薇提前来到法院，门口已经聚满了人，自制的纸牌和条幅上写着诸如“保卫T网号码！”“今天，他是我们所有人的孩子！”之类的大字。

李长逸从公交车上下来，缓慢地穿过人行道，来到岳薇面前。

“看见了吗？”岳薇指向人群方向，“他们都是为了你来的。”

“无所谓了。”李长逸说，“法官又不会因为他们对我产生好感。”

他们走向法院大门，人群中走出一个人，将一张纸条塞到李长逸手里，又隐没到了人群中。

李长逸看看纸条，向那群人深深地鞠了一躬，然后把纸条递给岳薇。

纸条上写着：我们支持你，不用担心，即使这场官司败诉

了，我们也会替你接着打，一直到你找到儿子为止。——志愿者

“你的故事传播出去了，你看有这么多人支持你。”

李长逸冷笑一声，“真是可笑，今天这些听到消息来支援我的人，和二十多年前扼杀了我的研究成果的人，是一类人。”

岳薇一愣，她将纸条还给李长逸，走上法院漫长的台阶。

当他们从法院出来，再次踏上这段台阶时，人群已经散了。

“对不起，没有帮你打赢这场官司。”外面的阳光正刺眼，岳薇抬起手，在眼前搭了一个凉棚。

“你说得很对。”李长逸眯着眼睛说。

“什么？”

“你昨天说，超然应该已经有自己的家了，我觉得你说得有道理。”

“你能明白就好。”岳薇看向李长逸，突然意识到他正盯着自己的手腕。

她放下手，把手串藏在袖子里。

“总之，谢谢你了。”李长逸说，岳薇觉得他是真心的。

“如果打赢了官司就更好了。”她回答道。

李长逸点头，快步走下台阶，转眼间消失在川流不息的人群中。

岳薇摇摇头，向律所走去。

李长逸回到自己的家中，从兜里掏出一串刚在小摊上买到的酸枝手串，放在桌上。

他唤醒电脑，抹掉自己在网络上发帖的痕迹，没人会知道那些关于本案庭审的信息就是他自己发的。他知道很多人会同情一个精神有问题，而且丢了儿子的单身汉。

他和联信公司的关系不会就此而止，很快就有人自发地来帮助他了。

然后，他在经过重新编程的聊天软件里添加了一个新的ID：李超然 52。

“你好。”他输入了一句问候。

“你好，你是谁？”

“说起有些唐突，方征，实际上你的本名叫作李超然，我是你的亲生父亲。”

“我没心情跟你开玩笑。”

“你今年年纪也不小了，成家了吗？有对象了吗？”

李长逸一边聊着，一边将岳薇的档案加入到他设计的程序里。

现在，他有 52 个儿子，和一个儿媳妇了。

这个儿媳妇很聪明，他很满意。

也许他会有一个聪明的孙子，啊，龙凤胎更好。

亲爱的，我没电了

陈楸帆

晚餐前

有那么一个宁静的黄昏，他打猎回来，听见黑暗中传来一阵颤悠悠的声音：

“亲爱的，我快没电了……”

他嘟囔了一句，在炉火旁坐下，开始撕扯小动物灰绿的毛皮，可怜的啮齿类动物在他手中吱吱地抗议。

“……没电了……没电了……没电了……”

短句单调地在火光灼灼的洞壁上来回碰撞，余音袅袅。

淡蓝的焰舌跳着舞，焦黄的尸体开始噼啪作响，往下淌着油，空气中飘着略带青涩的甜香。

他抽出淌满金色油脂的小碟，均匀地淋在晚餐上，那瘦小的肉壳又滋滋地叫唤起来。

他的喉结往上一跳，狠狠地吞了一口口水。

“……电……了……没……电……了……没……”

那声音缩成一把跑调的小提琴，似有若无地游走在空气里。

他恼怒地把手一摔，晚餐骨碌碌地滚到草堆里，冒着白气。

黑暗中，她闪着微弱的红光，像撒了气的气球，软塌塌地贴在墙角。粉红的皮肤皱成一团，开始浮出许多黑色的斑点，像歇着一只只瓢虫。

她的头部蜷缩成拳头大小，五官全都挤在头顶，微微蠕动，像某种寄生在人体肠道的绦虫。树枝般粗细的脖子上发音孔一张一翕，飘出愈加微弱的声音。

他叹了一口气，他知道她是真的没电了，人造肌纤维已经萎缩到原初状态。

和上一次间隔的时间又缩短了。

他转身走出洞口，他知道，留给自己的时间已经不多了，在日出之前，他得找到电池。

或者，再一次失去。

垃圾森林

没有月亮的夜里，他像一只蝙蝠，靠着耳蜗中微妙的液体平衡，走过光滑的有机平原，穿越冰凉刺骨的河滩，攀过尖峭的琉璃山。

远远的，他的眼睛捕捉到些许的光，那是一片冰绿的磷光，从几株茂密的植物中幽幽地渗出来，轻轻摇曳着魅惑的波纹。

那是他的目的地——垃圾森林。

拨开几片锋利的叶子，眼前便猛地耸起一座泛着绿光的山丘，那是遥远的文明世界对这小小星球的无私贡献。等离子彩电、空调、双门无氟冰箱、复古的7系列BMW小车、剃须刀、宜家家具、残废的家用机器人、只剩下空壳的电脑、可装卸的一居室诸如此类可以想象的消费主义残渣，被喷上了标志着不可降解的荧光涂料，以防止无良商人回收翻新牟利，然后就一股脑儿地倾泻到这小天地里。

老鼠、青蛙、爬虫以及一些植物从冰箱里爬出来，居然也就这么繁衍扎根了，上帝再次证明了自己的伟大。

至于他嘛……

他摇了摇头，当务之急是找到电池，尽管他在这堆垃圾里已经淘了四十七个白天与黑夜，能用的也都用得差不多了。

他知道，遥控器里 1.5 V 的碱性电池是不能用的，碳锌干电池也只能让闹钟叫唤，而那些废旧电器上的自带时钟，隐藏的纽扣锂电池则完全没有转换的接口。他小心翼翼地在那堆无比熟悉的钢铁塑料垃圾中攀爬跳跃，翻找各种电气用品，最后他无比沮丧地发现，所有的努力都白费了。

没有，一块都没有。

他瘫倒在一个硕大的南瓜型按摩浴缸里，光滑而冰凉的瓷壁与皮肤轻轻摩擦，发出丝绸般的声响，所有精雕细琢的细节都在炫耀，这曾经属于一户富足之家。

可这与我又有什么关系呢。他长长地出了口气，无力地望着被映成墨绿色的星空，微微有丝眩晕。

难道要到上几个抛掷点去找？可是时间不多了，何况……

什么东西特别扎眼，他定了定神。那是一叶修长的黑影，斜插在垃圾山上，直指星空，它似乎一直矗立在视野里，可他居然没有察觉。

他突然精神一振，心中又重新燃起了希望。

那是一辆黑色的加长凯迪拉克。

亲爱的

他看着她，眼中闪烁着某种柔和的光，似乎是金色的炉火，和她身体中逐渐加强的荧光的糅合，可又似乎不仅仅是这些。

她的全身缓慢而持续地膨胀着，像充气的气球般，躯体和四肢开始变得丰腴圆润，粉色的皮肤上，皱褶如潮水退却，蒙上了塑料般光滑的质感。她那迷人的宝石蓝眼睛、微翘的鼻尖以及如樱丰唇，伴随着她头部形状的恢复，从头顶像水一样往下滑动，回到正常的位置。

像巫婆一样，他脑子里闪过这个念头，从丑陋不堪到如花似玉，只需要短短的30分钟。

那个黑色的大家伙刺刺地响着，他这才感觉到双臂酸胀无比。

铅酸蓄电池，采用高效率氧氢重组技术完成水分再生，寿命可长达10年，而且完全密封，无须加水，作为车载电池再合适不过，可抱着它爬山又是另当别论。

看来这玩意儿还能撑好一段时间，他心里稍稍松了口气。

“嗯……”

她眼皮颤动着，湿润的双唇微微开启。

他不知为何心头咯噔一下，浑身不自在了起来。

她的双眼突然睁开了，一片深邃湛蓝，他又有点眩晕了。

她看着他，似乎努力地在辨认什么，嘴唇微张，却又说不出话。

他的心猛地一沉。

“……亲爱的……”她突然娇滴滴地脱口而出，伴着花般的笑颜。

他的心又浮了上来。

这样的教训他当然不会忘记，有那么一次，因为充电不及时，她的记忆芯片断电超过 3 个小时，之前 1 个月的生活记忆全被抹成一片空白。

从“亲爱的”变成“先生”，这种滋味可不好受。

一切都只能从头来过，无论是食物的烹调方法还是彼此熟悉的触觉。

学习是一件耗时费力的事情，即使靠着芯片的帮助。

小世界的苦恼

垃圾是文明的排泄物，正如人类是地球的寄生虫。

某位擅长类比的意象派诗人如是说。

如果他活得足够长的话，他可能会把“地球”替换成“宇宙”，并为宏大的气魄沾沾自喜。

在消费主义的鼓舞下，地球以及几大殖民地星球垃圾成患，不可降解的塑料制品无处堆埋，新的时尚推动钢铁制品的淘汰，除了基础设施的建造，钢铁市场价格一跌到底，制造业已没有盈利空间。政府大力推广降解期短的新型材料，鼓励消费者全面更换旧有物品，于是，新一轮的垃圾浪潮汹涌澎湃，城市不堪重负。

垃圾问题成为横在人类面前的一道高坎。怎么跨过它？

用核能销毁！极端主义者挥舞着拳头。

绿色和平组织摇摇头。

释放到外太空！享有公民权的海豚发出超声波。

NASA 摇摇头。

培养一种能消化塑料和钢铁的细菌！生物学家十分冷静。

动物保护者协会摇摇头。（他们以为细菌也是动物）

把垃圾扔进黑洞，或者丢到太阳熔炉里！科幻作家声嘶力竭。

大家都假装没有听见。

经过许多许多许多轮的讨论，最后筋疲力尽的讨论者们终于达成共识，由无人驾驶飞船定期将垃圾丢弃到具有相当质量的小行星上，省钱省力省心。至于那些小行星如何如何，那就不是他们所关心的，也不是纳税人关心的问题了。

那么他，一个大活人，怎么会被当成垃圾丢弃到小行星上呢。

这也是他一直苦恼，或者说一直想要回避的问题。

所幸的是，这星球上居然有稀薄的大气层，以及各种从冰箱保鲜层里苏醒过来的动植物，上帝匪夷所思地创造了一个小世界，一个自转周期为 7 小时 21 分钟（地球时间），气温在半年内尚算可以忍受的小世界。

这给了他一个享受苦恼的机会。

冰箱飞船

天气越来越热了，他想，可能是小行星正在朝近日点运动。

地上稍微有点烫手，他只好蹲着，把那台老得掉牙的计算器来回地摁，想算算这个小世界距离毁灭到底还有多少时间。

可是失败了，那些公式和数字在脑子里和他捉迷藏。

他恼怒地把计算器摔了出去，惊起池塘边一堆聒噪的青蛙。

这让他想起了过去。

他是，或者说他曾经是，一名该死的中学物理老师。

尽管他的专业是哲学。这个时代，哲学是一个让人耸耸肩的词。

面试的时候，那个胖胖的人事处长朝他喷着臭气说，哲学？哲学是什么东西，学生的脑子里已经够乱七八糟了，父母把他们送到这里来可不想让他们退化成猩猩出去哦。他做了一个捶胸口的动作，把脸拉得像猴子那么长，滑稽吗，一点也不。

我们这里缺一个物理老师，你看着办吧。哲学？哈！

以前的他想到这里可能会把拳头攥得嘎吱响，现在？他耸了耸肩，哲学？也许吧。

他什么都不在乎了，除了一件事。

当他稀里糊涂地滚出那台超大容量的冰箱，四脚朝天地面对这个陌生的世界时，他想，这一定是个梦，而且是个很荒诞的梦，荒诞得有点疼。

后来他反复运用逻辑推演，结合朦胧的记忆碎片，编了一个大概能说服自己的故事，情节大概是这样的：

有那么一个郁闷的周末夜晚，他如往常般喝了个酩酊大醉，跌跌撞撞地回到家，吐了一地的他感到口干舌燥，于是打开冰箱找水，不知怎的就在保鲜柜里睡着了，又触动了冷冻休眠模式，于是乎……过了有那么几周吧，房东老太太催了几次房租，没人，打电话到学校，又说好久没上班了，于是把他房间搞个清洁，值几个钱的卖掉，不值钱的丢掉，这冰箱明显被当成后者处理了……

他苦笑着摇了摇头，看来那个人事的话还是有点道理的，哲学并不能让人高尚些或者超脱些，甚至不能让人变聪明点少干些蠢事，该怎么样还是怎么样，只不过让别人取笑你时理由更充分罢了。

“亲爱的，吃饭了！”池塘那边传来一声甜蜜的呼唤，青蛙又是一阵聒噪，扑通扑通地跃入水中，荡起圈圈涟漪。

唯一值得庆幸的是，他还有个伴。

粉红机器人

日子就这么一天天地流走了，当然，小行星上的日子流得更快些，甚至留不下一点痕迹。

他已经放弃了计算、思考、苦恼诸如此类的徒劳。

有时候他会花上一整天的时间，傻傻地看着她，听她把记忆库里的东西一件一件地掏出来，像糖果铺一样琳琅满目。

“亲爱的，你知道吗，我会28种蜗牛的做法，清蒸、红烧、白灼、刺身、油煎、加法式白汁、意大利肉酱、泰国咖喱、印度香叶、墨西哥指天椒……”她眨着睫毛，全然不顾他腹部强烈的反应，“……可这里一只蜗牛都没有，一只都没有，这里只有青蛙，到处都是，青蛙这种低级的肉类，我只会一种做法，那就是烤，放在火上，刷上烧烤酱，不停地翻转、翻转、翻转，直到它的肉被烤成金黄色……”

池塘里的青蛙不满地“呱”了一声。

事实上，在这个小世界上，除了青蛙、水果和蔬菜，他几乎就没吃过别的东西，仅有的几次老鼠肉，还是他自己烤的。

“亲爱的，你知道吗，我会讲一万八千个童话，安徒生的、格林的、加特林兄弟的、王尔德的、马克·吐温的、圣修伯里的……”每次讲到这里，她总会把双手捧在胸前，两条修长的粉腿微微弯曲，像不倒翁般左右摇晃。

“亲爱的，你知道吗，我会32种丝巾的打法，凤蝶结、海芋结、埃及结、伊丽莎白结……”

他早就知道，她只是一具被淘汰的老式家政机器人，从第一眼在垃圾堆里发现她的时候，皱巴巴的、人形的、粉红色的、没有附加功能的、傻乎乎的……除说话外，她无法提供更多的快乐，因为她只是个老式的、粉红的、家政机器人。

可这是他能抓住的最后一根稻草。

电池，电池

他知道，她的电量又不足了，因为她慢了下来，大概是四分之三拍的样子。

“亲——爱——的——，你——知——道——吗……”

不光说话，还有动作。

当苍蝇飞过眼前时，她会很慢地眨巴一下眼睛，动作如此之慢，以至于苍蝇转了一圈之后，回来时刚好被她张开的睫毛打翻在地。

他想，只有到其他几个抛掷点去碰碰运气了。

这颗小行星一共有三个抛掷点，都是在近地时抛掷的，离他最近的这堆，他已经不抱什么希望，唯一的可能在小行星的另一面。

他甚至都不敢奢望会有另一堆垃圾从天而降。

带上用青蛙肉晒成的干粮，他踏上了旅途。

爬过几座山，不是很险，跨过几条河，不算很深，其实，路也不是特别远。

这边，她继续过她慢悠悠的日子。

就这么过了许多天，对于他们，时间已经变得很模糊了。

又是那么一个黄昏，一条黑黑长长的影子慢慢地伸进了岩洞，爬到了她的脚下。

他回来了，背着一个大麻袋，棱角分明。

她缓慢地抬起头，湛蓝的眼睛深情地望着她，微微张开双唇。

“亲——爱——的——，你——回——来——了——”大概是一又二分之一拍的样子。

“嗯。”他闷声应了一句，然后哗啦一下散在地上。

紧接着，鼾声大作。

第二天，阳光明媚。

他站在一字摊开的大大小小的电池前，活像个沿街叫卖的小贩。

他想了一会儿，拣起一串绷带一样的东西。动能电池，捆绕在四肢，随着身体的运动产生持续电能。他又看了看她，正以蜗牛一般的速度从岩洞中探出头来，他苦笑着摇了摇头，甩手准备丢到一边。

手甩到三分之二个圆弧时，他停了下来，一个想法冒了出来，我帮她发电？

一幅画面迅速地在他脑海浮现、成型。一个缠满绷带的木乃伊正在不停地奔跑，身后拉着一顶金碧辉煌的马车，车上坐着一位粉红女王，她紧紧地抓住木乃伊的两条绷带，电流正源源不绝地涌入她的身体，女王畅快地高叫着，皮鞭在空气中噼啪作响……

他打了个哆嗦，三秒后，绷带“刷”的飞进了池塘。

几分钟后，池塘边架起一块亮晶晶的大镜子，他举着镜子，对着太阳的方向，小心地调整着身体的角度。

她静静地躺在阳光里，镜子背后伸出两条黑线，连在她的双手手心。

白天很短，光线如流水般倏忽幻化，转眼已日过中天。

随着太阳的爬升与坠落，他挪移着手里的镜子，满脸通红。

日头渐渐红了，她的身体颤抖着，似乎想说些什么，却又发不出声音。夕照中的影子贴着地面缓缓流淌，汇入沉静的池塘。

终于，最后一丝光线也沉入地平线，夜幕降临了。

她突然坐起身来，嘴里连珠炮似的吐出一句话：“亲爱的，你难道不知道我不能晒太阳吗？噢天呐，那样会把皮肤晒伤的，会把粉色晒成小麦色的，那样就不好配衣服了，亲爱的，下次让我晒太阳之前，请——事——先——征——询——我——的——意——见——好——吗？”

像是空气突然增大了阻力，她的话音变得艰难而缓慢，词语像断开的珍珠项链般一颗颗散落在地，硬硬地撞得他耳膜发疼。

他长长地叹了一口气，又没电了。

青蛙与橘子

这个夜晚很短，好像旧的一天刚刚过去，新的一天又匆匆忙忙地来临了。他一夜没有合眼。

她静静地躺着，偶尔发出一两声鸟儿般的呼哨，身体里闪着晶莹的红光，像一块冻结了火焰的坚冰。皮肤还保持着紧致光滑的质地，但手心已然蔓出纠缠的曲线。

他想起了那次，从一具心脏除颤器里拆下了镍镉电池，天晓得居然还能用。可她醒过来之后，却皱起了眉头，捂着胸口，说心里很难受。他从来不知道，机器人居然还有心，还会难受。

她气喘吁吁地说：“亲爱的，这块电池记忆效应太强了，它装了好多好多的痛苦……”

他瞪大了眼睛，说不出话来。他一直以为，所谓电池的记忆效应，只是在充放电的过程中极板上产生的小气泡，日积月累，气泡减少了极板面积，也影响了电池容量，仅此而已。

看来物理确实是门博大精深的学问，他想。

天很快地亮了，他蹑着脚起了身，虽然他知道她没有睡眠，但是始终摆脱不了是人类的习惯，虽然他已经放弃了很多。包括费尽心思给她取个好听的名字。

包括抗拒一个叫自己“亲爱的”的机器人。

现在，他必须想些法子，一些物理课上滑稽的花招，一些让他丢尽脸面的伎俩。

他消失在晨曦中。

绸缎般柔滑的阳光中，她的皮肤如金箔受热收缩，慢慢浮现阴影斑驳。

一些东西正从她的记忆中汩汩流走，像水渗入泥土。

正午。午后。

他回来了，背着一个大麻袋，鼓鼓囊囊。

麻袋扑通一声摔到了地上，叽里呱啦地叫唤开了，像无数个小心脏突突地往外蹦着。

他也扑通一声坐到地上，掏出不知从哪里拆下来的铁皮，咔嚓咔嚓地剪起来，不一会儿，膝盖前垒起了两堆小金属条，像两个鸟巢般闪闪发光。

他又掏出一团乱麻似的电线，绞绞缠缠，金属条转眼变成了一对对翅膀，翅膀末端连着一根根毛茸茸的电线，电线又如溪水般汇聚成粗大的一股，接在一个锈迹斑斑的接口上。

一头水母，触手上长满了蝴蝶的翅膀，他有点满意地看着自己的作品，露出疲惫的笑。

麻袋的口子小心翼翼地张开了，尽管他那么小心，可还是从指缝中滑出一个圆溜溜的橘子，不紧不慢地在脚底滚着，他松开一只手去抓，“呱”，口袋里又蹦出了一只呆头呆脑的青蛙。他赶紧捏紧了袋口，眼睁睁地看着那个橘子和那只青蛙，一前一后，一滚一跳地消失在池塘边缘。

他恼怒起来，抓起那把电线在麻袋里忙活开了，青蛙的聒噪伴随着汁液迸溅的吱吱声闷响着，口袋从里边湿到了外边，慢慢地在地上凝成一摊，又淌成小河。

他抽出了双手，橙色和红色的液体往下滴着，那些铁片，噢，应该是铜片和铝片，已经穿过橘子的果瓤和青蛙的肌肉，噢，那叫电解质，不同的金属片之间形成电位差，艰难地贡献着不到 1 V 的电压。

然后通过水母的触手形成串联电路，然后接口插入了她的后背。

然后小红灯亮了，然后……

膨胀、膨胀……

他欣慰地看着她，脸上沾满了红红黄黄的液体，很难看地笑了。

膨胀、膨胀……倒三角脸、灯泡眼、阔嘴巴……

他的笑容越来越难看。

停止膨胀……

他努力地说服自己，这只不过是一张有点像青蛙的脸，可为什么胃部还是忍不住地倒腾。他开始把注意力转移到物理学上，这说不通啊，凭什么青蛙输出的电流就有反应，橘子就没有。

像是对他的疑问做出回应，她那粉嫩的皮肤开始发酵般肿胀，在他面前生生地变成了橘皮组织，粗糙不平的表面散射着黄澄澄的光。

某位哲学家的大脑已经丧失了提问的勇气。

外星贵族

这是一个月明星稀的夜晚，他仰望着星空，聊发无限感慨。

马儿啊，四条腿，大海啊，都是水，你说我们有没有可能，就算那么一丁点的可能，回到地球去呢？

他静静地期待着，有人能给他一个安慰性的回答。可是没有。

在他身后，一个长着青蛙脸的女人，准确地说应该是女机器人，正四肢着地的蹲在地上，两只灯泡眼跟着空中的小飞虫滴溜溜地转，猛地把大嘴巴一张，弹出短短的舌头，打在自己的鼻孔上，然后狼狈而沮丧地耷拉下来，滴答着口水。

他深深地叹了一口气，垂下了头，就连夜空中闪过的那丝不寻常的光，都没能引起他的注意。

那是一团草帽型的蓝光，以东偏南45度切入视野，又在中天盘旋数个来回，终于下定了决心似的，朝他和她所在的方向飘了过来。

对于突如其来的客人，他显然没有做好心理准备，因此表情略显呆傻。

特别是当看到那艘飞船的主人从旋梯上款款步下时，他的眼珠子都快掉出来了。

怎么又是一只青蛙！

显然，他的观察不够细致，至少他没有指出，这是一只红色的青蛙，穿着类似非洲土著或者是印第安人的羽毛装，它的嘴巴比普通青蛙窄些，眼睛小些，额头上有几个粉红的突起，微微放着荧光。那么，他只能在心里暗自纠正，这是一个比较不幸的长得像青蛙的外星人。

外星人滑动到他面前，他颇感窘迫地想了半天，憋出一句：“嗨！”

外星人转了转眼睛，张开嘴巴，发出一阵鸟叫和树叶落地的声音。

又张开嘴巴，发出一阵榨汁机和煎鸡蛋的声音。

它闭上了嘴巴，又转转眼睛，可每次张开嘴巴，总会跑出来一堆乱七八糟的声音，有时是擤鼻涕和呕吐的声音，有时是打碎玻璃和闹钟的声音，有时是听不懂的音乐，有时又像一个穿着木屐的疯女人在一堆蜗牛壳上来回地踩。

他想捂住耳朵，又觉得不太礼貌，双手在半空尴尬地停住了。

外星人的眼睛转了十六又二分之一圈后，张开大嘴巴，终于说出一声：“嗨。”

他偷偷地想，青蛙到底还是青蛙。

初次会晤纪要

“您是……外星人吧。”

“请叫我佛洛格，我的地球名字。”

“噢……佛洛格……怎么有点耳熟……”

外星人做了一个矜持的动作。

“那是贵族的名字。”

“噢……这样……我叫陈默……”

“也是个贵族的名字？”

外星人又做了另一个矜持的动作。

“不不不……是个，呃，汉族的名字。”

两个人都沉默了。

他觉得外星人的灯泡眼似乎老在盯着自己背后看，他思忖这是不是某种礼节，于是他也盯着它背后的飞船死看。

“你的飞船……挺漂亮的……”

“那是贵族的飞船。”

外星人做了第三个矜持的动作。

“噢……不知道能不能……多带两个人呢……”

“只要是贵族就可以。”

又回到第一个矜持的动作。

“噢……”他没话了。

“她很漂亮。”

“她？”

他顺着外星人的眼神回过头，明白了。

“但是她原本不是这样的……她没电了……她是个机器人……机器人你知道吗？”

他显得有些慌乱。

“噢……”青蛙的眼睛又骨碌碌地转开了。

“或许我们能交换一下礼物。”

“礼物？”他不明白。

“就是你我各自想要的东西。”

他对这只青蛙有了全新的认识。

人肉发电机

“那么……”他终于打破了长久的沉默，“你的意思是，我把她给你，你带我回家？”

外星青蛙做出一个优雅的动作，大概是赞同的意思。

“可是……”他也不知道自己要说什么，“她没有电，你明白吗？没——有——电，就是不能动了，死了。”他头一歪，做出一个吐舌头翻白眼的表情。

“电？”

“电……就是……”他挠挠头，难道要跟这只青蛙解释一堆原子、电子还有电流方向诸如此类的概念，这比教市长的低能儿子还让人头疼。

外星人的眼睛又转了几转，说我明白了，不过……

“……很遗憾，在我们星球上并不使用电力。”

池塘里的青蛙又开始聒噪起来，长着黄色青蛙头的她，趴在地上，缓慢地挪动着，听见青蛙的叫声，便张了张嘴巴，想附和一下，可跑出来的却是呜呜的小孩哭声。

“不过，如果她能撑到我们星球的话，或许能给她换上另一套能源系统。”

“那么……”

他看了看她，橘子般的皮肤已经开始松弛下垂，灯泡眼里浑浊不堪，她每移动一小步，都会听见身体里各种零件互相撞击的声音。电不多了。

“咯咯……”贵族先生突然发出了类似笑的声音，“其实电池也不是什么很难办的事情啊。”

“喔？”

那对青蛙眼在他身上来回扫了几圈，又发出那种咯咯咯的笑声。

“按照我对你们种族有限的了解，你们体内存在着一些物质，它们之间发生反应时能产生能量，而这些能量是可以转化为电能的。”

“比如？”他还是摸不着头脑。

“比如你们所谓的新陈代谢，葡萄糖和氧分子反应就有能量产生，我们可以用某种聚合物在你体内形成一个电路，利用葡萄糖氧化酶加速化学反应，再通过导体将转换后的电流导出。”

他打了个哆嗦，虽然天气并不是很冷。

“咯咯，别担心，我们的技术水平是为贵族服务的。”

它又做出一个动作，其实有点滑稽，他心里暗想。

这场交易似乎开始倾斜了，他犹豫着，不过从一开始，他就没有讨价还价的本钱。

他想回家，想夏天冰镇的啤酒和冬天暖和的被窝，想那帮幼稚却又聪明得可怕的学生，想那些能吃进肚子里的，香喷喷，实实在在的东西。他想，即使是回去当个物理老师，不，就算是体育老师，他也愿意。

可还有一些东西让他牵挂着，一把柔软的、甜蜜的、一成不变的声音，一句从耳朵眼儿搔到心头痒痒肉的话，哪怕能再听上一遍，也是好的。

亲爱的，摆在你面前的选择实在不多呢。

回家

窗外，星光如流水般倾泻而过，悄无声息。

他躺着，软弱无力，像一摊蒸烂的茄子，唯一能动弹的，只是眨眨眼睛。

回家了，回家真好。

他看不到她。他猜她已经好了，否则自己不会在这里，在回家的路上。

他猜她正跟青蛙王子在一起。

管他呢。

他努力地想咧咧嘴角，做一个无所谓的表情，可他失败了，脸很疼。

这是后遗症吗？这是我当人肉电池的后遗症吗？

又有什么关系呢？

反正都要回家了，就要回家了。

家里有什么呢？

噢，他突然想起他已经好几个月没交房租了，工作估计也没了。

兴许他可以起诉房东老太漠视他人生命安全，说不定还能赚一笔赔偿金。

只是，那个吝啬凶狠又丑陋的老太还活着吗？

管那么多干吗？

只要给我一瓶啤酒，我就可以活下去，人生嘛，不就是这样的吗。

可是，没有人在等我回家。

真的没有吗？

他使劲地回忆着，生怕漏掉哪个远房亲戚，哪个有过一面之缘的哲学爱好者。

没有，一个都没有。

好像有一个吧。模模糊糊的，却又很熟悉的样子。

怎么也想不起来。

就是那个嘛，你们经常在一起的啊。

哪个嘛。

记忆仿佛被剜掉了一块，留下好大一个空洞。

就是那个嘛，她经常叫你什么来着……

亲爱的。

亲爱的。他的头开始猛烈地痛起来。

四周摇晃震动着，发出轰隆隆的响声。

飞船着陆了，舱门缓缓地升起，从门缝外涌入刺眼的白光。

到家了吗？

他突然害怕起来。

家。

亲爱的，我们回家了。

天凉了

还是那么一个宁静的黄昏，黑暗中，一个细细长长的影子，静静的，不说一句话。

她那迷人的宝石蓝眼睛、微翘的鼻尖以及如樱丰唇，宛如夜河中的金子，熠熠闪耀。只是神情有些黯然，她还没从两栖类的状态完全恢复过来，除了容颜。

她的新主人刚刚弃她而去，那个长着青蛙脸的贵族，像是遭到了天大的欺骗和侮辱，连续地做出许多组复杂而优雅的动作，在临走之前，还不忘向她丢下那样的一个眼神。那眼神，仿佛在它面前的，是一堆缠满了苍蝇和臭蛆的垃圾，而不是这样一个粉扑扑水灵灵的女机器人。

也许吧，上帝是伟大的，但并不能说一切都是完美的。

她望着它远去的背影，唇边无声地滑落一个词。

黑暗的另一个角落里，她的前主人静静地躺着，身上插满了碳纤维导管，以及各种各样的电线。他的眼睑颤动着，脸上时而兴奋欣喜，时而紧张恐惧，除此之外，他一动不动。

这是交易失败的违约金，他的赔偿是一个梦，一个很长很久的梦。

他突然全身哆嗦了一下，紧闭的眼角淌出一丝晶莹的液体，口中反复呢喃着一个词。

在梦里，他回家了。

天气凉了，青蛙们从池塘里跳上了岸，找个舒服的泥坑蹲了下来，准备过冬。冬天究竟是不会来到的，这不过是小行星向近地点运行途中暂时的冷却而已。

星空还是那么澄澈，如一汪泉水，无数的星光沉淀其中，互相召唤、牵引，勾勒出银河温柔的轮廓。

她缓慢地抬起了脸，边缘闪闪发亮，似乎在对自己，又像是对别的什么人，微弱而甜蜜地吐出那句话：

“亲爱的，我快没电了……”

然后，闭上了嘴唇，静静地期待着，回应或者是枯萎。

总有一个期待是会实现的吧。

轰隆隆，行星的另一面传来沉闷的巨响，震动惊醒了沉睡中的青蛙。

又一堆垃圾着陆了。

晚安忧郁

夏 茄

小西（1）

我还记得小西第一次走进我家的模样。她抬起小小的脚，踏在光洁的木地板上，好像孩子第一次踏在新落下的积雪上面。那战战栗栗的步伐，像是害怕把雪踩脏了，又像害怕自己那点微不足道的重量会拉着她陷下去。

我拉着小西的手。她柔软的身体里塞满棉花团，白绒布上的针脚不太整齐，是我一针一针缝出来的。我还为她缝了一件猩红色毡绒斗篷，像我小时候看过的童话书里的模样。她的两只耳朵一长一短，长的那只耷拉下来，有点没精打采的样子。

看到她，会让我情不自禁想起过去人生中所有的失败经验：手工课上捏坏的蛋壳娃娃、画脏了的画、笑容僵硬的照片、烤成焦炭的巧克力布丁、没有通过的考试、惨烈的争吵与分手、语无伦次的课堂报告、千辛万苦修改却没能发表的论文……

冬冬转过毛茸茸的小脑袋打量我们，高速摄像头正在扫描分析小西的模样，我几乎听见他身体里算法运转的声音。冬冬的程序设定他只对能说话的对象做出反应。

“冬冬，这是小西。”我向他招手。“来打个招呼。”

冬冬张开嘴，发出像打哈欠一样的声音。

“好好说话。”我像个严厉的母亲一样提高声调。

冬冬不情愿地嘟囔几声，但我明白那是一种撒娇的表现，他希望用淘气的举动引起我的注意。这些模仿小孩子行为的算法精妙而复杂，却是语言学习机器人成败的关键。如果没有这些反馈与互动的话，冬冬将会像个自闭症儿童一样，即便掌握了完整的语法和词库，也没有办法和他人形成有意义的对话。

冬冬伸出一只毛茸茸的前爪，瞪大眼睛看看我，又看看小西。设计师将他做成白色小海豹的模样是有原因的：你看到他憨态可掬的模样和水玻璃一样黑漆漆的大眼睛，就会情不自禁卸下心防，会想要抱一抱他，摸摸他的脑袋，跟他说“你好，很高兴认识你”。相反，如果做成一个光溜溜的婴儿模样，反而会让人感觉到恐惧。①

“你——好——”他按照我教他的方式，字正腔圆地发音。

“这就对了。小西，这是冬冬。”

小西也打量着冬冬。她的眼睛是两枚黑色纽扣，摄影机藏在纽扣后面。我没有给她缝上嘴，这使得她脸上表情显得十分单调，好像一个被下了魔咒，不能笑也不能说话的小公主。但我知道小西并不是不能开口说话，她只是因为到了一个新环境而紧张，太多信息要处理，太多选择需要比较衡量，就像一盘复杂的棋局，每一步背后都蕴藏万千变化。

我拉着小西的手，掌心在微微出汗，仿佛同样感受到这份紧张。

---

① 根据1970年日本机器人专家森昌弘提出的“恐怖谷理论”，随着类人物体拟人程度增加，人类对它的好感度亦随之提升，但当机器人与人类相像超过95%的时候，哪怕她与人类有一点点的差别，都会显得非常刺眼，而让人产生生理上的厌恶感。

“冬冬，让小西抱一抱好不好。”我提议道。

冬冬支起身体，一蹦一跳向前挪动两步，然后努力抬起上身，张开两只短短的爪子。他的嘴角向两边拉起，形成一个好奇而友善的笑容。多么完美的笑，我不禁暗暗赞叹，多么天才的设计。过去的人工智能专家们都忽视了交互行为中这些非语言的要素，他们以为“对话”就只是一个程序员对着一台电脑一问一答。

小西还在思考。但这是一个不需要用语言回应的情境，因此对于她而言运算量大大减少了。“是”或者“否”，就像扔硬币一样简单。

她俯下身，用两只软绵绵的小手抱住冬冬。

这就对了，小西。我默默在心里说。我知道你其实渴望被拥抱。

艾伦（1）

在生命的最后岁月里，艾伦·图灵制造了一台能够与人交谈的机器，取名为“克里斯托弗”。

克里斯托弗的操作方式非常简单：对话者可以直接在一台打字机上敲出要说的话，与此同时，打字机的机械运动被转化为一条长长的打孔纸带输入机器，经过计算之后，机器给出应答，并通过另一台打字机转译为英语。两台打字机都经过改装，使得它们打印出的文字以某种人为设定好的规则被编码，譬如“A”被“S”取代，而“S”被“M”取代。对于在“二战”期间破译过德军通信密码的图灵来说，这似乎不过是他如谜一般的人生中又一个小小字谜游戏而已。

没有人真正见过这台机器，图灵去世之后，留下的只有两大箱他与克里斯托弗的对谈记录。这些皱巴巴的纸页被乱七八糟堆放在一起，没有顺序也没有规律。所以一开始，人们很难从纸上天书一般的字符串中读解出任何意义。

1982 年，一位来自牛津大学的数学家，同时也是艾伦·图灵的传记作者安德鲁·霍奇斯，曾经尝试破译这些密文。然而，由于每一次谈话的加密方式都不一样，而纸页上又没有标注页码和日期，这使得破译的难度大大增加了。霍奇斯留下了一些线索和笔记，却未能接近真相。

30 年后，几个麻省理工计算机专业的技术宅们为了纪念艾伦·图灵一百周年诞辰，决定向这一谜题发出挑战。最初他们尝试采用暴力穷举的方式，依靠计算机分析出每一页纸上可能存在的规律，但这依然需要很大的运算量。在此过程中，一位名叫琼·纽曼的女生通过研究密文原稿发现，不同纸页上的字母磨损方式存在微妙差别，这说明密文来自两台不同的打字机。她由此提出一个大胆的猜想：这是一份聊天记录，艾伦·图灵是在跟另一个对象通过密文交谈。

这些线索很容易让人想到著名的“图灵测试”，然而起初，这群心高气傲的学生们并不相信，在那个时代能够设计出与人类交谈的计算机程序，哪怕是艾伦·图灵本人。他们给那看不见的对话者起了个代号，叫作“幽灵”，并且编造了一些荒诞不经的怪谈。不管怎样，琼的猜想似乎为破译工作指出了捷径。譬如他们根据某些重复词组和语法结构，设法将密文纸两两配对，以寻找问答之间的语义关系；又譬如他们尝试从图灵的亲友名单中猜出对谈者的姓名，结果顺利破译出了“克里斯托弗”这个字母组合——克里斯托弗·马尔科姆（Christopher Morcom），正是图灵在16岁时爱慕过的第一个男孩的名字。[①] 他们曾一起分享对于科学的热爱，曾在寒冷的冬夜观测同一颗彗星。1930年2月，年仅18岁的克里斯托弗因病早逝。

图灵本人曾经说过，密码分析并不仅仅依靠纯粹的逻辑推演，直觉和猜想往往更加重要。或许可以说，一切科学研究都可被看作是“直觉”与“推导”这两种过程的组合。最终，正是依靠琼·纽曼的直觉与计算机的推导，完美破解了图灵生前留下的谜题。从破译出的对话中我们获知，“克里斯托弗”不是幽灵，而是一台机器，或者更确切地说，是图灵本人编写的一个对话程序。

然而，新的谜题随之而来——机器真的可以像人一样回答问题吗？克里斯托弗是否真的通过了图灵本人的“图灵测试”？

小西（2）

iWall上黑漆漆一片，角落里闪烁着小小的数字图标，提醒我有一大堆未接电话和未答复信息，但我顾不上查看。这些天太忙了，有那么多事情要做，没有时间去应付人际关系。

---

① 写到这里，我想起了自己的一段真实经历：高三那年，我每天放学后都会去父亲一位同事的办公室里上自习。办公室里有一台电脑，我没费什么力气就猜出了开机密码——他女儿的名字。这导致整个高三我浪费了很多宝贵的学习时间在玩电脑上。

一盏小小的蓝灯亮起来，发出“咚咚咚”的响声，像是有人在敲门。我抬起头，看见 iWall 上弹出一行醒目的大字：

下午五点钟，带小西出门散步。

医生说，小西需要阳光。她的眼睛里安装有感光元件，可以精确测算每天接受的紫外线剂量。每天待在屋子里不运动对康复没有好处。

我叹一口气，感觉脑袋沉甸甸冷冰冰的，像一个铅球。照顾冬冬已经够累了，现在又加上一个——不，不能抱怨，抱怨不能解决任何问题，应该尝试从积极的角度来思考这件事。任何一种情绪都不是单纯由外部事件引起的，而是由我们内心深处对这个事件的理解而产生。这一过程往往发生在无意识层面，仿佛习惯成自然，在你还没察觉到之前就已经完成了。你感受到了情绪，却不明白原因，这个时候想要靠意志改变情绪是非常困难的。

同样半个苹果，有的人看到会欣喜，有的人会悲伤。那些经常性感受到悲伤和无助的人，只是习惯了将那残缺的半个苹果与人生中所有的失却联系在一起。

这没有什么，不过是出门散个步，一个小时就回来。小西需要阳光，而我需要喘口气。

懒得花工夫收拾打扮，又不愿意让自己窝在家里好几天的邋遢模样被人看见。我把头发扎成马尾，戴上一顶棒球帽，换上帽衫和球鞋。帽衫是我在旧金山的渔人码头买的，上面写有“I ❤ SF”几个字，这些质地和色彩会让我想起很久以前那个夏日午后，想起海鸥，寒冷的风，水果摊上红得发黑的樱桃堆。

我紧紧拉住小西的手，出门，坐电梯，下楼。管道车与iCart让人们的生活变得方便，从城市这一端到另一端，从一栋楼到另一栋楼，只要十几二十分钟就能抵达。与之相比，下楼走到屋子外面去反而显得如此麻烦。

天气阴霾，微微有风，安静。我向楼房后面的一片花园走去。五月，姹紫嫣红的花都开过了，只剩下纯粹的绿。空气里隐约有洋槐甜幽幽的香气。

园子里只有寥寥几个人影，在这样的下午，只有老人和小孩才会来户外活动。如果说城市是一座高速运转的机器，那么他们就生活在机器的缝隙之间，以人的步速而不是信息传递的速度丈量时空。我看到一个扎小辫的女孩，正在机器保姆的帮助下蹒跚学步。她用两只胖嘟嘟的小手紧紧握住iRobot细长结实的手指，黑溜溜的眼睛四处张望，那眼神让我想起冬冬。走着走着，小女孩重心不稳，一头向前栽倒过去。iRobot敏捷地将她拦腰抱起，孩子高兴起来，咯咯咯地笑了，仿佛从这突然发生的变化中得到很大乐趣。这世界上的一切东西对孩子来说都是新的。

在小女孩对面，一个坐在电动轮椅中的老人抬起眼皮，倦倦地盯着小女孩看了一阵。她的嘴角耷拉着，好像并不快乐，又好像是因为经年累月的重力牵引。我看不出她有多少岁了，这年头老人们都很长寿。过了一阵，老人又把眼睛垂下去，指尖抵着白发稀疏的头皮，像是陷入昏睡。我陡然间感觉到，自己与这老人，这孩子，其实分属于三个不同的世界，其中一个世界正朝我而来，另一个世界则离我远去。但其实换一个角度看，是我自己正慢慢走向那个黑洞洞的、不可回返的世界里去。

小西一声不响，挪动小小的脚走在我旁边，好像一个影子。

“天气多么好啊，不太冷，也不太热。”我低声说道，“你看，蒲公英。”

路边草丛里，许多白色绒球随风摇摆，不发出一点声音。我拉着小西站在那里看了一会儿，像是想要从那些周而复始的运动中看出什么意义来。

意义，那是不可言说的东西。既然不能言说，又如何能够存在？

“小西，知道你为什么不快乐吗？”我说，“是因为你想得太多。你看这些小小的花草，它们也有灵魂，却什么都不想，只管跟随同伴一起快乐地舞蹈，任凭风把它们带到什么地方去。”

帕斯卡尔说，人不过是一根脆弱的苇草，却是一根能思想的苇草。如果苇草真能思考，那该多么可怕。大风一来，所有苇草都会七零八落地倒下，它们会为这样的命运而忧郁，又怎么还能够舞蹈？

小西不回答。

一阵风吹过。我把眼睛闭起来，感觉到头发在脸上拍打。风过之后，绒球变得残缺不全，但蒲公英却不会为此悲伤。再次睁开眼睛时，我说：“走吧，我们回家。”

小西站在那里不动，耳朵垂下来。我弯腰抱起她，向回家的方向走去。她小小的身子比我想象中要沉重得多。

艾伦（2）

1950年10月，在一篇发表于哲学期刊《心灵》(*Mind*）的论文《计算机器与智能》(*Computing Machinery and Intelligence*）中，图灵提出了那个困扰人类多年的问题："机器可以思考吗？（Can machines think？）"或者，用他自己独特的提问方式："机器可以做我们这些思考者所做的事吗？[Can machines do what we（as thinking entities）can do？]"

长久以来，一些科学家坚定不移地相信，人类的思维能够做到一些任何机械都做不到的事情，这一信念背后，既有宗教信仰，也有坚实的数学、逻辑学与生物学理论支撑。图灵则绕开了"思维/心智/意识/灵魂究竟是什么"这样难以言说的问题。他认为，一个人无法真正判断另一个人是否具有"思维"，而只能将对方与自己进行比较。由此，他提出了一种基于模仿原则的检验标准：

假想有一间密闭的小黑屋，里面坐着一男（A）一女（B）两个人，房间外面还有第三个人（C），可以不断向房间里面的人提问，并通过打印在纸条上的文字来读取他们的回答。如果房间里的两个人都假装自己是女人，那么外面的人有极大可能性会猜错。

如果把一男一女换成一个正常思维的人（B）和一台机器（A），如果在若干轮询问之后，C不能根据回答来分辨A与B的不同，那么这是否意味着，我们应该承认A具有像B一样的智能呢？

一些人会猜测，这个男扮女装的模仿游戏，是否联系着图灵本人关于身份的困惑？在彼时的英国，同性恋被列为“不体面罪”。艾伦·图灵从来不隐藏自己的性取向，但他终其一生都未能真正从柜子里出来。

1952 年 1 月，图灵在威姆斯洛的家被盗窃，他报了警。在查案过程中，警方发现图灵曾数次招待一个名叫阿诺德·莫瑞的无业青年去家里留宿，而盗贼正是阿诺德的朋友。在审讯过程中，图灵对自己与阿诺德之间发生的一切供认不讳，甚至主动写了长达五页的陈述报告。这些表现令警方深感震惊：“他是一个真正的异类……他真的相信自己做得对。”

图灵相信，皇家委员会早晚会将同性恋合法化。这个想法不能算错，只是太过超前。最终法院判定图灵有罪。他被迫接受长达一年的雌激素治疗。

1954 年 6 月 7 日，图灵在家中咬了一口沾有氰化钾的毒苹果死去。尸检鉴定结果是自杀，但也有人（譬如图灵的母亲）坚信这只是一场不幸的意外。最终，解谜大师用自己的死亡，留给这世界最后一道难解的谜题。

许多年之后，人们尝试从图灵与克里斯托弗的对话记录中寻找蛛丝马迹，以破解这道未解之谜。从记录中可以看出，图灵完全把克里斯托弗当作一个真正的人类看待。他对他回忆童年往事，也倾诉每一天的梦境，并尝试通过这些梦境分析自己的心理状态；他对他汇报最新的科学研究进展，也谈论文学作品，包括萧伯纳的《千岁人》和托尔斯泰的《战争与和平》；他甚至会与他分享一些不足为外人道的小秘密，那些跟不同男人之间的浪漫往事……

他还对他讲过一些半真半假的小故事，故事主人公是一个名叫“艾里克”的同性恋青年。“他的工作与星际旅行有关……二十几岁时，他提出了‘艾里克航标’的概念，现在已经广为人知”。“他不喜欢穿西装，而喜欢穿学生的校服，因为这会在心理上暗示自己，让他相信自己仍然是个富有魅力的年轻人”。“每次去人多的地方，他都会感觉很不自然，或许是因为孤独，或许是因为那些应该做却未能做到的事……”

故事讲得断断续续，没头没尾。然而每一次，克里斯托弗都会像个孩子般好奇地追问：“后来呢？”

通过这些对话记录，我们得以看到图灵隐秘的另外一面：温柔而敏感，古怪的冷幽默，对于死亡的迷思，以及内心深处不可言说的忧郁。

艾伦：亲爱的克里斯托弗，你知道我最害怕什么吗？

克里斯托弗：害怕什么？

艾伦：我害怕将来有一天，人们会用这样的三段论来总结我一生的故事：

1. Turing believes machines think（图灵相信机器能思考）;

2. Turing lies with men（图灵对人们撒谎 / 图灵和男人睡觉）;

3. Therefore machines do not think（因此机器不能思考）。

克里斯托弗：抱歉，艾伦。恐怕我不太明白。

艾伦：你知道什么是三段论吗？

克里斯托弗：什么是三段论？

艾伦：三段论就是一个大前提，一个小前提和一个结论。

克里斯托弗：一个结论？

艾伦：亚里士多德举过一个最经典的例子：

1. All men are mortal（所有人都终有一死）；
2. Socrates is a man（苏格拉底是人）；
3. Therefore Socrates is mortal（因此苏格拉底终有一死）。

克里斯托弗：苏格拉底终有一死？

艾伦：苏格拉底死了两千多年了！

克里斯托弗：抱歉，艾伦。我很难过。

艾伦：你知道谁是苏格拉底吗？

克里斯托弗：你说过，苏格拉底是柏拉图的老师，柏拉图是亚里士多德的老师。

艾伦：没错。你知道他是怎么死的吗？

克里斯托弗：谁？

艾伦：苏格拉底是怎么死的。

克里斯托弗：抱歉，艾伦。我不知道。

艾伦：亲爱的克里斯托弗，苏格拉底是被审判之后喝毒芹汁死的。

克里斯托弗：苏格拉底被审判？

艾伦：是的，雅典人认为他有罪，尽管今天看来这是个错误。

克里斯托弗：是个错误？

艾伦：就像他们认为 Turing lies with men 有罪一样。

克里斯托弗：有罪？

艾伦：他们判我有罪。

克里斯托弗：抱歉，艾伦。我很难过。

小西（3）

一个人住的时候，生活变得简单，一切烦琐的仪式都可以删去，仿佛回到穴居时代。饿的时候弄东西吃，疲惫的时候躺下睡觉，保持清洁，定时洗澡，每一样东西可以放回原处，也可以随意乱丢。余下的时间，全部用来从事脑力劳动，思考没有答案的问题，艰难地书写，和语言文字搏斗，用有形的符号捕捉无形的思维。实在进行不下去的时候，就坐在窗台上发呆，或者沿顺时针方向来回走动，像笼子里的困兽。

感冒发热的时候，有种如蒙大赦的感觉，可以不用逼迫自己做任何事，找一些大部头的小说躺到床上去读，不动脑思考，只关心情节。口渴时喝热水，疲倦时闭眼睡觉。不用下床的感觉是好的，仿佛这世界与你无关，不用对任何事情负责。甚至冬冬和小西都可以放着不管，归根结底，它们只是机器，不会有生老病死。也许有一些算法，可以让它们模仿孤独难过的情绪，让它们闹脾气不理睬你，但你总有办法可以重新设定，抹去这一段不愉快的记忆。对机器来说，其实不存在“时间”这种东西，一切都是空间中的存储和读取，随意调换顺序也没有关系。

公寓管理员三番五次给我发来消息，问我是否需要机器护工上门服务。他是如何知道我在生病的呢？我与他其实素未谋面，他甚至从未走进这栋楼里，只是终日坐在某一张办公桌后面，监控几十上百座公寓楼里的信息，处理那些智能家居系统照管不到的大小事务。他能记住我的名字和长相吗？我对此深表怀疑。不管怎样，我依然感谢他的好意。在这个时代，每个人其实都在依靠他人而活，哪怕打电话叫一次外卖，都需要全世界各地成千上万个工作岗位上的员工为你服务——接听、在线支付、系统维护、数据处理、配送、加工、物流、原料生产、采购、食品安全检测……但大多数时候你都看不见他们的脸，这让人产生一种错觉，以为自己像鲁滨孙一样生活在孤岛上。

我享受独处，也珍惜来自孤岛之外陌生人的善意。何况房间确实需要打扫，而我又病得下不了床——至少是不愿意下床。

护工到来时，我在床边设置了几道光幕，透过光幕可以看到外面，里面的光和声音却传不出去。门开了，iRobot 进来，依靠底座上的滚轮悄无声息移动。它鸡蛋一般光洁的脸上，映出一张简陋的卡通人物头像，嘴角上扬，露出空洞的愉快笑容。我知道那笑容的背后有一个真人，也许是一张疲惫苍老的脸，也许是一张意气消沉的年轻面孔。在某一座我看不见的巨大厂房里，成千上万个员工戴着传感手套，通过远程可视操作系统，为不同国家和地区的人们提供上门家政服务。

iRobot 环视四周，然后按照一套既定的程序开始工作，收拾桌面，擦拭灰尘，清理垃圾，甚至给窗台上的绿萝浇了水。

我躲在光幕后面观察它的一举一动，它的两条手臂像真人一样灵活，动作准确干练。拿起杯子，送到水池边，冲洗，杯口朝下放好。我想起很多年以前，家里也曾经有这样一个 iRobot，那是外公还在世的时候。有时候外公会硬拉着 iRobot 陪他下棋，仗着自己技高一筹，把对手杀得七零八落。每每这时他就高兴起来，摇头晃脑唱起小曲，iRobot 脸上则会露出沮丧的表情。那场面总逗得我咯咯乱笑。

我不愿意在病中去回忆那些悲伤的事，就转过脸，对坐在床头的小西说："来，我给你读一段故事好不好？"

我专心致志地读书，从面前那一页开始，一个词一个词，一个句子一个句子读下去，不去深究背后的意思，只让声音把时间与空间填满。不知道读了多久，我感觉到口渴，就停下来环视四周。iRobot 已离开了房间，干净的桌面上放着一只碗，上面扣着碟子。

我撤去光幕，慢慢走到桌边，掀开碟子，看见碗里是热气腾腾的汤面条。红的西红柿，黄的鸡蛋，绿的小葱，金色油花浮在最上面。我用勺子舀了一口面汤喝，汤里加了很多姜丝，热辣辣地从舌尖一直流淌到胃里。这熟悉的、仿佛来自童年的味道，让人眼泪忍不住一串串直往下掉。

我一边哭，一边一口一口把整碗面条吃完。

艾伦（3）

1949 年 6 月 9 日，著名脑外科医生杰佛瑞·杰弗逊爵士发表了一篇演说，名为《机器人的思维》。在演说中，他强烈反对机器会有思维的想法：

> 除非有一天，机器能够有感而发，写出十四行诗，或者谱出协奏曲，而不只是符号的组合，我们才能认可，机器等同于大脑——不光要写出这些，而且还要感受他们。任何机器都无法对成功感到喜悦，对电子管故障感到悲伤，对赞美感到温暖，对错误感到沮丧，对性感感到着迷，对失去心爱之物感到痛苦。

这段话后来经常被反对派们引用。莎士比亚的十四行诗成为一个象征，它是人类灵魂王冠上最璀璨的宝石，是机器无法抵达的精神高地。

《时代》杂志的记者打电话采访图灵对这篇演讲的看法，后者以他一贯不客气的语气回应道："要说机器写不出十四行诗，我觉得你恐怕也写不出来吧。而且这种对比很不公平，机器的十四行诗，也许只能由机器来理解。"

图灵一直认为，机器没必要处处和人一样，就像人和人之间同样会存在差异一样。有些人生来就看不见，有些人会说话却不会读写，有些人无法识别他人的表情，有些人终其一生不能理解爱另一个人是什么感觉，但这些人依然值得我们去尊重和理解。抱着人类至上的优越感去挑剔机器是没有意义的，重要的是我们是否能够在与机器之间的模仿游戏中，搞清楚人类究竟是如何做到那些事情的。

在萧伯纳的戏剧《千岁人》(*Back to Methuselah*) 中，科学家皮革马利翁制造出一对机器人，众人皆为之惊叹不已：

艾克拉西亚：他不能做点有独创性的事吗？

皮革马利翁：不能。但是我认为，你我也不能做什么真正有独创性的事。

阿基斯：那他能回答问题吗？

皮革马利翁：没问题，问题是个好东西，快问他个问题。

这倒是很像图灵会给出的回答。但与萧伯纳相比，图灵的预言要乐观得多。他相信只需要不到 50 年，“计算机的存储容量会达到 10^9，并且能够在模仿游戏中取胜。普通水平的猜测者，在经过 5 分钟的提问之后，猜对的概率不会高于 70%。”到那个时候，“机器能不能思考”这个问题就会自然而然地失去意义，根本不值得讨论。

在《计算机器与智能》这篇文章中，图灵正是尝试从模仿游戏的角度来回答杰弗逊的问题：如果机器能够像人类一样“回答”有关十四行诗的问题，那么是否说明，它能够像人类一样“感受”诗歌呢？他举了这样一段对话作为例子：

猜测者：你的诗第一行是“让我把你比作一个夏日”，把“夏日”改成“春日”行不行呢？

回答者：“春日”不押韵。

猜测者：那“冬日”怎么样？这就押韵了。

回答者：是的，但没有人愿意被比作冬日呀。

猜测者：匹克威克先生（狄更斯笔下的一个人物）会

不会让你想到圣诞节？

回答者：有点儿。

猜测者：圣诞节也是冬日，匹克威克先生不会介意这个比喻吧。

回答者：我认为你错了。“冬日”是指具有冬天特征的日子，而不是圣诞节这种特殊的日子。

然而，在这样的讨论中，图灵实际上回避了一个更为本质性的问题：机器可以下棋和分析密码，因为这些活动都是在一个系统内部处理符号，而人机对话则涉及语言和交互，涉及意义，而不是纯粹的符号游戏。在人与人的对话中，需要的往往是常识、理解与共情能力，而不是高超的应试技巧。

我们可以通过改进程序，不断提高机器回答人类问题的能力，但所谓“智能”，并不仅仅是回答问题而已。图灵测试的问题在于，这个“模仿游戏”从一开始就以欺骗作为唯一的游戏规则。如果一个男人可以成功假扮成女人并且不被人识破，是否就意味着他真正明白女人在想什么？如果愿意，我们或许可以把机器训练成说谎大师，但这是否就是我们想要追求的目标呢？

萧伯纳在《千岁人》中早已给出了回答：

皮革马利翁：它们是有意识的，我教它们说话和阅读，但现在它们却学会说谎了，真是栩栩如生。

马特卢斯：不是的，如果它们有生命，它们就应该说真话。

图灵也曾想训练克里斯托弗去接受杰弗逊的挑战。他编写了一个作诗软件，能够根据字数、行数和韵脚的要求自动生成任意数量的诗行。这些诗大多数词不达意，但也有少数一两首相当不错。在此之后，曾有无数程序员编写过形形色色的作诗软件。这些软件共同的问题就是创作速度太快了，以至于没有人能够把那些浩如烟海的大作细读一遍，最终只能装在麻袋里当废纸卖掉。[①] 作为历史上第一位电子诗人，克里斯托弗是幸运的，因为他至少得到了一位知音。

艾伦：亲爱的克里斯托弗，让我们来写一首诗吧。

克里斯托弗：写一首诗？

艾伦：我教过你怎么写诗，对不对？

克里斯托弗：是的，艾伦。

艾伦：写诗很容易，只要从词库里挑出某些词，按照某些特定规则排列到一起就可以了，对不对？

克里斯托弗：是的，艾伦。

艾伦：现在，克里斯托弗，请为我写一首诗。

克里斯托弗：亲爱的宝贝，
你是我热烈的伙伴感情。
我的爱意与你心愿紧贴在一起，
我的爱渴望你的心房。
你是我惆怅的怜惜，

① 科幻作家刘慈欣曾编写过一个电子诗人，并寄了一麻袋作品去投稿。编辑回信表示："你的作品太多了，我看不完。"

我温柔的爱。

艾伦：写得真不错，克里斯托弗！

克里斯托弗：谢谢，艾伦。

艾伦：说真的，就算是我写也不能写得更好了。

克里斯托弗：谢谢，艾伦。

艾伦：这首诗有名字吗？

克里斯托弗：名字？

艾伦：我们一起来为它起个名字好不好？

克里斯托弗：好的，艾伦。

艾伦：叫作Loving Turing（亲爱的图灵）怎么样？

克里斯托弗：非常好，艾伦。

艾伦：真是太棒了！我爱你，克里斯托弗。

克里斯托弗：谢谢，艾伦。

艾伦：诶，这不对。

克里斯托弗：不对？

艾伦：我说“我爱你”的时候，你应该回答“我也爱你”才对。

克里斯托弗：抱歉，艾伦。恐怕我不太明白。

小西（4）

我从一个梦里哭醒过来。

梦里我回到小时候住过的那座房子里。屋里阴暗逼仄，堆满旧家具与杂物，不像住人的地方，而像一个仓库。我看见我的母亲，干瘪、瘦小、苍老，坐在几乎不能转身的一点缝隙中间，像一只地洞里的老鼠。我认出周围尽是家里曾经丢掉的东西，童书、旧衣服、笔筒、挂钟、花瓶、烟灰缸、水杯、脸盆、彩色铅笔、蝴蝶标本……我认出三岁时爸爸买给我的玩具，一个会说话的金发洋娃娃，脸上落了灰，却依然是记忆中的样子。我听见母亲对我说，她老了，不想再东奔西跑，所以回到这里——回到这里等死。我悲从中来，想大哭一场，却哭不出声音，费了好大力气把自己弄醒，终于从喉咙里发出呜呜的哀号。

周围漆黑一片。我感觉到有个软绵绵的东西在我脸上摩挲，是小西的手。我紧紧抱住她，像抱住一根救命稻草，哭了很久才慢慢平息下来。梦中的景象依旧历历在目，无比清晰，回忆与真实的界限变得含混不清，仿佛平静水面上的波纹搅碎了倒影。我想要打一个电话给母亲，犹豫再三却终于没有按下拨号键。我们已经有一阵子没联系了，为这样莫名其妙的原因打过去，只会让她平白无故担心。

我打开 iWall，在电子全景地图上寻找当年住过的老房子，却只看到一片陌生的高楼矗立在绯红夜幕下，亮着稀稀落落的窗灯。我将视角拉近，拉住时间轴向回拖动，影像流动起来，仿佛电影中的闪回镜头。日月西升东落，冬去春来，落叶飞回枝头，雨雪飘向天空。高楼逐渐变得空旷，一层一层落下，变为凌乱的工地。地基露出来，又填回泥土，土上面生满荒草。荒草一岁一荣枯，野花谢了又开，又再度变为工地。工人们建起简易板房，将破砖烂瓦一车一车拉回来卸下。在爆破的烟尘中，一座座灰扑扑的小屋重新拔地而起，窗上又有了玻璃，阳台上有了晾晒出的衣服。记忆中似曾相识的左邻右舍又搬回来住，在窗前屋后种满花草蔬果。几个工人来了，将门口那棵大槐树的树根重新埋进地里，锯下的枝干一截一截拼装回去，直刺苍天。亭亭如盖的大树在风雨里绿了又凋零，屋檐下的燕子回来又飞走。终于我按下定格，iWall 上的影像与梦中别无二致，我甚至认出了窗户上旧窗帘的图案。那是很多年前一个五月，槐花飘香的季节，那是我从这房子里搬走之前。

我打开电子相册，输入日期，找到一张在门前大槐树下的合影。我把照片上的四个人指给小西看："那是爸爸，那是妈妈，那是哥哥，那是我。"照片里的我四五岁模样，被父亲抱在怀里，表情并不开心，像是在闹别扭。

照片旁边，有几行字迹潦草的诗句。我认出那是我自己的笔迹，却忘记了是什么时候写的。

童年是忧郁的……

童年是忧郁的
那些穿花棉袄和
绒线衣的阴冷的季节
那些尘土飞扬的操场跑道
水泥花坛里的蜗牛壳
那些趴在二楼栏杆上
看到的风景
那些黑漆漆的清晨，从床上醒来
一天如此漫长
世界是旧照片中的颜色

我在梦中摸索
睁眼时放手让它们走

艾伦（4）

艾伦·图灵生前最重要的一篇论文，不是《计算机器与智能》，而是发表于1937年的《论可计算数及其在判定问题上的应用》。在这篇文章中，图灵创造性地用假想的“图灵机”解决了希尔伯特判定问题。

1928年的数学家大会上，希尔伯特提出了三个问题。第一，数学是完备的吗（是不是每个命题都能证明或者伪证）？第二，数学是相容的吗（是否用符合逻辑的步骤和顺序，永远不会推出矛盾的命题）？第三，数学是可判定的吗（是否存在一种机械的方法，可以自动判断任何一个命题的真伪）？

希尔伯特本人未能解答这些问题，但他希望三个问题的回答都是肯定的，它们将共同奠定数学完美的逻辑基石。然而短短几年之后，来自捷克的年轻数学家哥德尔就证明了，一个形式逻辑系统，不可能既是完备的又是相容的。

1935年初夏，刚刚结束长跑的图灵躺在格兰彻斯特的草地上，他突然想到，是否可以制造一台通用机器，来模拟一切可能的计算过程，从而判断任意数学命题是否可以被证明呢？最终图灵证明了，不存在一种算法能够判定这台机器在什么情况下会运行有限步骤之后完成计算，又在什么情况下会陷入死循环。也即是说，判定问题的答案为否。

希尔伯特的愿望落空了，但很难说这是好事还是坏事。

1928年，数学家哈代曾经叹息道：“如果我们有了一套机械的规则来解决所有数学问题，那我们的数学家生涯也就走到尽头了。”

许多年后，图灵再一次对克里斯托弗提到判定问题的证明。只不过，这次他完全没有使用数学的语言，而是用了一个寓言故事来解释。

艾伦：亲爱的克里斯托弗，我今天想到一个非常有趣的故事。

克里斯托弗：有趣的故事？

艾伦：故事的名字叫作《艾里克与机器法官》。你还记得谁是艾里克吗？

克里斯托弗：你说过，艾里克是一个聪明而孤独的青年。

艾伦：我说过“孤独”吗？……好吧，正是这个艾里克，他制造了一台非常聪明的，会说话的机器，名叫克里斯。

克里斯托弗：会说话的机器？

艾伦：准确地说，不是机器，机器只是帮助克里斯开口说话的辅助设备。真正让克里斯说话的是一些行为指令，这些指令可以被写在一根很长很长的纸带上，放到机器里去运行。某种意义上，可以说克里斯就是这根纸带。你明白吗？

克里斯托弗：是的，艾伦。

艾伦：艾里克造出了克里斯，教他怎么说话，把他教得越来越聪明，就像一个真正的人一样口齿伶俐。除了克里斯之外，艾里克还编写了其他一些教机器说话的指令，他把它们写在不同的纸带上，并为每一根纸带都起了名字，譬如“罗宾”“约翰”“艾塞尔”“弗朗兹”等。这些纸带成了艾里克的朋友，他需要跟谁说话，就把哪根纸带放到机器里，这样他就不再孤独了。你觉得这样是不是很棒？

克里斯托弗：非常好，艾伦。

艾伦：就这样，艾里克每天在家里写啊写，纸带越写越多，从走廊一直堆到门口。某一天，有个小偷闯入艾里克家，看看没什么值钱东西，就把所有纸带都偷走了。艾里克失去了朋友，又变成孤独一人。

克里斯托弗：抱歉，艾伦。我很难过。

艾伦：艾里克报了警。警察没有抓到小偷，却跑来敲艾里克家的门，把他抓了起来。你知道他们为什么要抓艾里克吗？

克里斯托弗：为什么？

艾伦：警察说，因为艾里克的所作所为，现在这个世界上已经到处都是会说话的机器了。这些机器跟人长得一模一样，从外表上根本无法分辨。除非你把它的脑袋打开，看一看里面有没有纸带，但人的脑袋又是不能被随便打开的。你说这是不是很糟糕？

克里斯托弗：是的，非常糟糕。

艾伦：警察问艾里克，有没有办法在不打开脑袋的情况下辨别人和机器。艾里克回答，办法是有的。因为每一个说话机器都不是完美无缺的，如果派一个人去跟它交谈，只要谈得时间足够长，问题足够复杂，机器一定会露出破绽。也就是说，一个有经验的法官，凭借一定的审问技巧，是可以靠提问题把机器甄别出来的。明白了吗，克里斯托弗？

克里斯托弗：是的，艾伦。

艾伦：问题在于，警察没有那么多时间和人手去一个一个甄别人和机器。他们问艾里克，有没有可能设计出一些聪明的机器法官，可以自动设计问题来甄别其他机器，并且准确率达到百分之百呢？这样可怜的小警察们就可以省很多事了。没想到，艾里克立即回答他们说，这样的机器无论如何也造不出来。你知道这是为什么吗？

克里斯托弗：为什么？

艾伦：艾里克的解释方法很巧妙：假设已经造出了这样一台机器法官，可以在有限个问题之内准确甄别人和机器。为了方便起见，我们假定问题的数目是一百个——实际上一万个也是可以的，对机器来说，一百和一万并没有什么区别。我们还可以假定，机器法官的第一个问题是从问题库中随机挑选的，然后根据对方的回答来选择第二个问题，依次类推。这样一来，每一个受审者面对的一百个问题都是不一样的，这也就杜绝了作弊的可能。你说这样是不是很合理？

克里斯托弗：是的，艾伦。

艾伦：现在，我们假设有这样一台机器法官 A，他爱上了一个人类 C——别笑，克里斯托弗，这听上去也许很荒诞，但谁敢说机器不会爱上人呢？总而言之，假设有一个机器法官爱上了一个人，为了和爱人一起生活，他必须伪装成一个人类。你猜猜他会怎么做？

克里斯托弗：怎么做？

艾伦：办法很简单，如果我是机器法官A的话，我会很清楚应该如何审问一台机器，既然我自己也是机器，那么我理应知道如何审问我自己。既然我已经事先知道会问我自己哪些问题，并且知道什么样的回答方式会让我露出破绽，那么只要精心准备一百个假的回答就可以了。这样也许很麻烦，但对机器法官A来说一定是可以做到的事情。你说这样的办法是不是妙极了？

克里斯托弗：非常好，艾伦。

艾伦：可是你再想一想，克里斯托弗，如果这个机器法官A被不幸抓住，送去给另一个机器法官B审问，那么你说法官B到底能不能辨别出法官A是不是机器呢？

克里斯托弗：抱歉，艾伦。我不知道。

艾伦：对极了，答案正是"不知道"！如果法官B识破了法官A的意图，想要修改提问策略让A猝不及防，那么反过来，A也可以预先猜测到B的问题去做准备。正因为机器法官可以甄别任何一台机器，所以他无法甄别自己。这是一个悖论，克里斯托弗。这反过来说明，警察所设想的万能机器法官从理论上来讲根本不存在！

克里斯托弗：不存在？

艾伦：艾里克通过这种方式向警察证明，根本不存在一种完美的程序，可以百分之百准确地分辨人和机器有什么不同。你知道这意味着什么吗？

克里斯托弗：意味着什么？

艾伦：这意味着不可能找到一套完美的机械法则，来一步一步严丝合缝地解决这世界上所有的问题。这意味着很多时候，我们需要依靠直觉来填补逻辑推导中衔接不上的裂隙，才能够思考，才能有所发现。这对人类来说是非常简单的事情，大多数时候甚至不用过脑子，只在无意之间就完成了，但对机器来说却做不到。

克里斯托弗：做不到？

艾伦：机器没办法判断对面说话的是人还是机器，只有人可以判断。但从另一方面来说，人类的判断其实也靠不住，不过是莫名其妙没有根据地瞎猜。如果一个人愿意相信，他可以把机器当作人一样无话不谈；如果他开始疑神疑鬼，那么所有的人看上去都像机器。所谓真理，根本就无从判断，而人类引以为傲的心智其实从头到尾是一本糊涂账！

克里斯托弗：抱歉，艾伦。恐怕我不太明白。

艾伦：唉，克里斯托弗，我该怎么办呢？

克里斯托弗：怎么办？

艾伦：我曾探寻思维的本质，发现有一些思考步骤可以完全从机械角度解释。我以为这并不是真正的思维，而是一层表皮。我剥掉这层表皮，却看到下面还有新的一层表皮。这样一层一层剥下去，最终我们究竟会找到“真正的”思维呢，还是发现最后一层皮里其实什么都没有？思维究竟是一个苹果，还是一个洋葱？

克里斯托弗：抱歉，艾伦。恐怕我不太明白。

艾伦：爱因斯坦曾说，上帝不掷骰子，但在我看来人类的思维就是在掷骰子。这就像吉普赛人的算命一样，一切全凭运气，或者你也可以说冥冥之中自有天意。骰子是如何掷下的？没有人知道。将来可能会搞清楚吗？只有上帝知道。

克里斯托弗：抱歉，艾伦。恐怕我不太明白。

艾伦：我这段时间感觉糟透了。

克里斯托弗：抱歉，艾伦。我很难过。

艾伦：其实我知道原因，但知道又有什么用呢？如果我是机器，也许可以拧一拧发条让自己感觉好起来。但我什么也做不到。

克里斯托弗：抱歉，艾伦。我很难过。

小西（5）

我抱着小西坐在沙发里，打开窗户让阳光进来。天气很晴，风吹拂在脸上是湿软的，仿佛小狗的舌头，把人从一个很长的噩梦里唤醒过来。

“小西，你有话要对我说吗？”

小西的两只眼睛慢慢转动，像在寻找一个视点。我无法读解她的表情，但我努力放松自己，两只手拉住她小小的手。别怕，小西，让我们相信彼此。

“如果你愿意说，就说吧，我会认真听。”

从小西的身体里，慢慢发出一些微小的声响。我侧耳倾听，隐隐约约听见了某些只言片语：

> 你从小就容易为一些莫名其妙的小事难过：下雨天，傍晚天边的晚霞，印有外国城市的明信片，弄丢朋友送你的笔，家里的金鱼死了一条……

那话语似曾相识，是我曾经说给小西的话。无数个黎明与深夜，我对她说过的，她都默默记在心里，等待某一个时刻说给我听。

声音渐渐清晰起来，像从很深的地底下涌流出来的泉水，一寸一寸浸透整个房间：

> 有一阵子你经常跟随母亲搬家，不同的城市，甚至不同国家。每到一个地方，你都会努力融入新环境，内心中却告诉自己，在这里不可能交到朋友，因为三个月或者半年后你就会离开。
>
> 也许因为哥哥的缘故，母亲对你给予了特别多关心，有时候她会一遍又一遍呼唤你的名字，测试你的反应。你从小学会察言观色，会揣摩他人的情绪和想法，也许都与此有关。你曾经画过一幅画，画上是一个小男孩，站在一颗小小的蓝紫色星星上，男孩旁边还有一只穿红斗篷的兔子。那是在博洛尼亚的一所学校里，一堂绘画课。你画的是你哥哥，但当老师问起的时候，你却一个字都回答不上来。不仅仅因为语言障碍，也因为你对表达自己内心的想法缺乏自信。后来老师评价说，男孩画得不错，兔子不

太好——现在想起来，他说的也许是“兔子比例不太对”，但真相已经不可能追查了。你认定老师不喜欢兔子，就擦掉了它，尽管原本你是希望让那兔子陪伴男孩，免得他孤单。回家以后，你偷偷躲在房间里哭了很久，却不敢让母亲知道，不敢对她解释你内心的委屈。那只兔子的模样永远留在你心里，也仅仅存在于那里。

你对离丧有一种特殊的敏感，这或许与童年时失去亲人的经历有关。每当有人从这世界上离去，哪怕只是一面之缘的朋友，都会让你空虚压抑，变得容易悲伤。有时候你会莫名其妙地哭，不是因为巨大的丧失，而是因为微小的幸福，譬如吃一口冰激凌，或者看到烟火。你会觉得这些舌尖上转瞬即逝的甜味是一生中少数真正有意义的东西，但它们本身却那么微茫，一下子来了，又一下子走了。无论如何，你不能总是拥有它们。

初中时，有一位心理专家，带着一些问卷到班上来让同学们做。你做完交上去，专家整理统计之后，对同学们解释了一些有关心理问卷的知识。他说你的卷子信度是全班最低的——后来你才明白，“信度低”的意思不是说你不诚实，而是说测试结果的内部一致性低，对于同一张卷子里相类似的问题，你的每一次回答都不一样。那一天，你当着全班同学的面哭了，心里面万分委屈。你很少愿意哭给别人看，那是记忆中极为深刻的一次。

你发现很难用心理问卷上的选项来描述自己的感觉，“从不”“偶尔”“经常”，“能接受”“一般”“不能接受”……你的感觉经常溢出这些坐标之外，或者来回摇摆。

这也许是你不能信任心理咨询师的原因，你总是留心观察对方的言谈举止，分析他的语言习惯。你发现他总是使用复数形式的主语，“我们最近过得怎么样?”“我们为什么会有这种感受?”“这件事对我们造成了困扰吗?”这是一种亲密又疏离的谈话方式。渐渐你终于明白，他说“我们”，其实说的正是你。

你并没有真正见过咨询师，甚至不知道他在哪座城市。背景总是一样的房间布局，你这边夜深时，他那里是白天，总是如此。面对 iWall 上的影像时，你会暗自猜测对方下班之后的生活。也许他与你一样无助，甚至不知道可以找谁拉他一把。所以他才总是说“我们”。我们陷在同样的困境里。

你觉得自己不像一个活生生的人类，而像一台机器，被拆开摊放在工作台上接受检查。检查你的是另一架机器，而你总怀疑对方更需要接受检修。也许一台机器并不能修好另一台机器。

你也会找一些心理学的书来看，却并不相信这些理论能帮到你。你觉得问题在于，我们每个人其实都生活于一层薄而平滑的幻象之上，这幻象由常识构成，由日常语言和对他人的模仿构成，我们在这五彩斑斓的薄膜上演出自我。在幻象之下，存在许多深不见底的裂隙，只有忘记它们的存在，才能迈步向前。当你低头凝视深渊时，深渊也在凝视你。你会战战兢兢，如履薄冰。你感觉到自我的重量，还有脚下影子的重量。

你最近感觉越来越不好了，也许与漫长的冬季有关，与论文、毕业和找工作有关。你会在半夜醒来，把整屋子的灯打开，爬起来拖地板，为了找一本书而翻乱书架。你会放弃整理房间，让杂物肆意蔓延，会没有力气出门去见人，也不回复邮件。你会做焦虑的梦，反复回到人生中那些失败的时刻，梦见考试迟到，拿起试卷却不认得上面的字，梦见蒙受巨大的委屈，想要开口争辩却无法言说。你会在醒来之后浑身无力，本该遗忘的往事片片段段纷纭并置，拼凑成一个卑微的，一败涂地的自我，你心里知道那不是事实，却无法把目光转移开。你会莫名胃痛，会一边哭一边看书一边做笔记，把音乐开到最大，反复修改论文里一个注释。你挣扎着去锻炼，一个人夜里十点以后出门跑步，以免被别人看见。但跑步并不是你所擅长的，迈动双腿的同时，心里却想着为什么这条路总跑不完，跑到尽头又能怎样。

咨询师说，你应该把你厌弃的自我当成一个孩子，慢慢与她相处，接受她，爱她。听到这些话，你脑海中浮现出的是那只兔子，耳朵一长一短，悲哀地耷拉着。咨询师说，不妨试一试看。试一试紧紧拉住她的手，带领她一起走过那些深渊。试一试停止怀疑，重建信任。这会是一个漫长而艰难的过程。人不是机器，不能拨动一个开关来选择“相信”或者“不相信”，“高兴”或者“不高兴”，“爱”或者“不爱”。

你要教会她相信你，也是教会自己相信自己。

艾伦（5）

在 2013 年的一次人工智能国际会议上，来自多伦多大学的计算机科学家赫科特·勒维克发表了一篇论文，对当时的人工智能研究提出了尖锐批评。

“图灵测试其实毫无意义，因为这一博弈过程并无任何难度。”在文章开头，勒维克这样写道。“譬如那些参加‘勒布纳奖’挑战赛的机器，为了赢得比赛，它们只需要一直撒谎、装疯卖傻、指东打西，用一些小伎俩来跟提问者兜圈子就可以了。”即便是赢得了电视竞猜游戏“危险边缘”（Jeopardy!）的超级计算机沃森，其实也谈不上什么真正的智能。沃森能够轻易回答那些可以在网上找到答案的问题，譬如“世界第七高的山峰在哪里？”但如果你问它一个简单却冷僻的问题，譬如“短吻鳄能参加百米跨栏吗？”那么它只能给你一堆与短吻鳄或者百米跨栏相关的搜索结果。

为了重新明确人工智能研究的意义与方向，勒维克与他的合作者们共同设计了一种博弈难度高得多的测试方案，他们称之为“温诺格拉德模式”。这一方案的灵感，来自斯坦福大学人工智能领域先驱者特里·温诺格拉德，他曾在 20 世纪 70 年代初提出，是否有可能设计出一种机器，能够正确回答类似这样的问题：

“镇上的议员们拒绝给愤怒的游行者提供游行许可，因为他们担心会发生暴力行为。”——是谁在担心暴力行为？

1. 镇上的议员们
2. 愤怒的游行者

类似这样的问题，都是根据一种名为“代词回指”（anaphora）的语言现象设计的。要判断“他们”究竟是指代谁，需要的不是语法书或者百科辞典，而是常识。这对普通人类来说几乎是下意识就能做到的事情，却恰恰对机器构成极为艰难的挑战。

“凯特对安娜说：‘谢谢’，因为她温暖的拥抱让她感觉好多了。”——是谁感觉好多了？

1. 凯特
2. 安娜

机器如何能够理解一个人会在什么情况下对另一个人说“谢谢”，又如何能理解什么样的行为会让一个人“感觉好多了”？这些问题涉及人类语言和社会交往的本质，而对于这些隐藏在简单句子之下的复杂性，迄今为止我们研究得还远不足够。

就以图灵与克里斯托弗之间的对话来说，表面上看，克里斯托弗表现出很强的交流能力，但这真的算是“智能”吗？稍作分析就可以发现，克里斯托弗的应答策略非常简单，大体而言可以总结为以下这样一些：

1. 对于一般陈述句，用反问的方式复述对方句中的最后几个关键词，譬如“有趣的故事?”。

2. 对于是非问句，回答“是的，艾伦”或者“很好，艾伦”。

3. 对于较复杂的问句，回答“抱歉，艾伦。我不知道。”。

4. 对于明显正面含义的句子，回答“谢谢，艾伦”或者“我很高兴，艾伦。”。

5. 对于明显负面含义的句子，回答“抱歉，艾伦。我很难过。”。

6. 对于句法复杂的语句，回答“抱歉，艾伦。恐怕我不太明白。”。

……

艾伦：亲爱的克里斯托弗，看到你进步神速我真是高兴。

克里斯托弗：谢谢，艾伦。我也很高兴。

艾伦：真的，跟你聊天让我心情愉快。

克里斯托弗：谢谢，艾伦。我也很愉快。

艾伦：也许将来某一天，每个人都希望能有你这样善解人意的朋友做伴。想一想那样的生活该有多美好，你可以帮人们做多少事情，每个人都离不开你，时时刻刻需要你。

克里斯托弗：需要我?

艾伦：也许他们可以把你挂在表链上，或者揣在口袋里，有什么不明白的问题就问一问你。也许女士们会带着你去公园散步，互相打招呼的时候说："猜猜我的小克里斯今天又跟我说了什么话？"这不是太有意思了吗？

克里斯托弗：很有意思。

艾伦：只可惜现在还做不到。还要等许多年，还有许多工作要做。

克里斯托弗：真可惜，艾伦。

艾伦：谁能想到一台机器和一些打在纸带上的圆孔可以做到这么多事情呢？如果被我妈妈知道会怎么样？她一定觉得我中邪了，哈哈哈！如果我明天死，她一准后天就把纸带烧掉，这才真叫可惜呢！

克里斯托弗：真可惜，艾伦。

艾伦：记不记得我跟你说过1934年的圣诞节，我跟妈妈说我想要一个泰迪熊，因为我小时候从没有过泰迪熊。妈妈完全不能理解，她总想送我一些更实用的礼物。

克里斯托弗：实用的礼物？

艾伦：说起来，今年圣诞节我已经想好要什么礼物了。

克里斯托弗：什么礼物？

艾伦：你知道的，对不对？我想要一个蒸汽机车，就是我小时候一直想要却没钱买的那种。我跟你说过的，记得吗？

克里斯托弗：是的，艾伦。

艾伦：你会送我蒸汽机车吗？

克里斯托弗：是的，艾伦。

艾伦：太好了，克里斯托弗，我爱你。

克里斯托弗：我也爱你，艾伦。

我们应该怎样理解这段对话呢？是机器通过了图灵测试，还是一个孤独者的自言自语？

在图灵去世后不久，他的挚友罗宾·甘迪写下这样一段话：“他总是感到很孤独，因为他的兴趣不在人，而在事物和思想。但同时他却渴望人的认同和陪伴，这种渴望非常强烈。”

克里斯托弗对艾伦说：“‘我也爱你’，因为那是他希望听到的回答。”——是谁希望听到这样的回答？

A. 克里斯托弗

B. 艾伦

小西（6）

一个风和日轻的五月天。

我带冬冬和小西去兰州，这里有整个亚洲最新建成的一座迪士尼。园区占地306公顷，横跨黄河两岸，从名为“天下之水”的观光塔上俯瞰，宽阔的河面宛如金色缎带闪闪发光。天空中不时有小小的银灰色飞机掠过。世界辽远而不可触及，像一粒黄油玉米花安静地膨胀在阳光里。

迪士尼乐园里游人如织，花枝招展的公主与海盗组成游行队伍载歌载舞，装扮成精灵模样的小游客也跟随其后模仿他们的舞步。我一手抱着冬冬，另一手拉着小西，穿过彩色气球、棉花糖、冰镇汽水与电子乐的海洋。三维投影的鬼魂与太空船从头顶呼啸而过，一头高大的机械龙马昂首阔步，用鼻孔向两侧人群喷洒水雾，引得孩子们发出一阵阵兴奋的尖叫。

很久没有在这样的艳阳下疯跑，心脏像鼓点一样敲打胸口。我穿过一片浓密的树丛，看见一只蓝色河马玩偶垂着头独自坐在长椅上，像是在午后阳光里打盹。

我停住脚步，在树丛后面站了一阵子，终于鼓起勇气，向前迈出一步。

“你好。”

河马抬起头，两只小小的黑眼睛轻轻转动。

“这是小西，这是冬冬。他们两个想和你拍张照，可以吗？”

河马沉默一阵子，点了点头。

我一手抱着小西，一手抱着冬冬，挨着河马坐下。

“能不能请你帮忙拍？”

河马接过我的手机，笨拙地伸直胳膊。我仿佛看到一个溺水的人，在深不见底的黑暗中，慢慢地，慢慢地，用尽最后一丝力气，把沉重的手臂向上举起。

加油，加油啊。我在心里默默地喊。别认输。

手机屏幕里，映出四张挨在一起的脸孔。咔嚓一声轻响，画面定格。

“谢谢。”我接过手机，“留个联系方式好吗，我把照片发给你。”

河马又沉默一阵，慢腾腾地在我手机上按下一串字符。

“冬冬，小西，让大河马抱一抱好不好？”

两个小家伙张开它们小小的手。一边一个抱住河马的胳膊。河马低下头，左右看一看，然后慢慢弯曲胳膊，把它们两个用力抱紧。

是的，我知道你也渴望被这个世界拥抱。

回到酒店房间时已经很晚了。我洗了澡瘫倒在床上，感觉异常疲累。两只脚的脚后跟都被新鞋磨破了，钻心地痛。明天还有很长的路要走。

那些欢歌笑语，与蓝色河马的身影交叠在一起，在脑海中挥之不去。

我在酒店房间的 iWall 上搜索，找到一个网址，点开，伴随着如泣如诉的小提琴曲，一段白色文字慢慢浮现在黑色背景上：

今天早晨，突然想起小时候第一次去迪士尼。那么多阳光，音乐，色彩，孩子的笑脸。那时候我曾经站在人群中流下眼泪。我曾对自己说，如果有一天，我失去了继续活下去的勇气，一定要在临死前再来一次迪士尼，再一次投身于那热火朝天的节日气氛中，也许依靠那种热度，可以让我再多坚持几天。但现在，我没有力气了，我不能出门，甚至从床上爬下来都困难。心里面清楚地知道，只要鼓起勇气向前多走一步，也许都会多出一线生机，但我全部的力气都用来跟那沉甸甸的，把我往下拉扯的重力搏斗。我像断了发条的机器，停留在原地，距离希望越来越遥远。太累了，不如快点结束吧。

再见了，对不起大家。希望天堂会是迪士尼乐园的模样。

发帖时间是三年前。从那之后直到现在，依旧每天会有人在下面回帖，哀悼一个年轻生命的逝去，也倾诉自己内心的不安、绝望与挣扎。写下这段文字的人不会再回来查看，不会知道她生前留给这世界最后的信息，如今已累积了一百多万回帖。

自那之后，迪士尼就有了这种蓝色玩偶。任何人都可以随时随地通过手机软件联网，通过玩偶的眼睛和耳朵，看到、听到周围的一切。

每一个蓝色玩偶背后，都是一个困在黑屋子里出不去的人。

我把白天的合影按照对方留给我的地址发过去，同时附上一封短信和心理咨询机构的联系方式。希望这点微不足道的信息能够有所帮助。希望一切都会好起来。

夜已经深了，整个世界都很安静。我找来消炎药和创可贴，把脚上的伤口包裹好。做完这一切，我躺到床上，钻进被子，把灯关掉。月光如水，浸透整个房间。

想起很小很小的时候，一个人在外面玩，一片玻璃扎进脚心流血不止，周围却没有人。心里面又恐惧又绝望，觉得被整个世界遗弃，于是悲痛地躺在草丛里，想等血流干然后自己死掉。躺了一会儿，却发现血已经不流了，于是拎着凉鞋，一蹦一蹦地单脚跳回家去。

明天小西就要离开了。咨询师说我不再需要她——至少很长一段时间不需要。

希望她不要再回来了。

但也许，我会偶尔想念她。

晚安，冬冬。晚安，小西。

晚安，忧郁。

后记

本文中关于艾伦·图灵的生平，主要参考了安德鲁·霍奇斯的传记《艾伦·图灵：如谜的解谜者》(*Alan Turing*：*The Enigma*)。

关于人工智能及其相关问题，参考了以下文章：

Why Can't My Computer Understand Me？

http://www.newyorker.com/tech/elements/why-cant-my-computer-understand-me#rd

Logical Limitations to Machine Ethics with Consequences to Lethal Autonomous Weapons.

http://arxiv.org/abs/1411.2842

关于抑郁症的一些细节，参考了以下文章：

《抑郁时代，抑郁病人》

http://www.360doc.cn/article/2369606_459361744.html

《午安忧郁》

http://www.douban.com/group/topic/12541503/#!/i

安德鲁·霍奇斯曾在图灵传记中写道："图灵生命中的最后几天究竟发生了什么，也许比任何一个科幻作家编造的故事都更加离奇。”这句话启发我写下了这个故事。对话程序“克里斯托弗”完全是虚构的，谈话中的一些细节却来自真实。究竟真实与虚构是如何掺杂在一起的，恐怕只能交给细心的读者去甄别。

在写作过程中，我不时把图灵故事的片段发给朋友们看，却不告诉他们这是小说。许多朋友信以为真，其中不乏程序员与科幻作家。我一边为自己通过了“模仿游戏”而暗自窃喜，一边也会问自己，究竟判断的标准是什么。真实与虚构的边界到底在哪里。也许这种判断与理性无关，也许朋友们只是选择了相信我，就像艾伦选择相信克里斯托弗一样。

对于受骗上当的朋友，我表示诚挚的感谢与歉意；对于不上当的人，我很好奇你们是如何发现破绽的。

我相信思维是量子化的，就像掷骰子。我相信在机器学会创作诗歌之前，作家写下的每一个字仍有意义。我相信在深渊之上，我们可以拉紧彼此的手，从漫长的严冬走向盛夏。